你好好的

她们自然锦衣玉食

你若不想好好活

你放心

黄泉路上

你的血亲一个都不会少

青灯

KUWEI
酷威文化
图书 影视

嫡兄

DI XIONG

青灯 著

天津出版传媒集团
百花文艺出版社

图书在版编目（CIP）数据

嫡兄 / 青灯著 . -- 天津 : 百花文艺出版社，2024.8
ISBN 978-7-5306-8835-9

Ⅰ . ①嫡… Ⅱ . ①青… Ⅲ . ①言情小说—中国—当代 Ⅳ . ① I247.5

中国国家版本馆 CIP 数据核字 (2024) 第 084699 号

嫡兄

DI XIONG

青灯 著

出 版 人： 薛印胜
选题策划： 胡晓童
责任编辑： 胡晓童
封面设计： 安柒然
出版发行： 百花文艺出版社
地址： 天津市和平区西康路35号　　**邮编：** 300051
电话传真： +86-22-23332651（发行部）
+86-22-23332656（总编室）
+86-22-23332478（邮购部）
主页： http://www.baihuawenyi.com
印刷： 天津旭丰源印刷有限公司
开本： 880毫米×1230毫米 1/32
印张： 10.25
字数： 226千字
版次： 2024年8月第1版
印次： 2024年8月第1次印刷
定价： 42.80

如有印装质量问题，请与天津旭丰源印刷有限公司联系调换
地址：天津市宝坻区新开口镇产业功能区天通路16号
电话：（022）82573686　邮编：301815

目录

第一章

将门养女

离家半月，
他一直想念着这份温存，
甚至都快疯了。

“夫人，大爷回来了！”门口传来一声婆子的惊呼。

李夫人来不及放下茶盏，忙站起身来。在她身侧，正端着碗喝银耳汤的李湉湉直接跳了起来。

“真的？到哪里了？”李湉湉的声音里含着明显的喜悦，那毕竟是她的亲兄长，许久不见，自然想念。

坐在下首做着女红的李楚楚却是愣住了，一不留神，针尖刺进了指尖，豆大的一粒血珠渗了出来。感觉到嫡母的视线，她忙将手掩下。

李湉湉三步跳到门口，向外看了一圈又跑了回来：“平嬷嬷快说，我哥哥到哪里了？我去门口接他去。”

“我的好姑娘，大爷到大门了，马上就来，您先坐着吧。”平嬷嬷将李湉湉拉回来，按在椅子上。

李夫人听到儿子已经进门，严肃的脸上也不由绽开一丝笑，随后吩咐下人去瞧瞧儿子的屋子收拾得如何，被褥都怎么样。

李楚楚闻言，起身微微福了一礼，朝李夫人道：“大哥回来，想必舟车劳顿。前儿庄子上送来的乌鸡正好可以给大哥补身子，女儿这就去大厨房打点打点。”

李夫人很是满意庶女的乖觉，点点头微笑道：“难为你有心，去吧。就不必再来了，晚上过来吃饭。”

李楚楚退着出了门，刚撩起门上的帘子，一道高大的身影就出现在院子门前。李轸身上的戎装尚未脱下，一手仍扶在腰间的宝剑上，双眼沉静，眉目冷峻。

李楚楚看着他一步一步朝自己走过来，她甚至能感觉那双漆黑的眼睛第一时间便捕捉到了她。她轻轻抿唇，低下头，退到一边行礼。李轸在她面前停下，伸出一只手要扶她起来。动作看似平常，偏偏在握住她的手之后，他便舍不得放开，轻轻捏了捏。

李楚楚眉头轻拢，朝周围看了一眼，好在仆妇们都低着头，不曾注意。

“母亲在等呢，哥哥快进去吧。”她好不容易寻了个借口出来，就是不想打扰他们的天伦之乐。如今好不容易得了个好脸色，若是这时候再进去，夫人会如何看她？

李轸浓黑的眼睛掩盖在精致的眉弓下，神情模糊，让人辨不清楚。

他似乎愣了神，只顾着看她。李楚楚用上了点力道，将手抽出来，拔高声音，说：“我正要去厨房呢，母亲和大姐在屋里。”

这场景，仿佛李轸在问她话，而她正在解释。

下一刻，李湉湉便出现在门里，亲热地挽上李轸的手臂，说：“哥哥快进去，我好想你。”

李楚楚微松了一口气，这才提着裙子出门。

今日大爷回家，李府仿佛过年一般热闹。李夫人发话，当值的每人发五百钱，阖府欢庆。

晚上的接风宴摆在李夫人的院子里，李府人丁单薄，故去的大老爷只得了李轸一个儿子，再加上李湉湉和李楚楚、李纤纤姐妹俩，统共不过五个主子。是以宴席也简单，算上有脸面的仆妇和李轸身边得力的副将，撑死了三桌席面便足够。李湉湉像只快活的小鸟，哥哥长哥哥短地缠着李轸说话。

向来沉郁的李纤纤也难得见了笑，李夫人更是从头笑到尾，只有李楚楚温柔恬静地坐在一旁，如坐针毡。

“哥哥，哥哥你快讲讲，从泗水关过来，你都见着什么好玩的了？”李湉湉半挂在李轸的胳膊上，问着许多稀奇古怪的问题。

李夫人看着儿女其乐融融，双手拢在袖子里，笑眯眯地道：“赶紧下来，莫缠着你大哥，他奔波一天，指定累了。”

李轸向来恭肃，就算身边缠着个人，也坐得如一口铜钟般笔挺。他对李夫人微笑，嗓音沉郁地道：“还好，母亲身子如何？”

李夫人呵呵笑着，答了儿子的话。这一家欢声笑语的，只有李纤纤和李楚楚坐在一处闷不吭声。李纤纤想到自己的娘亲还在老家祠堂受苦，手上一滑，茶盏倒在桌子上，声音突兀。

李楚楚忙站起来替妹妹掩饰：“母亲，是女儿不小心……”

李夫人脸色微沉，嘴唇一动，刚要说什么，李轸已经道：“这次回来路上，得了一支好参，母亲一向心肺不好，吃了正好补补。”

李夫人立马笑了：“你领兵出征是正事，怎么还想着我？”

“不碍事。”李轸端起茶尝了一口，轻飘飘的视线已经扫了过来。

李夫人厌烦地看了两个庶女一眼：“行了，今日先下去吧，明儿再过来请安。”

李楚楚领着妹妹退出来，走出老远还能感觉到背上灼热的目光。

如月伺候李楚楚沐浴好，将人扶到梳妆镜前坐下。嵌在黄梨花木上的铜镜在烛光下映出一张巴掌大的脸，只见她蛲首蛾眉，仙姿玉貌，一颦一笑清丽脱俗。

如月蘸了一点嫣红的脂粉，要往李楚楚脸上抹，被她歪头躲过："马上要睡了，不涂了。"

如月动作顿了顿，小声道："今儿大爷回来了，想必待会儿要来瞧姑娘，还是搽一点吧。"

李楚楚紧紧地抿住唇，听到那个名字，不由得紧绷身子。本以为他这一去总要走几个月，不想这么快便回来了，今晚怎么躲得过去？

她兀自陷在思绪里，身后的如月悄悄退了出去。等她发觉身边许久没了声音，回头去看，却见那人坐在她身后，正一眼不眨地看着她。

李轸静静地望着李楚楚。过去的十年，她都没从他的眼神里察觉出半点觊觎之念，若是早知道，她一定会藏得远远的。

李楚楚往一旁躲了一点，还没想好说什么，李轸已经先动了。他欺身上前，眸光温柔如水，但握住她脖子的右手和亲吻时唇上的力道却全然没有一丝温柔。

月光照亮一片雪白的肌肤，李楚楚精巧的锁骨因紧张微微凹陷。她将脸偏向一边，根本不想看他。

凉风拂过脖颈，鼻间是独属于他的味道，身边的男人她是那样熟悉，又是那样陌生。

李轸有点迫不及待，离家半月，他一直想念着这份温存，甚至都快疯了。

李楚楚任由身子朝后倒在堆积的衣裳里，尽管难挨，却忍着没有出声。

入夜，窗户外头晨昏未分，四处静悄悄的，屋里三鼎炉上烧着银炭，发出“毕剥”的一声响。

李轸眉梢微动，醒了过来，床幔将光亮掩盖得很是严实。他朝旁边摸了摸，被褥温热，却是空的。李轸睁开眼睛，双眸在黑暗中闪烁着光。

他坐起身，听到帘子后清晰的水声，不一会儿，李楚楚收拾完进来了。借着桌上油灯昏黄的光亮，他看到李楚楚换了一身茜色里衣，肩背单薄，黑色的长发披散着，有些贴在耳边，脸色有些苍白。

见他醒着，李楚楚脚步一转，到远离床的桌边坐下。她的动作很慢，似乎不舒服，慢慢坐下的时候眉心难展。

李轸瞧她躲得远远的，面色不变，拉开床幔自己下了床。没等她反应过来，他就一把将她抱起，放回了床上，李楚楚揪住他衣领，动作有些僵硬：“不行……”

李轸见状眉梢微挑。自从李老爷去世，他迅速扛起一大家子，人也学得越发稳妥，轻易不会露出情绪，在她面前他也向来寡言。

对李轸来说，每一次亲近都仿佛是最后一次，他只想着索取更多，没工夫说话。

除非他乐意，旁人很难从他的脸色中读取情绪，李楚楚也一直对他敬而远之。此刻，他只是挑了一下眉，偏生她感受到了一种愉悦中带点揶揄的情绪。

李楚楚不再说话，紧紧揪着他衣领不肯放手。李轸小心地将人放下，取了枕头垫在她的身下。李楚楚微微瞪大眼睛，敢怒不敢言。

李轸仔细瞧了瞧，从一旁的衣物里取出一个青瓷小瓶。

闻到淡淡的药香味，李楚楚这才明白李轸是打算替自己上药。李楚楚明白自己误会了，懊恼之余并住膝盖坐起来，小声地说："我自己来……"

李轸避开了她伸过来的手，沉下面孔，摆出不容拒绝的神色，低声说："躺好。"

李楚楚是最怵他的，李轸只是用淡淡的语气说话，她就不敢再违拗。

她双手抓住被子，眼睛盯着顶上的床幔。他的手指修长，既有读书人的秀气，也有武夫的粗糙。

李楚楚咬牙，完全不敢看李轸，只是觉得身边人的气息似乎重了些。约莫过了一刻钟，他终于站起身，李楚楚立马拉过被子盖上，身子又出了一层细密的汗。

烛灯下，李轸慢条斯理地擦着手。他还是个年轻的小将，脸上的棱角尚未分明，忽略刚刚的荒唐，此刻他的一举一动都令人赏心悦目。

李轸将帕子扔在衣服边，揉了揉眉心，似乎有些疲倦。他这次从宿州清兵回来，路上只歇了一晚，其实昨日他已到城外，只是还要安顿好兵营事宜，是以今日才到家。

他掀开被子正准备躺下，李楚楚却揪着被褥不肯撒手。在那道清幽幽的眼神逼视下，她低下头，说："卯时了，再过两刻钟纤纤会来找我。"

屋里顿时安静下来，李轸脸色微暗，他不过就是想抱着她好好睡一觉。他拿过衣服，快速穿好，一句话也没说，转身出了门。

李楚楚立马喊来如月，吩咐道："去熬汤来。"

这汤是李轸为她准备的避子汤，在这方面她是最上心的。如月脸色尴尬，朝门外看了一眼，李楚楚顺着她的视线看去，只见一片黑洞洞，并不曾有什么人。

就算李轸在，她也是要喝的。她怎么会忘记第一次与他亲密后，李轸的奶妈戚嬷嬷冷着一张脸，端给她的那碗黑乎乎的药。

李楚楚揉了揉眉心，经此一遭也睡不着了，一边靠在床边等着如月熬药，一边问她："这一次林副将也跟着剿匪去了，可回来了？"

如月道："回来了，晌午的时候我还在院子里看见他来着。前儿林夫人也来过，寻着夫人说了半日的话。"

这林副将名叫林安生，乃是李老爷老部下的遗孤，父亲跟随李老爷戎马半生，死在疆场上，孤儿寡母被李府接了回来，就近选了个宅子住着，两家做了个近邻。

李楚楚伸手从床柜抽屉里摸出一支银簪子，那簪子是海棠花式的，工艺精巧，雕琢精致，在花底近柄的地方有一个"安"字。

如月熬好药，盛在碗里端过来，奇道："姑娘何时有这样一支发簪？我倒是没见过。"

李楚楚道："不是什么要紧东西，随手玩的。"

可如月瞧她倒是很喜欢这簪子。李楚楚爱不释手地看了一会儿，又小心地装进匣子。

等到天亮，李楚楚也没睡着。自来便是这样，只要李轸在府里，她就胆战心惊，不曾有一刻安心。

李纤纤早早寻了来，跟她一道去给李夫人请安。李湉湉还没睡醒，李轸也不见身影，李楚楚便替了平嬷嬷的差事，给李夫人梳头。

或许是因为李轸回来，家里有了主心骨，李夫人心情不错，一早上都笑眯眯的。

到了吃饭的时候，李湉湉方从李夫人后屋出来，李楚楚便退到一边。李夫人叫三位姑娘坐了，拉住李湉湉的手看她穿得如何，问她睡得怎样。

这一副样子落在李纤纤眼里，她脸上的神色越发阴郁。李楚楚拍了拍她的手背，李纤纤扭开头，闷不吭声。

等了有两刻钟，李轸姗姗来迟，李夫人才吩咐平嬷嬷上早膳。

李轸今日穿了一身家常的白袍子，很是罕见。他的衣裳多以深色为主，因为常年不见笑容，即便他长得俊俏，也压不住那身肃穆的气质。

其实他穿白色衣衫很好看，年岁不到二十的少年郎，玉树长身，面若美玉。这身装束似乎遮去了眉宇间的寒气，让他的脸上看起来有了些温度。

他坐在李夫人下首，道：“早起去了一趟校练场，母亲和妹妹们不必等我。”

李湉湉挽着他胳膊，笑得见牙不见眼：“哥哥不在家里便作罢，难得陪我和母亲吃饭，自然该等你一道。”

“说得极是。”李夫人应了一句。丫鬟们送了早点进来，李楚楚默默地喝着稀粥，从李轸进来后便只看了他一眼。

桌上安静，李湉湉“扑哧”笑了一声，李楚楚抬起头，顺着李湉湉的视线看过去，便见她对面立着一个丫鬟，正站在李轸旁边为他布菜。那丫鬟满脸羞红，偏偏伸过去的筷子与李轸的筷子撞在一起，惹得李湉湉发笑。

李夫人道："彩云，愣着做什么？这道菜，还有那道，都给大爷添上。"

李轸脸色不改，头微微偏了偏，避开了浓烈的脂粉味，道："不必了，儿子行军在外，习惯了自己动手。"他转头对彩云说道，"下去吧。"

李夫人顿时有些心疼："那是在外头，自己家里自然该舒舒服服的。屋里也没个知冷知热的人，想喝口热汤都没人端。彩云在我屋里也是能干的，正好去服侍你。"

这话的意思，彩云想必是李夫人为儿子准备的通房丫鬟了。李楚楚抬头看了一眼，果然，这彩云生就一副花容月貌，细眉长目，眼波含情，削肩膀，柳蛇腰，身段极好。

李轸没说话，李楚楚却感觉到他往这里瞟了一眼，顿时紧张起来，一直到早饭结束，她的神经都绷着。

到最后李轸也没说到底要不要彩云。李楚楚揣度着李夫人的意思，带了李纤纤先出来。姐妹俩和如月慢慢地穿过花园，朝自己的住处走去，一路上李楚楚拉着妹妹的手，说："你瞧你，总是一副不开怀的样子，在母亲面前多不好。"

李纤纤揪了一把树叶子，用力掷到地上："我就是这副样子，要是我姨娘在身边，我也能开开心心的。"

李楚楚知道李纤纤自小在姨娘身边长大，感情深厚，但她不得不劝道："这话莫再说了，当初是什么光景，如今是什么样子？你安分些吧，也叫姨娘少为你操心。"

"我用得着谁操心？自从爹去了，姨娘被送回老宅，我也没人管了。”说着，李纤纤悲从中来，眼眶都湿了。

姐妹俩的亲生母亲姓张，原先是个小户女子，机缘巧合被李老爷瞧上后，被纳进府里做了妾。

偏偏李老爷去得太早，李夫人将府里众姬妾全部遣散，独留了张姨娘。旁人都道李夫人好性子，谁知没多久，张姨娘就被寻了错处，撵去老宅。

李楚楚脸色微敛：“你不要再提姨娘了，这样非但不能将她接回来，还会自己平添祸端。”

李纤纤恨恨地瞪了李楚楚一眼：“就你怕死！便是送我去陪姨娘也使得。”

李楚楚气得嘴唇轻抿，觉得自己是白护这个妹妹了：“你要去陪姨娘便去好了，我还拦着你不成？只是到时候要回来却是难了。”

眼见李楚楚真要撒手不管，李纤纤又后悔了。她说：“二姐，我不是有意的，我就是心疼姨娘。咱们锦衣玉食的，独留姨娘在老宅，下人怎会好生伺候她？他们恐怕得了李夫人的嘱咐，还不定怎么慢待呢。你再给姨娘捎点钱吧，她给我来信，说是病了都没银子。”

李楚楚道：“上月我不是才给了十两？该够她花用一年才是。”

“那些奴才太贪，姨娘有什么法子？”李纤纤说着，眼巴巴地看她。

说来说去，李楚楚也只是庶女，月钱有限，又都在李夫人手里攥着。李楚楚虽为难，但那是自己的亲娘，她只得点头应下。

姐妹俩说了一会儿话，还没走到院门口，便听一旁有婆子扯闲话：

“……果然呢，王家那女儿好福气，真就进了大爷院子了。”

“可不是，大爷身边连个人都没有，这要飞上枝头了……”

李楚楚只捕捉到“大爷”二字，毕竟家里的仆妇只会这样叫李轸。

她转头问如月：“王家的女儿是谁？”

如月小声道：“就是彩云。”

闻言，李楚楚微怔。

李轸屋里添了人，还是李夫人给他的通房。李楚楚想着，若是李轸收用了彩云，或许就没精力缠着她了，久而久之将她抛去脑后，她便能从那些不堪的纠葛中脱身。

李楚楚暗自叹口气，暂且放下这事。

这一日，府里一个极有体面的老妈妈过生辰，邀了李夫人与李湉湉去吃酒。出门赴宴长脸面这样的好事自然没有李楚楚和李纤纤的份儿。

李家三位姑娘，生得最好的便是李楚楚，她继承了张姨娘的精致纤秾。李夫人最不喜欢的便是她那张脸，更不愿见她盖了李湉湉的风头。

李楚楚不爱出门，时常不在李夫人身边伺候，便在自己屋里待着。不多时有下人说林夫人来了，家中女主子不在，便将话传到了这里。

李楚楚搁下手里的针线问：“大爷呢？”

如月度她的脸色，微微笑道：“来的是女客，大爷怎么招呼？再者他也不会接待那些夫人太太的，还是姑娘拿个主意吧。”

“平嬷嬷也不在？”

平嬷嬷是李夫人身边最得力的仆妇，由她代为出面，既全了客人的脸面，主人家也没失分寸。

如月道：“姑娘糊涂了，夫人何时能离了平嬷嬷？自然一道出门了。”

闻言，李楚楚只好站起身来，如月服侍她理了理鬓发，陪她去外头迎客。

来客正是李轸身边的副将林安生之母，李楚楚将人带进花园的会客小馆，着人添了茶水点心，这才和她解释李夫人的去向。

林夫人笑眯眯道：“是我来得不巧了，劳烦姑娘忙活一回。夫人回来了望姑娘告一声，就说我改日再来。”

来的路上，李楚楚分明听下人回禀，说是李夫人事先邀了林夫人，但跟那边的邀约撞在一起后就将林夫人忘了。这事搁在旁人身上，怎么也要为此生气，这位林夫人当真性子好，半句抱怨没有，还感激她出来相迎。因为林夫人是林安生的母亲，李楚楚不免对她好感倍增，两人聊起闲话时便也添了几分亲近。

一番交流下来，林夫人不免开始认真打量起李楚楚。她见面前这姑娘颜色身段都生得极好，坐相端庄，谈吐温和文雅，声音也温温柔柔的。李府的下人有些眼睛长在头顶上，时常不带正眼瞧他们母子，可从这位二姑娘的谈吐中，她却找不到半分轻视。

她寻李夫人本来就为了儿子的终身大事。林夫人是从未见儿子对哪位姑娘上心，眼瞅着年纪越拖越大，急得她上火。如今真真是踏破铁鞋无觅处，得来全不费工夫。论起人才家世，再没有比二姑娘更合适的了。

林夫人眉开眼笑，拉着李楚楚就有说不完的话，极尽打探之能事。

李楚楚虽丈二和尚摸不着头脑，也只得好言好语地应着。

没多少工夫，底下人来报，说是林二爷过来了。林安生本来在李家校练场，刚与李轸谈完事。他听闻母亲来了，还是二姑娘在接待，急忙赶了过来。

李楚楚站起身朝林安生行了一礼，后者脸上泛起浅红，拱了拱手，不敢看她。

“谢二姑娘招待我母亲，没事我们就回去了。”

李楚楚瞧着他这副样子，只觉得好笑，她点点头，道：“不碍事。”于是吩咐如月去备车。

林安生偷偷看了她一眼，眼神便舍不得再移开，手脚都僵得没处放，偏生又装得一本正经。李楚楚靠在柱子旁静静地等着，林夫人将两人的动作瞧在眼里，心里乐开了花。

“既然来了，林姨用过饭再走也不迟。”清冷的声音从林安生背后传来，李楚楚当即便往后小退了几步。

李轸负手立在廊下，一身玄衣，如月下松柏。林夫人忙道“不必”，林安生也道：“还得去北头铺子瞧瞧马鞍，改日再来叨扰小将军。”

林安生如今二十有三，长了李轸几岁，自小玩在一起，一直唤他为“小将军”。

李轸也不勉强，吩咐管家将母子两人送出去。李楚楚安安静静地立在一边，等人走了，也不理会李轸，转身朝着自己的院落走去。

走了一半路程，忽听后头沉沉的脚步声越来越近，李楚楚还未来得及回头，便被人捂着嘴扯进了一旁的假山洞。虽然四周黑漆漆的，但凭着熟悉的感觉，李楚楚也知道来人是李轸。

李楚楚挣扎了一下，却被他强有力的臂弯箍得越来越紧。他的呼吸有些沉，自上而下打在她脸上，他低声道："你跟林安生，什么关系？"

李楚楚心里一个咯噔，面上强装镇定，敛声道："没关系。"

李轸轻笑了一声，听着不像是那种愉悦舒快的笑。他轻声调侃："阿楚，你知不知道，你每次撒谎时眼睛都眨得厉害。"

"真的没关系，就是因为两家的情分认识罢了。"李楚楚抬起头，用濡湿的眼睛看着他。

李轸被她盯得心头一热，漆黑的眼中流露出似有若无的暗昧，放在李楚楚腰间的手也加重了力道。

李楚楚感觉到了，她有些慌神，歪头躲开落在嘴角的吻，急急道："你干什么？不要乱来。"

李轸的右手握住她肩头，重重捏了一下。李楚楚吃痛，断了话语，她皱着一张莹莹如玉的小脸，一口咬在李轸的手臂上。他稍微用力绷起肌肉，李楚楚的牙齿便有些酸了。两个人在一起默默较劲，这时，忽然从洞外不远处传来一道脚步声，伴着讷讷的自言自语："在哪里来着？"

李楚楚混沌的脑子勉强清醒，分辨出来人是林安生，顿时紧张得忘了呼吸。

她害怕得浑身轻颤，指甲掐进了李轸的手臂。她可以清晰地听到外面越来越近的脚步声，紧张得咬住嘴唇，说道："有人来了……"

李轸吻着李楚楚的侧脸，毫无反应。脚步声已经快到洞口时，李楚楚紧张至极。

“林将军！”如月的声音响起，吓了李楚楚一跳。

洞外两人说了什么，焦急之中她没听清楚，好在林安生最终随如月离开了。林安生走之前回头看了一眼，他似乎闻到一股很熟悉的香气。

威胁没了，可是李楚楚还是不能轻松下来。她的身前是冰冷的石壁，身后是李轸冷酷的声音：“阿楚，你要记住你的身份，千万别惹我生气。”

晚上，李楚楚醒来时脑袋有些沉重，她侧头看去，如月正在灯下做活儿。瞧她醒了，如月忙端来水喂给她喝：“炉子上温着粥，姑娘可要这会儿吃？”

说起吃的，李楚楚便感觉到肚子里空空如也。她点点头，如月服侍她坐起来。

李楚楚身上不舒服，低声道：“药呢？”

如月将一碗黑色的汤汁端过来，浓重的药味令人作呕。李楚楚端过来，眼睛没眨一下，咕嘟一口喝了个干净。喝完药后她含了枚蜜饯，压下那股反胃，问如月：“我怎么回来的？”

如月小声道：“大爷送姑娘回来的。”

李楚楚紧紧地揪住被子，抿唇道：“没人瞧见吧？”她最担心这个。

“没有，大爷绕后面的小径过来的。当时夫人和大姑娘正回来，人都去前头了。”

说起李夫人，李楚楚更紧张了："服侍我起来，母亲那里还没过去呢。"

如月忙按住她："大爷在那边吃饭，说是不用两位姑娘过去。"

儿子都亲自吩咐了，李夫人乐得不见两个庶女在眼前晃悠。

李楚楚闻言稍稍安心，随即又想起什么，双手抱着膝盖坐好，语气很低："林副将……后来又进来做什么？"

一听这话，如月抬头看了她一眼，觉得李楚楚这话的语气有些紧张，不过她只当李楚楚怕被人发现端倪，并未深想，回道："说是掉了东西回来找，我就带他出去了。"

李楚楚半晌未开口说话，如月能感知到她失落的情绪。每回大爷来找姑娘，李楚楚都是这副不能开怀的模样。如月是能理解她的，她虽知道姑娘跟大爷没有血缘关系，但如月也明白姑娘接受不得这段关系。姑娘一直当大爷是哥哥，怎么会想跟他在一起？可是大爷何其固执，莫说她只是一个小丫头，即便是姑娘，都不能改变大爷想做的事。

是以她除了帮着打掩护，也只能劝着李楚楚看开些，她微微笑道："方才三姑娘过来，我将姑娘准备好的银子交给她了。三姑娘说姨娘来信问姑娘好，还想姑娘了，又捎了两双鞋，叫姑娘穿着玩。"

提起张姨娘，李楚楚脸上露出一点笑来："她一个人在那边也不容易，歇着就是，还给我们做什么鞋子？"

"毕竟是亲娘，总想着身上掉下来的肉。"如月应道，"柱子方才也来过，送了一筐荔枝，说是大爷知道姑娘喜欢吃，叫外头买的。这里还有一百两银子，也是给姑娘用的，他还说没了再去取。"

这可真是打发手上豢养的鸟雀儿呢，李楚楚在心头一哂，又不说话了。

如月见状没了法子，也只能陪她沉默，良久，忽然听她道：“你说，我若是嫁人了，是不是也就能挣脱这泥潭了？”

这话如月也不知怎么回答，不过在她看来，大爷其实对姑娘挺上心，要摆脱他恐怕没那么容易。

林夫人自从在花园里瞧了李楚楚一面，便很是属意她，往李家走动得越发勤快。李夫人是聪明人，见林夫人一来便拉着李楚楚问这问那，也瞧出来点意思。

一个是没有血缘关系的庶女，一个是儿子的下属，若能成全此事，也算省了份心。李夫人乐见其成地观望，正巧李楚楚也是时候相看人家了。

不过，因为李湉湉尚未婚配，李楚楚也就不必着急，李夫人便不曾主动提起这话。她笑道：“二丫头去厨房瞧瞧，今儿都在我屋里吃饭。有客人呢，叫他们手脚麻利些。”

李楚楚领命去了，林夫人方才收回视线。李夫人眼观鼻，鼻观心，笑而不语，林夫人只得自己提起话头：“要说咱们整个延平城，这许多的官家儿女，我瞧着最好的便是夫人家的。不说大爷小小年纪便有李将军的风骨，自领了将令以来，将咱们这城池守得固若金汤，那些个蛮夷轻易也不敢来胡闹。说到底呀，还是夫人教得好。”

李夫人脸上的笑意加深，褶皱里都透出喜悦：“哪里的话，是他自己出息。他上峰也说呢，轸哥儿青出于蓝，老爷在天上也欣慰了。”

林夫人端起茶润润嗓子：“我看几个姑娘也是一等一的好，大姑娘那模样气度，比之京都的女子不差什么，这才是大家嫡女。”

听人夸李湉湉是李夫人最高兴的事儿，林夫人这一番话算是搔到李夫人的痒处了，她继续道：“就是不知道哪家有那福气，能迎湉姐儿进府。”

李夫人道：“她还小呢，我还想留两年，教她些待人接物的事儿。”

李湉湉近年正是备嫁的时候，不过李夫人眼高于顶，瞧不上这边城的青年。林夫人心头透亮：“大姑娘是不敢想了，夫人家里的二姑娘可许人家了？可要给我个机会。”

李夫人沉默了一会儿：“那丫头也是个好的，待我极是孝顺，夫人瞧上她是她的福气。只是我这家里，大的两个还没着落，轮不上她们。”

这话是留了口风了，林夫人笑道：“既然如此，我就等大爷和湉姐儿定了再来，夫人可是许我了。”

李夫人不说答应也不说不答应，扯起了其他话，林夫人还是吃了一颗定心丸。

晚上回去她将这个意思透露给林安生，后者顿时脸红如枣。林夫人故意道：“你倒是觉得如何？喜欢为娘就继续争取，不行就算了。”

林安生也这么大了，出门打仗多少大场面都不怵，偏生此时臊得慌，他小声道：“娘说什么就是什么。”

林夫人越发开怀：“男大当婚，女大当嫁，有什么可羞的？二姑娘性子温柔，人也生得好，又是小将军的妹妹，为娘很是满意。”

林安生听他娘这样说，一时想起在李家的李楚楚。他其实自小就有注意她，水灵灵的小姑娘，不论何时都是温温柔柔的，他也是一早便喜欢上了。

一想到或许能将心上的姑娘娶回家，与她交颈而卧，将她全部拥在怀里，林安生便满心都是甜的。

李轸刚出门巡视了一趟，此时正是北方草木繁盛之际，荒蛮鞑靼粮草充裕，短时间不会起入侵的心思，因此他除了练兵便待在家中。

公务上的事自有底下人送过来，朝李府跑得最勤快的便是林安生。这一日底下赵司曹有事回禀，林安生主动揽过文书，亲自跑了一趟。

虽然他时常进出李府，却不方便进入后院。他要见李楚楚一面甚是困难，总是抱有侥幸之心而来，最后失意而归。

不想今儿于他却是黄道好日子。林安生方进了月亮门，踏上李轸书房前的弄堂甬道，李楚楚便带着如月迎面而来。林安生掩盖不住面上的喜色，低头看了一眼身上，尚且干净整洁，他忙拱手道："见过二姑娘。"

李楚楚见是林安生，微微一笑，侧开身子，柔声道："林将军客气，这是打哪里来？"

"有些公事找小将军，正要过去。姑娘呢？"林安生是个儒将，面容没有李轸刀削斧凿般的凌厉俊美，举手投足皆是温柔内敛。

他看了看如月，似乎有些话想与李楚楚单独说。见如月半点不懂眼色，也没想着主动退开，李楚楚便叫她先去前头等着。

如月望了两人一眼，乖乖走了，在不远处能瞧见他们的地方站定。李楚楚见此情形微微抿唇，林安生倒是毫无察觉，一见到李楚楚，他的眼睛便装不下任何事物了，只敢愣愣地看着她，连句话也说不出。

他急得额上出了一层细密的汗，许久方憋出一句：“姑娘瘦了。”

李楚楚一愣，心窝一暖：“多谢将军关怀。”

按礼数，林安生应该移开目光，可他却舍不得放过任何与她独处的机会。他几乎是在用贪婪的眼神看着她，李楚楚一抬头便撞上一双闪烁着微光的眼睛。那深邃的眼里只有她一人，既想亲近她又怕唐突佳人。

她何曾被人这样珍视过？这唯一一点的用心，竟叫她忍不住眼窝一热，忙扭开身子掩饰。视线触到她嫩生生的半张面孔，林安生猛地惊醒，一躬到底：“姑娘莫怪，我……我失礼了。”

李楚楚低声道：“没有。”

林安生在她温柔的语调下勉强找回一点勇气，面孔微红地问：“姑娘，这支发簪戴着可喜欢？”他望见李楚楚头上的发簪后，难以掩盖心中的雀跃。

李楚楚摸了摸头上的海棠式银簪，略一低头：“喜欢的。”

林安生眼神更亮了些，似乎有什么重要的话要说出口。李楚楚忽然有些惶恐起来，并不是很想听。好在，如月一声呼唤截断了林安生的话头。

李楚楚稍稍松一口气，微微行礼：“将军慢走，我也该去母亲那里了。”

行了万福礼，李楚楚与林安生擦肩而过，只听耳边传来他低沉又坚定的声音：“姑娘信我的真心，我定不负你的。”

林安生的那一句话，吹皱了一池原本平静的春水，叫人浮想联翩。晚上，李楚楚摩挲着手上的银簪子，指尖在“安”字上停留良久。

跳跃的烛光将她的侧影映照得格外温柔，嘴边一瞬而逝的柔软弧度里，暗藏着一丝忐忑与期待。

如月端着油灯进来，将窗户关上，撤下床边的床幔。

李楚楚已经坐了半个钟头，一动不动地盯着一支发簪发怔，时而轻展蛾眉，时而愁眉紧锁，如月瞧得好生奇怪。她见状回身问道："姑娘？"

李楚楚回了神，端坐片刻，等着如月收拾床铺时还是忍不住问道："林将军这几日怎不见人影？"

她还特意挑着时辰过去，却不再像那天一样轻易碰得见他了。如月铺好被子，一面将李楚楚明日要穿的衣裳找出来，一面回道："林副将随大爷出城几日了，说是西山有大虫出没，他们准备去打呢。"

李楚楚的心一瞬间揪起来："带的人可齐全？那大虫岂是好惹的？"

如月道："咱家大爷武艺高强，行军打仗都不在话下。北边那些敌人一听他的名号，跑得比谁都快，定能安然无恙。"

话虽是这样说，可李楚楚还是不能彻底安下心。她晚上睡觉便梦见那场景，梦里她正被一条一丈长的母大虫追赶，血口獠牙眼见着落到她身上，吓得她浑身僵硬。

一晃眼的工夫，斜刺里跳出一人，一手揽着她，一剑将那大虫刺死在地，温柔地安抚道："阿楚不怕，我在呢。"

李楚楚自噩梦中醒来后，太阳穴突突地跳着疼，却怎么也想不起梦里那人的脸。

到了请安的时辰，她人还恍惚着。李夫人院子里热闹非凡，正如如月所说，李轸等人满载而归。

李湉湉跟前跟后，要李轸讲清楚打大虫的经过，李轸有一句没一句地敷衍。他余光瞧见李楚楚从外头进来，便只注意她去了。李湉湉不满地掐了李轸一把：“哥哥，我问你话呢。你打了那大虫，我要那皮子。前儿周家丫头还跟我炫耀她有张极贵重的狐狸皮，我要有一整张老虎皮。”说着她便扬扬得意起来，缠着李轸将虎皮送给她。

等李楚楚在下首坐下，李轸漆黑的眸子便朝着那边转过去，看着李夫人向她问话。

提起那张老虎皮，他便想到李楚楚是个极怕冷的体质，冬日里两床被子也焐不热身子。有时候他会忽视她的不乐意，将人整个困在怀里，那时李楚楚便能睡个好觉。于是他轻轻放下茶盏，对李恬恬道：“那张虎皮我有用，过几日我给你猎张狐狸皮。”

狐狸有什么稀罕的？出了城门往山林里一钻，随处可见。城边的狐狸皮哪里有周敏的那张红狐狸皮来得珍贵？李湉湉不乐意，扁着嘴歪缠许久，李轸都不作理会。

李湉湉气得没奈何，顺手便将丫鬟端上来的一壶茶掀翻了。岂料那壶是李夫人专用的，李夫人喜用沸水泡茶，奴仆皆知。这壶翻了不要紧，一壶沸水眼瞧着便要浇到坐在末尾的李纤纤身上。

“嗞”的抽气的声音将众人都拉回了神。李纤纤已经被吓傻了，李楚楚忍着疼，将手往袖子里缩。千钧一发之际，她替李纤纤挡住了壶，沸水全泼在她的手上。

李夫人面露不耐，可她哪里舍得指责自己的女儿，正要轻描淡写地敷衍过去，李轸却早已一个箭步跨到李楚楚跟前，握住她的手腕查看伤势。

李楚楚白皙水嫩的皮肤上登时起了一片亮晶晶的水泡，看起来触目惊心。

李轸微低着头，眉头拧起，似岿然不动的泰山。李楚楚慌忙抽手，却被他坚定而又温柔地握着，不容拒绝。

李夫人道：“烫到了？好在不算太严重，回去抹上药膏，几日工夫也就好了。”

李楚楚轻轻应了声“是”，豆大的眼泪在眼眶里打转。

李轸回头，用凌厉的目光射向李湉湉，责怪的意思不言而喻。李湉湉被李夫人宠惯了，嘟囔道：“她自己凑过去的，干我什么事？”

李轸是整个屋子里最威严的存在，他不说话，没人敢吱声儿。李湉湉委屈地望向李夫人，带着哭腔道：“就是不干我的事。”

“道歉。”李轸的声线还算平稳，只是莫名给人一股森寒的感觉，仿佛压抑着怒气。

李湉湉倔强地不吭声儿，撒娇喊了一声“娘”，李夫人正要打圆场，便听李轸道：“既然这样，便把家规抄五十遍。”

李湉湉“哇”的一声，哭着跑出去了。李轸又补充说：“屡教不改，禁足半月。”李夫人不赞同地看向李轸，似乎很不满。可是长子已经是一家之主，她也不能当面反驳他。

李楚楚被李轸亲自送回去，如月翻箱倒柜地找着烫伤膏，李轸打发她去他的院子里找仆人要，而后屋里便只剩他和李楚楚两个人。李轸对着她烫伤严重的手如临大敌，担心怎么下手都会弄疼她。

李楚楚要哭不哭的娇嫩模样惹得他心烦意乱，李轸低声道：“别哭了，水泡不挑破，药膏渗不进去，好得很慢。”

李楚楚一声不吭，良久回头看了一眼。李轸虽说看上去面无表情，但手上的动作一直小心翼翼的，好像在擦拭他极喜爱的宝剑。这一场景，忽略她心底对他的抵触，当真是极温馨的。

屋里两个人都没说话，李轸刚从山上回来，还穿着简练的戎装。他的肩背日渐健壮，渐渐脱去少年的单薄。

没多少工夫，李纤纤来了，听到外头的说话声，李楚楚惊得忙将手缩回来。李轸深深看了她一眼，不置可否。

等到李轸起身出去，李纤纤蹭到李楚楚身边坐下，看她伤得严重，终究起了点愧疚：“李湉湉活该，一点不如意，逮着什么都能撒气。”

李楚楚揉揉额头：“小心些说话，她好歹是大姐，隔墙有耳。”

李夫人溺爱李湉湉，众人有目共睹，即便过得了今日，这一遭账将来怕还是要算到她们姐妹俩身上。李楚楚做好了准备，做不完的绣活和抄不完的佛经，她都经历过。可姐妹两人偏偏这次竟什么都没等到。

向如月问起，如月告诉她：“大爷找夫人说过了，大姑娘过于骄纵，于她往后可没好处，说是要好好煞煞性子，免得出门吃亏还带累家里。夫人叫他吓住，顾不上这边，只忙着如何缓和大爷和大姑娘的关系。”

李楚楚听闻，终是松口气。

这一日，李轸正在书房练字，柱子从门外进来，手上提着包裹：“大爷交代的东西做好了，王裁缝说了，若是不满意，只管叫他改。大爷，您瞧瞧？”

李轸展开用虎皮做的薄毯，摸在手里绵软柔滑，针脚也细密紧实。他提着小包裹，沿着花园旁的小夹道进了后院，走到李楚楚屋子不远处，两个人影蓦然跳进眼帘。他微眯眼睛，手上不自觉用力。

林安生将包裹递给李楚楚，笑得腼腆，低头道：“这是我母亲做的，虎皮不大，勉强能做副手套用。这一盒舒痕胶是极好的，抹在烫伤的地方，伤口好得快。姑娘家留下疤痕总归不是美事。”

李楚楚有些为难。林安生难得朝她明显地示好，这东西她若拿了，便算是接受了他，两人的关系或许可以更进一步，可这一切来得太快。若拒不受用，将人拒之门外，恐怕她与林家的联系也到此为止。

第二章

予夺无常

楚楚第一次看到他这般痴迷的模样，她就像是一只迷途的山鹿，早已在野狼狩猎的范围里却不自知。

靠窗的炕上放着一个褐色包裹，李楚楚自大夫人处回来便一直盯着这包裹看了许久。

如月自外头进来，将食盒放在桌上，端出里头的盘子。她笑着朝李楚楚道："今儿有新鲜的栗子糕，还有姑娘喜欢的枣泥核桃方糕。庄子新敬的果子刚到，我立马便叫人做好给姑娘送来了。"

李楚楚淡淡地扫了一眼，鼻间嗅到一点甜腻，道："先搁着吧，我还不饿，你记得给三姑娘送些去。"

如月道："姑娘好歹尝尝，我也好给于婆子回话，省得她再来歪缠我，我是真看不下去她那小心样儿。"

说起这个，之前李老爷在的时候，家里的张姨娘和大夫人不对头，谁都想把对方摁下去。张姨娘入府不过数月便诞下一女，府里人都在猜测这孩子不是老爷的。

李楚楚确实不是李老爷的孩子，但这事只有张姨娘一人知道，只要她一口咬死，只要李老爷不计较，谁也不能说什么。

李夫人打算借此做文章，才在李老爷跟前提了一句，李老爷便打断她，吩咐此事不必再议，还对她说自己的孩子自己有数。

原本忐忑不安的张姨娘见老爷并未怪罪，也就放下心来，准备仔细教养女儿，拴住李老爷的心。偏生大夫人也不是吃素的，借故将李楚楚从张姨娘身边夺了过来，夫人教养庶女是常有的事，因此张姨娘也无法拒绝。

李夫人刚开始在李老爷跟前还有点嫡母的风范，好生教养着李楚楚，只是张姨娘又生了李纤纤，之后她便对李楚楚越来越不在意。

没了硌硬张姨娘的作用，李夫人对李楚楚失去耐性，将人往丫鬟婆子手里一扔了事，想起来问两句，博个慈母的名声，一时忘了，就两个月都不见一回。

李楚楚在府里自小便是个没人理会的，底下的奴仆看人下菜碟儿，没少给她苦头吃。李老爷去世，张姨娘失去庇护被撵回老家，偌大的宅子里更没人理她。

虽说她是个小姐，有时候却过得连个丫鬟都不如。有一回厨房掌勺的于婆子起晚了，忙着给大夫人和大姑娘做饭，将隔夜馊了的饭菜送来给李楚楚，如月气得要找她理论。

恰巧那时李轸也在李楚楚屋里，听如月气哼哼地说完，当即叫来于婆子，二话不说，提腿便踢得于婆子人仰马翻。

于婆子不敢喊冤，哆哆嗦嗦地跪在地上，不敢看李轸阎王一样面无表情的脸。

虽然当时大爷什么都没说，可于婆子毕竟在内宅浸淫多年，凭自觉也明白了，二姑娘得罪不得，比之大姑娘还应该小心翼翼。

李楚楚在大厨房的待遇方慢慢好起来，这些年来，李湉湉有的好东西，李楚楚就不会少。大爷也没再找过厨房什么麻烦。有时候确实忙了，李轸屋里错过了用饭的时间，他都不会说什么。

于婆子人精，时时来李楚楚这里走动，嘘寒问暖。家里的婆子见她巴结个最不得势的，暗地里多少讥讽的话传到她耳里，于婆子对此只是嗤笑他们没眼色，活该是最下等的奴仆。

李轸有时候确实对她很好，可是这些有什么用？

李楚楚脸色一暗："什么时候了？"

如月道："再过一刻钟姑娘就该去请安了，等伺候夫人吃完饭再回来，得饿成什么样儿？姑娘先用些糕点垫垫吧。"

李楚楚摇摇头，又用下巴点了点："那包东西，想必是他送来的，收起来。"

如月朝李楚楚示意的地方看了一眼，那是一张崭新的老虎皮毯子。近来只有大爷出门行猎，她又何须猜测此物的来历。不过这东西就扔在门口，是个什么意思却叫人捉摸不透。

如月想不通，将包裹拿进里屋锁起来，出来后，她发现李楚楚还坐着发呆。她将桌上的盘子朝李楚楚跟前一推，李楚楚夹起一块糕点，咬了一小口。慢慢吃了两块后，李楚楚摇了摇头，问如月："大爷……出门几日了？"

李轸日常很少在后宅出没，除了在大夫人处见到他，平常没人知道他是否在家。况且李楚楚也不喜欢叫如月去打听李轸的行踪，关于他的消息多半从下人处得知。

这一问上来，如月一时也说不清楚，她想了想："大概是前天，入夜后就没在夫人院子里看见大爷了。"

李楚楚"唔"了一声，等去李夫人屋里请了安，回来便读书临帖，也不再问李轸的事。如月趁着她出门的工夫，去前头问了问李轸屋里的下人。

边城的夏季尤其闷热，四月的太阳已经将人困在屋里。李楚楚今儿起得早，便先去了李夫人处。她等了许久，半晌不见李纤纤过来，眼见李夫人要问起此事，她不由得有些着急。

过了不久李纤纤才赶来，她等婆子掀起门帘，提着裙子进门。李纤纤本就是一副西子捧心之姿，今儿更显得病恹恹的。李楚楚自她进门时起就盯着她，疑惑得很。

李纤纤也不看她，径直朝李夫人跪下，哭泣道："求夫人开恩，我姨娘病重，几日不能下榻。夫人行行好，看在她伺候父亲一场，也曾服侍您多年，救她一救吧。"

见李夫人没什么表示，李楚楚不由大急，一面担忧张姨娘身子，一面为李纤纤的莽撞惊怒。

李夫人修养多年，情绪掩藏得极好，她不急不慢道："你是如何得知的？"

李纤纤脱口就要说是张姨娘来信，李楚楚先她一步道："前儿庄子送货的管事妈妈提了一句，女儿斗胆，曾托她看顾姨娘一二。"

李夫人轻睨她一眼，皮笑肉不笑地说："你倒是个孝顺的。"转头又问李纤纤，"你要我救她，也对，那是你亲娘，这是人之常情。那你倒说说，我要如何救？"

李夫人这样一问，倒把李纤纤问住了。她的本意自然是打算趁着姨娘这次生病接她回府，一来免了张姨娘在外受苦，二来她自己也有个依靠。

但她还是把一切想得太美好，这府里最护着张姨娘的李老爷已死，李府已经是李夫人的天下，张姨娘这个手下败将离得远远的或许还能平安些。

李纤纤不敢直接道出自己的想法，抬头朝李楚楚看去。

李夫人朝着镜子理了理鬓发，换了一根簪子别上，慢悠悠地道：“既然病了，也该接回府里来。况且她与老爷情深，老爷去了后她就开始吃斋念佛。老宅没什么像样的屋子，倒不如在家里修个祠堂，也能供他人使用。”

李楚楚脸色一白，张姨娘回来，安能有命在？酝酿片刻，李楚楚大起胆子，要将李夫人这想法劝回去。她还未开口，外头就传话说大爷回来了，李夫人顿时笑容满面，叫仆人摆饭。

这期间李楚楚一直没有机会同李轸说话，好不容易吃完饭，李夫人叫他回去歇着，李楚楚顾不上李纤纤，朝着李轸追去。似乎知道她在后面赶，李轸走得很快，仿佛并不想见到她。

李楚楚在李轸院子外面犹豫不决，依她的性子，实在不想麻烦他。李轸给她的那些银钱，李楚楚都不准动用半分，能与他划清界限的事她从不含糊。

只是这件事，非他不能救张姨娘。

李轸简单地冲了澡，见李楚楚还在外面徘徊，不仅没有丝毫要进来的意思，隐隐还有要走的架势。他脸色一黑，踢开一旁的椅子。

柱子在廊下望望里头，再望望外头，听到屋里的动静，担心惹火了大爷，忙小跑到李楚楚跟前劝说：“姑娘快请进，大爷盥洗呢。”毕竟姑娘怎样都会没事，他可要吃挂落。

李楚楚略一停顿，跟着柱子进了屋子。柱子并没有将李楚楚送进李轸会客的书房，而是直接将她领进了寝室外的起坐间。

他说了一句“稍候”便关上了门，李楚楚还没反应过来，柱子已经跑院子外去了，临走前甚至将院门也给关上了。

她吓了一跳，站起身就想出去，偏偏李轸这时候从屏风后绕了出来。

李轸此时腰间只围了条布巾。他长相清隽，肤色白皙，肩背结实壮硕，皮肤下似乎蕴藏着勇猛的力量，极具阳刚之气。这样一副上佳的皮囊，却被大大小小的疤痕破坏了美感。最长的一道伤口，从左胸一直蔓延到右腹，这个长度不可能从左胸到右腹，像蜈蚣一样崎岖丑陋。

李轸每次跟她在一起的时候并不喜欢有光亮，李楚楚知道他身上伤疤多，摸到的却没看到的触目惊心，头一次如此清晰地看到这一切，她登时怔住。

那伤那么长，她无法想象他受伤时的凶险。他从来都不显露情绪，李楚楚只当这个人没有感情。但想必那个时候，他也是极疼的。

愣神了一瞬，李楚楚抬头去看李轸，却对上了那双漆黑深邃、不露半点情绪的眼睛。

李楚楚默默移开视线，靠在门边，低头道："我先回去了。"她有种预感，他这副模样是不好谈话的，于是伸手扶住门。她刚将门拉开一条缝，李轸靠过来，一把又按了回去。

沐浴后的男人气息将她包围，楚楚微微敛息，太近了，她甚至能感觉到他的呼吸拂过她的脸颊。

李楚楚敏感地感知到危险，她有些着慌。她怕错过救姨娘的机会，可她忘了自己更怕他。就在她思绪紊乱，不知如何开口时，李轸却退开一步，给她留出些许喘息的空间。

“这几日在家里怎么样？”他随意找了个话题，仿佛在闲聊。

李楚楚吐出一口气，飞快地看了他一眼，最后将目光落在他身上的伤疤上，那些伤疤近距离看更加狰狞可怖。

她回：“还好。”

“都干了些什么？”若不是两人此时姿态暧昧，这就当真是一场友好的谈话了。

“看书、练字、养花。”跟着他的话头走，李楚楚更放松了一点。

李轸想起之前见到李纤纤眼眶通红，她也脸色发白的场景，随手牵起她的一缕头发，绕在指间，问道：“方才我回来时，你跟李纤纤在母亲屋里做什么？”

李楚楚斟酌片刻，小心答道：“母亲想将姨娘接回来，在府里盖座祠堂给她住。我不想她回来。”至于什么原因，李楚楚下意识不想解释给李轸听，毕竟是长辈之间的龃龉，她这个做小辈的是不可以私下评论的。

“可以。”他回答得很是干脆利落，没有经过丝毫思考，仿佛这在他眼里不过一点小事。

“真的？”李楚楚眼睛里爆发出欣喜，她几乎不相信自己的耳朵。看她笑了，李轸心情更好了些，指尖顺着李楚楚的头发，抚上她剥了壳的鸡蛋般光滑白皙的脸颊。他微微低头，略一挑眉：“可是阿楚，我帮了你，有什么好处？”

李轸平素总是不苟言笑，一张俊脸板得冷冷的。此刻这一生动的表情仿佛点亮了他的清俊，眉眼看着都鲜活了起来，只是那双带笑的眼睛里有一丝不怀好意的恶劣。

被他极具侵略性的眼神一盯，李楚楚身子一僵，似乎在心里权衡利弊。她不说话，他便静静地等着，仿佛已然笃定结果会让他满意。

李轸将李楚楚的手拉起来，摩挲先前被烫伤的地方，那里还留着浅淡的印子。他随后自言自语起来："这双手得好好养着，若是有一双老虎皮手套更好。"

李楚楚倏然看向他，怀疑他知道了什么，迎着他似笑非笑的眼睛，她冷静地说："可是我没有。"

李轸笑了，这一笑比方才还要生动明媚，说出口的话也缠绵万分："没关系，哥哥给你。"

这个称呼似乎刺激到她，李楚楚眉间转瞬即逝的阴霾，逃不过李轸凌厉的眼睛。他收回释放的温润，冷淡地问："想好了吗？"

李楚楚慢腾腾地将手搭在李轸肩上，踮起脚尖，轻轻啄在他嘴角。这个吻实在轻而梦幻，美好一触即离，不给人更多感受的机会。

李轸的喉骨上下一滑，呼吸变得炙热起来，他低声道："再来一次。"

李楚楚也不犹豫，大方地又印上一吻，随后被他扣在怀里，噙住呼吸。她被迫踮起脚应着，时间久了，脚尖有点麻木。李楚楚的脸憋得通红，嘴里"呜呜"了两声，两人的呼吸变得急促。

李轸揽着李楚楚纤细的腰肢，将人带到屏风后，挥手扫掉长案上的书本。李楚楚低着头，想抗拒，可又不敢。

李轸想到之前看到她和林安生站在一起的场景，胸口那股无名火顿时死灰复燃。出门跑了几日，本以为内心的疯狂早已冷却，却在此刻，土崩瓦解。

李轸的脸色阴沉了一瞬，他喘了口气，而后抬头，说："阿楚，我高兴了，什么都可以答应你。"

李楚楚第一次看到他这般痴迷的模样，她就像是一只迷途的山鹿，早已在野狼狩猎的范围里却不自知。

李轸揽着人上了床，半靠在床头，静静地看着她。

李楚楚双手撑在李轸的身上，她本来就极抵触与他的这种关系，两人僵持着，半晌没动弹。李轸紧紧地盯着李楚楚的脸，将她表现出来的厌恶瞧得一清二楚。他的心被扎了一下，不是很痛，却快速蔓延全身，令他如坠冰窖。

既然无论如何她都会恨他，又何必维持虚假的平和？李轸面上的期待逐渐凝固，翻身死死地抱住李楚楚。

最近一连下了四五日雨，窗前的芭蕉被打得没有丝毫精神。如月抱着手臂搓了搓，关上了窗户。

她回头看了一眼遮得严严实实的床幔，有心活跃气氛，笑道："暑天虽是来了，这几场雨下得倒像是回了春。前儿我娘进府，说是乡下地里正缺水，可巧雨就来了，老天爷还是识人性的。"

没有丝毫回应，仿佛屋子里就她一个人。如月慢慢走到床前，小声道："姑娘，姑娘？好歹起来吃点东西，饿坏了自己多不值当。方才三姑娘房里的秋月妹妹还来问好呢。"如月分明看见里头的人动了，偏生不回复她。

良久，李楚楚声音微哑地说："我不饿，你告诉三姑娘，我就是伤了风，过两日就好。"

如月将床幔捞起来用金钩挂上，扶着李楚楚靠床坐起来。李楚楚果然咳了两声，脸色苍白，精神不佳。李楚楚本来就瘦，连着折腾了几日，身上穿着的衣裳越发显得空荡荡的。

如月的视线从李楚楚尚未褪去红痕的脖子上滑过，将毯子展开披在她身上。门外传来两声轻叩，戚嬷嬷半张脸探进来，冲着如月使了个眼色。

李楚楚从床头摸出来一本书，闲闲地翻着，又似乎在认真听着窗外雨打芭蕉的声音。如月悄悄溜出门，将戚嬷嬷拉到一边："怎么这会儿来了，可是大爷有吩咐？"

戚嬷嬷神色淡淡，她原本对家里这两个庶女无感，谁知李轸与李楚楚之间的关系那样匪夷所思。她舍不得责怪自己一手拉扯大的李轸，自然对李楚楚更没什么好感。若不是顾忌李轸的名声，她哪里会帮着遮掩？两人闹了别扭更合她的意。若两人就此断开，也是好事一桩。她不敢在李轸面前表现，此时就不大顾忌了："大爷什么时候不记挂着？闹够了也就算了，仗着大爷宠爱没了分寸可不行。"

如月脸色一变，说来她也算是李轸的人。当初被派到李楚楚身边，名为服侍，实为监视，甚至为了方便李轸过来，多次不顾李楚楚的意愿。

她瞧得出来，姑娘也算是个性子软和的，只是不能接受与李轸的这段关系罢了。大爷为人霸道，说一不二，姑娘不愿意的时候，他说什么也要达到自己的目的，有时候姑娘身上那些印子她看着都不忍。事已至此，戚嬷嬷也算上了年纪，怎么还看不出大爷非姑娘不可？

这些风凉话实在惹人生气，如月忍气吞声，对此爱搭不理。戚嬷嬷抱怨完，这才想起来自己的任务，将食盒递上："喏，这是大爷亲自去外头买的，知道姑娘没胃口，都是她喜欢的。你也是贴身丫鬟，好歹劝着些——"

话没说完，如月越过她跨出去，行了一礼，低声唤了一声："爷。"

戚嬷嬷忙转过身，有些惶恐，心里估摸着大爷来多久了，可听到了什么。一听李轸叫她先回去，戚嬷嬷如蒙大赦，赶紧溜了。

李轸玄衣裹身，清透沉稳，他站在廊外，撑了一把伞。如月迎上去，李轸压低声音问道："怎样？"

如月摇摇头："不大好，不怎么吃东西，咳嗽很厉害，身上也不见好……"

说起这个，如月也有些气上来。那日姑娘被大爷抱着送回来，只一眼，险些没把她吓死。李楚楚模样凄惨，满身都是青青紫紫的痕迹，几日不见好，瞧着就瘆人。

李楚楚还不叫她近身，如月也跟着干着急："姑娘犟得很，她那副模样，我也不敢硬帮她上药。"如月刻意在话里添了几分抱怨，她悄悄抬头看向李轸，见他还是一副波澜不惊的模样，有些失望。

李轸眼中的懊恼一闪而过，只是负在身后的手攥得越来越紧。

他的嘴角绷得直直的，说："送进去，让她吃点。"

恰巧这时李楚楚在里头咳嗽了几声，接着问："如月，谁来了？"

"前头上夜的，叫关好门户，说是雨大，就不要出门走动了。"如月一面答应着，一面提着食盒进了屋。

两人低声说了几句话，李轸在窗外没听清，好像是李楚楚问她哪里来的这些东西，如月扯了谎。屋里安静了一会儿，他随即便听到李楚楚说："我不吃，拿开。"

如月劝了半晌，屋内再没了动静。李轸等了一会儿，直接推开门进屋，他有好几日不见李楚楚了，忍不住将目光投在她身上。她果然瘦得厉害，被子仿佛空了一般，但那双眼睛依旧明明亮亮的，射向他时仿佛燃起两把火。

李轸在她床前一坐，端起一碗汤羹递到她嘴边。李楚楚别开脸不理会，两人你来我往，他进一步她就退。

"吃。"他的声音清清冷冷的，显然已经有些生气了。

他生气，她就高兴，恶向胆边生，李楚楚一巴掌打在他手腕上，玉瓷的碗敲在地上，顿时碎成两半，一碗香软丝滑的汤羹也没了。

屋里一阵安静，如月整颗心都提起来了。李楚楚出了口恶气，喘气道："你干脆杀了我，这种日子我过够了，跟你在一起，我都觉得自己好脏。"

这是什么话，姑娘怎么能这样说呢？如月吓得抖如筛糠，极力降低自己的存在感。

却见大爷霍地站起身来，清瘦的背影颤抖得比她还厉害。他握紧拳头，手臂蓄力，整个人的样子看上去非常危险，仿佛下一刻便要发狂。

他低笑出声："……原来是这样，好，好，你说的，你说的。"

李轸走了半天，如月才反应过来。她实在是被镇住了，大爷走前她看了一眼，那副暴怒的面色，气得眼眶都红了，她顿时又觉得姑娘太绝情。

气走了李轸，李楚楚开始吃饭，开始上药，身子渐渐好起来。

一日早上，李楚楚收拾好，去大夫人处请安，坐了会儿后随李纤纤出来。李纤纤看了看她的面色，瘪了瘪嘴道：“就你娇气，下场雨也能病倒几天，可大好了？”

李楚楚微笑道：“好了好了，放心吧。”

李纤纤想到什么，高兴起来，拍手道：“这下好了，过几日姨娘回来，咱们可算是团聚了。”

李楚楚闻言僵在原地：“你、你说什么？姨娘要回来？”

没工夫理会李纤纤，李楚楚勉强打发走她，一路朝李轸院子赶去。这一次比上一次更容易见到他，她赶到的时候，李轸正在书房看递呈。

李楚楚抿起唇，恨恨地瞪他：“骗子，你明明说过，不让我姨娘回来的。”

李轸抬头看了她一眼，慢条斯理地放下折子，摆出一派应付下属的气势：“你就为这个来质问我？”

李楚楚气得眼睛红红的，她姨娘回来还有命在吗？李轸是真不知道还是假不知道大夫人与张姨娘之间的恩怨，难道真的想逼死她？李楚楚微微颤抖起来。

李轸走到李楚楚跟前，低头仔仔细细看了她一会儿，随后轻轻抚上她柔软皓白的手腕，语气一点温度都没有：“阿楚，张姨娘跟李纤纤如何，由你决定。你好好的，她们自然锦衣玉食，你若不想好好活，你放心，黄泉路上你的血亲一个都不会少。”

他轻轻将她揽在怀里，细细嗅了口甘甜的香气。

林安生站在门前廊下，遥遥望过去，震惊在原地。

李轸似有所觉，笑容很轻微。

林安生失魂落魄地站在山石旁，脑子里轮番闪过各种念头，比迎接最棘手的战争还要惊惧。

他想一定有什么地方搞错了，或许他刚才眼睛花了，可是有一种直觉，他最不希望的其实是最真实的。

这时候他忽然想起往前许多被他忽略的事情来，他跟在李轸身边多年，多多少少了解一些——他一直隐约觉得小将军有意中人。

比方说，出门在外，李轸总会贴身放着一方绢丝的帕子，偶尔见他拿出来凝神细看，那模样分明是在思慕某人。将士们时常开些荤素不忌的玩笑，调侃到李轸时，他也不恼，竟会难得地露出微笑，默认身边有人。前些日子猎得的虎皮，小将军连亲妹妹都舍不得给，分明是有其他更加珍重之人想要赠予。

自己送给二姑娘的虎皮手套被她推拒，平常提起李轸时，她的神色又是那样不自然。

…………

想得越多，林安生的身体便越来越僵，脸色也愈发沉郁。好不容易雨过天晴，他却遍体生寒。

“林副将，你怎么在这里？”如月刚问完话，便被林安生难看的脸色吓了一跳，讷讷地不敢再言语。

林安生深吸一口气，右手微微在袖下握成拳，低声道：“你家姑娘呢？”

如月揣度他的脸色，斟酌道：“我家姨娘要回来了，二姑娘有些事问大爷，正在里头呢。”

林安生道：“我有事要报小将军，在此等着就是，你去忙吧。”

如月只能朝他行礼告退，时间仿佛过得很慢，又似倏忽之间，林安生还没想好怎样和李楚楚说话，便见她已从小将军的门里出来。

她身姿单薄，容色郁郁，似有什么为难不得开怀之事。林安生心下钝钝一痛，铿锵的脚步声打断了李楚楚的思绪。眼见是林安生，她眼中的慌乱一闪而逝。

林安生假装没瞧见，抱拳沉声道："二姑娘好。"

李楚楚勉强镇定，回了一礼，执帕子掩了一声咳嗽。

林安生担忧道："姑娘还不见好？"

他知道她生病几日了，李楚楚怜声道："不碍事，天儿变得快，过几日自己就好了。"

她刚才生了一场气，出来又吹了冷风，喉头止不住地痒，话说完就又咳了几声。林安生似有所指道："有如何不堪言的难处，都该养好自己的身子。姑娘有什么不好对旁人说的，林某愿效犬马之劳，只要姑娘信任我，我定不负所望。"

听到前一句，李楚楚还当他知道了什么，心头一紧，听到后头这一句后，又着实被他这份真诚感动。她微侧过头，压低声音，似乎在劝自己："没事，我能有什么事？我没事。"说完眼眶却不由热了。

林安生朝她跨出一步，不假思索地脱口而出："姑娘，嫁给我吧。"

李楚楚震惊地抬头，一双水盈盈的美目对上林安生坚毅的眼神。

他是认真的，或许他还没猜透李轸与她的关系，也尚不明白她的心意。可他是那样喜欢她，想得到她，不顾一切。

这话说出来，林安生的心头便如搬开了一块大石头般轻松，他又朝她逼近一步："我知道，你有自己的顾虑，或许还有很多。没关系，有我在，我陪你一起扛，好不好？你只要说你愿意，其他的事情都交给我。”

李楚楚心乱如麻，自从知晓了李轸对自己的心思，她的神经便无时无刻不紧绷着。她担忧他们二人之间的关系被人发现，担忧姨娘和妹妹的安危，更担忧李轸的逼迫与索求，她没有一刻放松过。那根弦越绷越紧，已经有些坚持不住，将要垮掉，这时候忽然有人说：“别怕，你的一切我都明白，我陪你一起承担。”

多么动听的话，她真的好想扑到这个她虽然不喜欢却给她温暖的人怀里哭一场。

理智却告诉她，不能。

李楚楚低头，任由滚烫的泪砸在地上。她不敢看林安生：“没有，你想多了。婚姻大事，父母之命，媒妁之言，岂容我自己做主呢？林将军莫拿我寻开心。”

她佯装出一丝恼怒，转身便走了。林安生怔怔地盯着地上几滴水渍，低声道：“是吗？我会让你明白我的。”

如月站在门前，一会儿看看屋里，一会儿下台阶转两圈又回来，神色有些焦急。自大爷处回来，姑娘已经在屋里待了半个下午，就傻愣愣地坐在窗前，盯着窗外的石桥发怔。

她进去了两次，也找借口引李楚楚说话，偏生姑娘不理她，还将她赶出来，叫她不要吵。

如月叹口气，在旁边小丫鬟询问的眼神下，恨铁不成钢地瞪了她们一眼，轻声道：“姑娘，该去前头问安了，可要换衣裳？”

李楚楚纷乱的思绪被如月一声问喊了回来。她想了许久，一半觉得懊恼后悔，一半觉得自己做得对。一方面她与李轸来往有两年，时时思索该如何摆脱他，思来想去似乎只有嫁人这一条路。

不得不说，林安生是不可多得的选择，他知根知底，秉性端正，待她又好。虽然他是李轸的下属，即便是嫁了他，她也不得不和李轸接触，可若真嫁出去，她定能想办法再不进李府一步。

再者说，林安生并不知道她与李轸已经亲密到何种地步，倘若知晓，他还愿意要她吗？纵然他不介意，她忍心置他于那样难堪的地步吗？

李楚楚不知道，她心乱如麻，她是那样想借林安生摆脱李轸，可终究考量太多。

如月打断了她的思绪，她也不再想下去，摇摇头，起身换了衣裳。

进大夫人房里的时候，李湉湉和李纤纤已经到了。李夫人与女儿坐在一起，亲热地说话，李纤纤木讷地坐在一旁。

没一会儿，李轸也来了，李楚楚抬头瞧了他一眼，又低下头去。

李夫人闲话几句，话锋一转，提起张姨娘要回来的事，瞥了两个庶女一眼，淡淡道："靠后街那处梨园原是你父亲闲置的书房，张姨娘既要回来礼佛，不如就住在那里。"

李楚楚和李纤纤一听，顿时愣了。那里何时有一处李老爷的书房？后街靠近厨房，养的那些鸡、鸭、鹅、狗吃喝拉撒全在一处，靠着那里，怎么能住人？

瞥见李夫人嘴角似有若无的笑意，李楚楚明白了，她这是故意给张姨娘难堪。如今她是李家最高的长辈，上无公婆，下无妯娌，丈夫已死，阖府可不她说了算？

李纤纤神色难看，李楚楚微微笑道："还要收拾房屋，那一处杂事繁多，劳累妈妈嬷嬷们也不好，不如让姨娘与女儿同住。我那院子西厢还空着，不论如何安置皆妥当。"

李楚楚并未理会对面沉沉看过来的目光，镇定自若地将话说完。李夫人似笑非笑道："你一个未出阁的姑娘，跟个姨娘住，带累了你的名声，我还不乐意呢。"

这话不但将张姨娘贬了一顿，也驳回了李楚楚的提议。李楚楚捏着帕子，在心里叹了口气。李纤纤忍不住道："我不怕带累名声，母亲，叫姨娘住我院子旁边吧。那里正空着，我使人收拾收拾，免得累到母亲。"

李夫人耷拉着嘴角，摸摸李湉湉的头发，淡淡道："你们倒孝顺。"她谁的意见也不准备参考，只决定将张姨娘安置在后街。李夫人不再说话，屋里气氛凝固，李楚楚与李纤纤皆不自在。

这时，一直没开口的李轸道："就芙蓉院吧，姨娘先前也住那里，想必是满意的。"

李夫人一听儿子开口，态度立马转变。本来张姨娘在她手里就已经翻不出花样儿，她也不能真叫人与鸡鸭同住，她的一双儿女都没着落，名声坏不得。

这样的结果已经是很好了，李纤纤高兴起来，李楚楚不由得朝李轸看了一眼，触到他的视线后，又连忙转头。这或许就是他说的，她乖乖的，姨娘和纤纤便能好好的。

李楚楚再次庆幸没允诺林安生，落寞里终于寻求到一点安慰。

张姨娘的归来并未给李府带来什么改变，不过为下人茶余饭后添点谈资。但这件事于李楚楚和李纤纤来讲却是件大事，两人亲自将芙蓉院收拾干净，添了好些东西进去。

如月将李楚楚屋里几块极好的绢布拿来做床幔，李纤纤仔仔细细地摸了摸，道：“不想你那里现如今还有这样的好东西，我的早用完了。你从哪里得来的？”

李楚楚看了一眼，吓得险些结巴。她私库里好东西多，全是李轸悄悄给她添置的。今儿一翻，她拿了最次的出来，不想已经是极好的东西。

李纤纤在张姨娘最得宠的时候用过几年好东西，尚且记得。李楚楚正懊恼怎么拿了他给的东西出来，如月解释道：“三姑娘不是不知道我们姑娘，好东西就喜欢收着，搁久了便忘了，这还是前些年过年的时候老爷给的。”

那也曾是李纤纤最幸福的时候，最好的吃喝玩物堆着，所有人都哄着，如今却什么都没了。李纤纤低语：“盼望姨娘回来，咱们还能像往常一样。”

张姨娘回府，风波并不大，倒是另有一桩事引起众人侧目。

林夫人这几日朝李府跑得更是勤快，还拉着知州夫人一道，众人都说她是来求亲的。

张姨娘好不容易回了府，眼见李夫人的日子里里外外过得红火。女儿貌美贤淑，端庄大方，将来不知要嫁到哪个大户人家去享福。儿子更出息，自李老爷去世不到两年，便袭了官印，保卫西北这一片疆土。府里下人提起李轸打过的胜仗如数家珍，全然以他为傲。

张姨娘心里怪不是滋味儿，她在老家过了好几年夹缝里求生的日子，磨平了傲气，现下明知不是李夫人的对手，她也不与之置气争夺了。

之前那是不得已以色侍人，如今色衰爱弛，哪里还有什么依仗？现下她的念想就是希望两个女儿嫁得好些，她能跟着沾些光。李湉湉生得甜美，却不如她肚子里出来的这两个。

李纤纤精致漂亮，浓眉大眼，活脱脱一副她年轻时候的样子。李楚楚更不消说，青出于蓝而胜于蓝，仿佛墙上走出来的画中仙，刚回家中见到的时候，张姨娘简直不敢相信这是她的女儿。依着李楚楚这一副倾国倾城貌，何愁不能找个如意女婿？是以听说林夫人带知州夫人来府里走动，张姨娘远远瞧上几回，随即便找到李楚楚。

李楚楚坐在屋里，正百无聊赖地绣着一方帕子，如月沏了一碗花茶送到桌上，状似无意道："这几日府里倒热闹，见天儿有客人来，姑娘何不过去瞧瞧？"

如月不知林夫人为何而来，李楚楚却隐约猜到，怕是林安生有什么打算。明知如此，她怎会去见林夫人？

李楚楚手上动作一顿，道："母亲交代，大姐姐陪着就是，我就不去凑那个热闹了。"

李夫人不爱庶女在大家夫人面前露脸，一来不喜她们抢李湉湉风头，二来庶女若被哪个夫人瞧上，嫁进高门，自然又要戳她心窝子。

如月叹口气，随即又道："过几日便是大爷生辰，说来也是个大日子，府里正筹备呢。姑娘闲着也是闲着，不如想想送什么生辰礼。不过左右姑娘送什么，大爷肯定都是欢喜的。"

她也是好心，想着两人这些日子闹得这样僵，大爷许久不见笑模样，如今半月也不曾往这边来，只托柱子旁敲侧击，柱子与她夹在中间都难受。

谁知，这一句倒惹了李楚楚，她生气地扭开头，闷声道：“我知道你原来是他的丫鬟，一心为他着想，待在我这里委屈了你，不然你还是回去吧。”

如月吓得脸色蜡黄，“扑通”一声跪在地上：“姑娘，奴婢既然来了这里，自然就是姑娘的丫鬟，若就这样被撵出去，还不如死了干净。”

听到膝盖砸在地上“咚”的一声，想起如月待她的好，李楚楚有些后悔话说重了。

这时，张姨娘自门外进来，瞧见这样一个场景，登时立住：“哟，这是怎的？”

她将如月拉起来，笑道：“我的好姑娘，这是干什么？犯了什么严重的错，值得你这样？”她又朝李楚楚道，“可见是你不知好歹，咱们现在寄人篱下，哪个给你一分脸都该敬重，如月姑娘同你不离不弃，是打着灯笼难找的忠仆，你赶紧待人好些才是。”

张姨娘噼里啪啦一串话，算是解了如月的围，又点明感激她的追随。这一番暗暗敲打，是内宅常用的手段，见她耍这么个心机，李楚楚一时无奈。

张姨娘如何知晓，如月可以说是最忠心的，也可以说是最吃里爬外的那个。

如月抹掉眼角的泪，巴巴地望着李楚楚，张姨娘又道：“我可是渴了，去将你们姑娘的好茶煮一碗。”

李楚楚点点头，轻声道："去吧。"

"哎。"如月忙应了，转身出了门。张姨娘闲闲地在屋里转了一圈，最后坐到李楚楚跟前："你这屋里摆设比你妹妹的好，可见养在夫人身边也有好处。当初我虽舍不得，为了你的前程，也只能任由夫人将你抱去。"

李楚楚不耐烦地听着张姨娘的苦衷："都多久的事了，姨娘还记着。这个时候到我这里来做什么？"

之前几日，李纤纤缠着亲娘，晌午一定要张姨娘陪着方能午睡。李楚楚不曾有这待遇，她掩下落寞的眸子，轻抿了一口茶。

张姨娘打量李楚楚的脸，只觉得她生的这女儿，一颦一笑都比旁人更有韵味，心里着实欢喜："我听说知州夫人偕同林夫人时常来，家里下人说起来，我倒不知这两位是个什么身份，你跟我讲讲。"

这知州是一州地方官，下辖郡县，听取民意；上达天听，收租纳税，处置诉讼纠纷，管理治安。李老爷在世时乃是西北驻地大将军，几代积累下来，若有那意思，便是当地土皇帝也使得。

此地与外族地界交壤，双方时有摩擦，武将比文官更得民心，也就更有话语权。是以虽是同级，知州大人倒是更迁就李轸，加之李轸稳重聪慧，许多事情知州就更愿意听他的意思。林家更不必说了，原本便是李家附属，若林安生将来出息了，少不得挣个世交的名头。

张姨娘听完咂咂嘴："这样说来，这两家倒都不如咱家。"

李楚楚又拿起帕子穿了几针，想起如月说的李轸生辰，莫名烦躁心乱，不大愿意动弹了。张姨娘兴致勃勃道："她们当真是来府里求亲的？你莫不愿意听，姨娘是为你好，眼见要到了婚配的年岁，还想留到几时？你可莫指望那位，她能盼你好？总得自己好好打算。”

李楚楚心里苦闷不能透露半分，更不爱听张姨娘说些嫁人的话。张姨娘恨铁不成钢，不再跟她浪费工夫。

一日，张姨娘假装在院子里散步，遇上出来的林夫人，两人都知悉对方的身份，又都有那意思，说起话来倒极有默契。

那一日，林安生自外头回来，忽然跟她说，他是真心仰慕二姑娘，想娶她为妻。自己的儿子自己清楚，见林安生明明白白表露出意思，又去盘点起家当，林夫人哪还不清楚儿子所言非虚？

她就有这一个儿子，向来是拼了命万事都要成全他。虽说之前几次李夫人没表示拒绝，但也总是插科打诨，林夫人便不想再等。盘算了一番，她请了知州夫人做媒，便朝李家去了。试探了将近半月，李夫人今儿终于松口，这事情算是成了一半。如今她出来遇到李楚楚亲娘，几句下来，也不是个拎不清的。虽说嫡母亲娘皆在，李楚楚往后夹在中间怕是难做，但只要自己心里明白，稳得住，就不成问题。

林夫人是真高兴，回到家便将这好消息透露给儿子，却见他满面愁容，盯着一纸信件，看了一遍又一遍。

林夫人心里顿时惴惴不安，问道：“怎么，可是出了什么事？”

李楚楚从柱子那里得了消息，李轸要派林安生出门迎敌。林安生被安排率领八百骑兵孤军深入，敌人则可能是两千骁勇善战的精兵。

第三章

必败之局

或许心上的禁锢松动，身体便不再一味抵御本能。她不知道，有些事一旦松懈，便是将自己赤裸裸置于邪念面前，毕竟并不是人人皆君子。

天灰蒙蒙的，还在下雨，屋外头的芭蕉树在雨幕中若隐若现，芭蕉叶低垂。如月收了伞，竖在门前，捞起帘子进门："三姑娘已经收拾好，正要往前头去，叫我回来喊姑娘呢。"

李楚楚放下手中的地域图志，拢起衣领站起来。如月顺势上前，挑了一件天青色的披风给李楚楚搭上，取了伞送她出门。

隔着一层雨幕，李纤纤早等在院子门口，张姨娘陪在她身边，理了理衣裳，正低声嘱咐着什么。姐妹俩结伴到二门，李夫人姗姗来迟，率先上了头一顶轿子。

西域边陲下雨有限，这里的雨一阵一阵的，像毫毛般落了一个时辰。李楚楚就着如月捞起的帘子，朝外头看了一眼。

正赶上边陲的一个特色节日，街上人流如织，各地之人混杂。

都护府一连几顶轿子穿街而过，人流自动分成两拨，让开道路。李纤纤扫了一眼，道："前几天杜家的二娘子还吹嘘她家哥哥怎么英勇，领了什么缺儿，赶走了多少敌人，圣上如何褒奖。我看他们也就嘴上厉害，怎么跟大哥比？广陵、南阳这一带，谁不知李家军的威名，谁没受过都护府的庇护？"

李轸小小年纪取得的成就功勋，值得他身边所有人骄傲。李老爷去世那一年他十五岁不到，虎狼环伺，李家军这块香饽饽谁不想分一杯羹？偏偏他小小年纪临危不惧，戴孝上门请李将军生前得力的部下襄助。第一次出击他就敢孤军深入，带着八百铁骑两月不见踪迹。彼时几乎没人抱有希望他会回来，后来传来的却是他长途奔袭，一举端了敌人三千人大部队的消息。

那时边军数次出击无功而返，损失惨重。一个从未亲自领兵的少年，一朝力挽狂澜，实乃不鸣则已，一鸣惊人；不飞则已，一飞冲天。李家失势时，多少人冷眼旁观，落井下石，如今鲜花着锦，先前的场景也不能忘。

李纤纤神情稍显激动："不管是杜家的二娘子还是周家那个，又或者是知州府的大姑娘，在我看来，没一个配得上大哥。她们再巴结李湉湉也没用，周敏巴巴送来的那张红狐狸皮，李湉湉不过多看了一眼就扔在了一边。她哪有那么容易收买？"

李湉湉身边围绕的世家女众多，大多醉翁之意不在酒，大都想着近水楼台先得月。她们俩就没人理会了，不管是李夫人还是李轸，都不喜欢李楚楚在人前露脸，李纤纤则是年纪还小，这些事还是从家里仆妇嘴里得知。李楚楚也想象得出，少年英才，位高权重，又生就一副神仙容色，在这偌大的延平，就不知有多少少女仰慕。

李纤纤时常病恹恹的，难得今日精气神鲜活些，李楚楚却不愿意跟她谈论李轸："今儿好不容易出门，姨娘跟你交代了什么？屋里有什么缺的，等会儿咱们也置备些。"

李纤纤扫了她一眼："还能交代什么？不过就是听夫人的话，出门在外乖巧些。今时不同往日，咱们的往后全捏在夫人手里。要我说有什么怕的？我看夫人也就一双眼睛一张嘴，青天白日，她能把我们怎样？"

张姨娘与李夫人斗法如火如荼的时候，李纤纤还坐在李老爷臂弯里，像千金宝贝般疼宠着，自然不知道那些事情。李楚楚生而敏感纤细，一双眼睛看尽了内宅中的阴私。

她拍拍李纤纤的手："姨娘的话你听着就是，总归是为了你好，夫人是个好性子，咱们更该敬着——"

李纤纤不耐烦地打断她道："你说大哥都快及冠了，这几日我常见家里不认识的妇人来，指不定哪个就是来说亲的。他会找个什么人呢？能配上他的太少了。"

饶是李楚楚心事繁多，思绪不佳，也不由得叫李纤纤逗笑了："八竿子打不着的事，哪里就用你操心？"

李纤纤扭过身子，低声道："怎么就不相干了？我们可是兄妹……"

城西的城隍庙是远近闻名、香火旺盛的大庙，大户人家大事小事都乐意来拜拜，求个心安。这庙姻缘、子嗣、财运、官运无所不管，无所不通，李楚楚初闻时甚至觉得城隍老爷挺忙。

林夫人早早就到了，已经着急得在屋里坐不住，便直接等在门前，不等李家的轿子停稳当，她忙下来迎接李夫人，看她着急的模样，李楚楚也捏了一把汗。

庙祝亲自将人请进门，前后陪着，林夫人捐了些香油钱，李夫人续了三盏长明灯，填满了功德箱。庙祝笑眯眯地说完吉祥话后嘱咐道："夫人的灯早已点上，都护大人领兵在外，守一方平安，必会祥瑞加身，邪祟勿近。"

李夫人道："承您吉言。"

将心满意足的庙祝送走，李夫人转头道："不是说林副将今儿也跟来了，怎没见他？"

林夫人忙叫身边的嬷嬷出门去唤人，不一会儿林安生进了门，先朝两位夫人行礼，随即站到下首。李楚楚抬头看了他一眼，对上林安生微微笑的目光后，又低下头。

林夫人明显有话跟李夫人说，便叫林安生领姐妹三人出去逛。

李湉湉凑到林安生身边，揪着他一边的袖子说："安哥哥许久不进府来，才戍边回来，有何要事？"

林安生瞥了一眼她的手，伸手轻轻拂下李湉湉的手后，又往旁边让了一步，说："没忙什么，只是马上又要出巡，需要置备的事物多，进府的时间便少了。"

说着，他往后瞧了一眼李楚楚的方向。

李湉湉又道："你之前答应教我骑马的，一拖就这么久，再晚我可不用你教了。"

这本来只是激将的一句话，林安生若有心，该马上应承下来，谁知他却木愣愣道："确实没什么空闲，姑娘若急，军营里马术在我之上的老部将大有人在。"

李纤纤意外地瞅了一眼林安生，李湉湉冷哼一声，瞥了一眼几人，率先走了。林安生见状忙唤人追上去护着。

小雨停歇，碧空如洗，庙外的长街依旧热闹红火。林安生陪着姐妹俩一个摊子一个摊子地逛。遇到有表演傩戏的戏团子，李纤纤在精巧的面具前停下了步子。

隔着几步远，李楚楚也停在一处摊位前，见李纤纤还在专心看傩戏，她细心地挑选起平安符。小贩笑嘿嘿地搓手道：“姑娘您好好瞧，我这都是正经的桃木，符咒和佛经皆出自菩提寺大师之手，镇家守宅、出门保平安必备啊。”

李楚楚朝林安生腰上望了一眼，见只有一个空落落的荷包，便挑了一个马头符，问道：“这个怎么样？”

见正是他的属相，林安生不免笑了出来：“好。”

见两人相视一笑间有化不开的情意，小贩眼尖地拿起一个虎头符，问道：“姑娘看这个可好？檀木的就这一个，佩戴在身上不仅保平安，还防蚊虫、驱毒气呢。一个十五，一个二十，姑娘若诚心要，给三十钱就是了。”

李楚楚还在想着，李纤纤已经看完戏回来，拉她去买面具。李楚楚忙放了三十钱在摊位上，随李纤纤走了。

李湉湉在街上穿来拐去，随她而去的下人手上皆提得满满当当的，李纤纤嘟起嘴，不服气地去逛了。

林安生好不容易寻到机会单独跟李楚楚说话：“不给我吗？”

李楚楚顺着他的视线看了一眼手上的平安符，将马头符递给他。林安生将符放进衣襟里，妥善地拍了拍：“我出门的日子劳你看顾看顾我娘，她一人在家又担心我，没个宽慰。”

李楚楚也忧虑起来：“果真是叫你以少迎多吗？”

林安生答道：“说不准，左清部这一次卷土重来，探子报有两千人，或许有虚张声势也说不定。再者，就是以少对多，我也不一定输。”

想当初李轸八百骑大败三千精兵，而今他虚长小将军几岁，又有何理由退缩？当然他只在心里存了跟李轸比较的心思，不好表现出来罢了。

林夫人今儿邀李夫人出来，或有打探之意，又或是想通过李夫人朝李轸传话，不想林安生冒险。这意图李楚楚猜得再分明不过，就是不知在他们出来的这会儿工夫谈得怎么样。

等到李夫人传人来唤，已经是半个时辰之后。林夫人送李夫人到轿前，李楚楚细细留心两人的面色，瞧了半天瞧不出意思来，也只能上轿。

回家之后，李夫人吩咐几位姑娘先回去，李楚楚让如月留意着，李夫人果然去前院找李轸了，在书房待了一刻钟工夫才出来。

李楚楚坐在窗前，凝神盯着月光下波光粼粼的池水。

李轸站在不远处的廊下，望着窗纱上映出的纤细身影，浓浓夜雾洒满佳人肩头。如月小碎步行至石阶下，问："大爷怎么不进去？"

李轸一时没动静，良久方问："姑娘近日在忙什么？"

"也没什么，平常姨娘来串门，拉着姑娘一说半日，倒是有说有笑。前儿随夫人出门，逛了一回庙会，瞧着也开怀了些。"

她也不知李轸到底要打听什么，便把李楚楚的日常说了些，李轸听得很认真，问："就没准备什么生辰礼之类的？"

如月一惊，小心翼翼地看他一眼。李轸半张脸隐在阴影里，黝黑的眸子闪着微弱的光。她斟酌着答道："有的。"

她隐约记得李楚楚买回来了东西，只希望李楚楚千万要想着大爷。如月战战兢兢地随李轸走到门前，见他进去了，转身去耳房泡茶。

李轸挑了炕前的红木圆桌坐下，李楚楚不理他，他也不打搅她。

两人相对无言，一个盯着书页，一个盯着另一个人。

如月端茶进屋，将茶盏放在李轸面前，走过去靠了靠李楚楚，找话道："姑娘在看西域地方志，大爷见多识广，又常在那一带带兵，姑娘有什么想知道的，直接问大爷更靠谱。"

李楚楚道："我就随便看看。"

李轸却已经走到她身后，就着她的手翻了一页，问道："楼兰吗？"

李楚楚被他虚虚地握着手，浑身一颤，忙丢下书缩回手来，朝如月道："我要睡了，你去收拾收拾。"

她赶人的意图很明显，一时间如月进退不得。大爷明显不想走，想跟姑娘多待一会儿，她有意成全，又不敢违拗姑娘。

李轸摆摆手，如月如蒙大赦，忙退下了。李轸走到李楚楚梳桌前，随意拿起一支簪子，语气很轻："你在怪我。"

李楚楚憋着一口气，知道自己一开口必然没有好听话，便不再理他。李轸气度沉稳，穿着一身黑色常服，腰间悬着一块白玉，仿佛融入夜色。他知道她在生气，也明白她在气什么，可是并没有打算解释半句。

沉默半晌，李楚楚语气平静地道："林夫人只有他一子，若是林副将有个三长两短……"

隔着夜色，李轸的声音传来，他如冰玉般叮咛："阿楚，有些人可以共患难，不可共富贵。"李轸目光如炬，讥笑道，"你觉得他属于哪一类？"

天之骄子在云端待久了，大抵是不懂人间疾苦的。

李轸道:“阿楚，咱们打个赌。”

广陵、南阳一带时有动乱，李轸身为戍边大将军统领都护府，带兵出征是常事，几月不见踪迹的时候也有。

李楚楚一直不怎么关注他，不过因为边关民众受兵将庇护，信奉武将，对时事、战事关注度颇高，连带着她也了解不少。

前些时候从虎丘传来消息，敌军屡屡来犯，似有试探之嫌。守备军传书过来，请兵支援，李轸便带军走了几日。

每日清早起来，李楚楚先看一份新鲜的邸报，待时辰差不多了才出门。

几日前，林安生先李轸一步，已带八百精兵出城。之后李楚楚从如月那里得知，李轸随后也出了城，此后便再无消息。

延平地处北方，风沙却不大，此地雨水充足，林地丰腴，乃是西北咽喉要地。

这里地势平缓，屋宇轩峻，四方的院子圈住蔚蓝的天空，万里无云。李楚楚抬头看着墙上的天际，等脖子酸软了，这才收回目光。

李湉湉出门赴约，李夫人在小祠堂里念经，李楚楚在上房待了不过一刻钟也退出来了。

回屋的路上，李楚楚遇到了张姨娘，便停下步子。张姨娘看见她，径直走过来:“二丫头，你手里可有银子？”

“姨娘住在府里，不愁吃不愁穿的，好端端的问什么银子？可是没拿到月例？”李楚楚想到府里的下人，以为是他们为讨好李夫人针对张姨娘。

张姨娘随即翻个白眼：“借他们个胆子也不敢找我的事。就问你有没有，我总不是拿去谋财害命，就当我借你的还不成？”

李楚楚道：“我的月例您不知道？上个月的就给您了，姨娘不如告诉我倒是做什么，我心里也有个底，如今是多事之秋，姨娘万事也小心些。”

张姨娘忙道：“得得得，没便没吧，我能干什么？不过是做些小生意。你们姐妹俩年纪不小，往后出门子，我身无分文的成个什么样子？说了你也不明白，问那么清楚干什么？”

李楚楚思忖片刻，想着张姨娘有个事做也好，少注意些家里就少些是非。她便道：“多的没有，我那里还存了些以备不时之需的，姨娘有用就先给你。只不过我还是那句话，莫贪多，莫叫人骗。”

张姨娘闻言立刻眉开眼笑：“我吃的盐比你吃的米还多，哪个能哄到我？这不都是为了你们姐妹。”

李楚楚叫她晚上去拿银子，张姨娘便风风火火出二门去了。目送张姨娘出去后，李楚楚继续往回走，自言自语道：“总觉得心里闹得慌，格外不踏实，究竟是怎么了？”

如月笑道：“变天呢，想必起凉火了，等回去我熬一盅雪梨汤，喝上一碗也就好了。”

回了屋子，如月果然熬了清凉败火的汤来，李楚楚虽觉得自己没病，又不好拂了她的一番心意，最终还是吃了一碗。

林安生一出门半月没有消息，林夫人先前还坐得住，近来渐渐也焦躁起来。李夫人倒还是那副波澜不惊的模样，林夫人见天往李府来，李夫人有空闲了便见一见，嫌烦了便推说在祠堂诵经。

李湉湉不理事，林夫人来了也不能干晾着人家，李楚楚只能硬着头皮来见。本来李、林两家议亲已是心照不宣，怎么也该避嫌，但特殊时候也顾不得了。

林夫人也是乐意见到李楚楚的，她一人孀居，贵妇圈的夫人们又不大理睬她，她也没什么交好的朋友，能供她吐苦水的人选实在不多，李楚楚很有可能是她未来儿媳，又知书达理，有她宽慰着，林夫人心里也好受些。

李楚楚在待客的花厅接待了林夫人，见她越发憔悴，便叫过来如月，从私库里挑了点好的药材送到林府去。林家的家事她不好插手，只好叫如月帮衬一二。

林夫人坐在桌前，看李楚楚井井有条地吩咐，抓住她的手道："好姑娘，难为你，安生一走我也乱了，也不中用了。没你操持着，我也不知道该如何了。"

李楚楚将林夫人的茶杯续上："我不过说上一句，不值当什么。夫人还是要好好保重，林副将在外才能安安心心的。"

林夫人道："我也想。他爹一去，我就只能指望他了，叫他跟着小将军，不求建功立业，只求平平安安的就好。如今怎的突然就带兵了？刀剑无眼的，我这心里实在慌得很。你别看他温温和和的，我的儿子我知道，他也想光耀门楣，往日里叫我压着，如今也不中用了，儿大不由娘，只可怜我一把年纪了没个安生日子，总因为他提心吊胆的。

"二姑娘，我知道你是个好人。你们俩一道我是最安心的，我很愿意把他交给你。请你往后千万劝着他些，凡事也替我这个老娘想一想，他要有什么事，我还活不活？"

林夫人不明白林安生突然带兵的缘由，李楚楚心里则是一清二楚。全是因为她，李轸才会将林安生派出去。其实自从林安生出门，她心里一直便是内疚的，此刻听林夫人一番肺腑之言，她越发愧疚难当。

若是林安生有什么三长两短，她这一生便再也不能宽宥。

一个月后，李府终于迎来了一封家书。是好消息，林安生首次出兵大获全胜，与小将军里应外合将数千敌军全部歼灭，还俘虏了敌军中的重要人物。

林夫人得知消息后喜极而泣，李楚楚心头的大石头也终于落地。

几日后大军凯旋，同时朝廷的封赏也下来了。此次李轸带兵大败敌军，一扬新朝士气，圣上龙颜大悦，大加奖赏。被李轸极力推荐的副将林安生也一举成为延平圈子里的新贵，士林皆观望亲近，林安生一时风头无两。

从东大门进城往西走十来里是城镇里有名的富人区，文武官员、富豪商贾等有点社会地位名誉之人，无不在此安家落户。

今日此处较往日热闹许多，车马人流，熙来攘往，一处很明显的新府邸门前，宾客被下人迎接进门，车马朝后驶进后院，自有人招待——这里正是新上任的归德郎将的府邸。

李家的马车来得早，家里几个得力的奴仆也早早过来帮忙。车子稳稳停在门前，李楚楚姐妹俩先李夫人一步下车，扶着李夫人进门。

几人先去见了林夫人。林夫人容光焕发，笑容满面，穿着甚是体面地招待着来往的宾客。见李夫人先来了，她忙上来迎接道：“可算来了，今儿我忙，招待不周的地方，还望多多体谅。”

李夫人拍拍她的手：“我还用你招待？倒是我不好意思，本来该帮忙，只是近来身上不好。有什么忙的，交代给平嬷嬷就是。我就进去了，你先忙。”

见林夫人看看李楚楚姐妹几个，仿佛有什么话要说，李夫人便道：“你们先去，小姐妹们也来了，去找她们玩吧。”

林夫人也道：“正是，正是，快进去。”说完她便招来小丫鬟带姑娘们进去。

等人都走了，林夫人拉李夫人到一边，面色为难道：“我家与夫人家原是通家之好，我家那个先去了，承蒙您关照这许多年，我这心里是极感激的。”话铺垫到这份上，李夫人也猜林夫人有什么话说，便道：“你也说咱们关系处到这份上，有什么话你直说就是了。”

林夫人便道：“周夫人先你一步来了，说是她家那个小姑子也来了，就是嫁到南阳那位。我也不怎么接触那些大人家的夫人，还望您给把把关呢。”

今日来了许多大家夫人，为何独独交代这一个？李夫人似笑非笑道：“也没什么，大大方方招待就是了，只要合乎道理，谁能挑出你的毛病来？”

理是这个理，只是一朝富贵，多少有些底气不足，林夫人实在怯得很。林夫人怯生生地小声道：“她家还带着几位姑娘呢，我这里也没人去招待，只能拜托给您了。”

李夫人听出些意思，故作诧异道：“这是怎么说？你家安生不是说定了我家二丫头，难不成你还看上了其他人？”

林夫人连连摆手，露出一副惶恐的样子：“这可是折煞我，这怎么说，我只是请您帮忙招待，顺带看看那几位姑娘……唉，既如此，我就直说吧，人家一来打听的便是小将军，我可没这福气。”说罢她幽幽地叹口气。

李夫人却接着道：“今日是你的好日子，我家怎能喧宾夺主？说起来，周家那位小姑子办事还是这样由着性子来。”

“谁说不是呢？”林夫人嘟囔了这一句，两人叽叽喳喳商量了半晌，李夫人这才随人到后头。

李楚楚早进了后屋，此时已经到了许多人，李湉湉一来便被簇拥进去，同姑娘们亲亲热热坐在一处玩耍。李楚楚跟李纤纤坐去僻静的地方，李纤纤四下打量一番，小声道：“林家新房子果然比原来的大气多了。”

“好歹是归德郎将府，自然气派不少。”李楚楚道。

李纤纤轻笑一声，揶揄道：“还是你运气好，若真跟林大哥成了，什么都有了，他人也那么好。”

李楚楚眉心微蹙，不大乐意跟李纤纤说这个，旁边一个清凌凌的女音插进来道：“原来你们就是李家的姑娘。”

姐妹俩一道转头，见说话人是个美貌的小娘子，先前跟周家姑娘坐在一起。李纤纤俏脸一冷，李楚楚则是朝她笑了笑，点点头。

那姑娘主动坐过来：“我叫邱书慧，周敏是我表妹。”

邱书慧挨着李楚楚坐下，看了一眼被众星捧月的李湉湉，问道：“那是不是你们嫡姐？”

李楚楚点头，邱书慧又道：“我看着倒是你更亲切些，我就喜欢你这样的温柔性子，本来我也是你这样的。”

李纤纤暗暗扁嘴，朝李楚楚使了个眼色。邱书慧轻轻拉住李楚楚的手，闲聊一般道：“我听说你家还有个哥哥，还是个将军呢，真是厉害。”

原来是醉翁之意不在酒，李纤纤哧哧笑了两声，转过来眼珠。见李楚楚默不作声，邱书慧也没叫她冷淡的态度吓退，谈话的兴趣颇高。

李轸的事情官家子弟谁不知晓，何必来问？邱书慧捧着一杯茶继续说：“我要是有个这样的哥哥就好了。哎，赶明儿我去找你们吧，我也没什么手帕交，咱们一处也热闹。”

不经过李夫人同意，李楚楚本来不敢随意应承，可她转念想了想，便也同意了。李纤纤瞪大眼睛，等邱书慧走了忙问：“你答应她干什么？黄鼠狼给鸡拜年，你还把她请进家里。”

李楚楚有自己的想法，敷衍道：“咱们本来也没什么朋友，人家要来，接待就是了，有什么要紧？”

李纤纤听她这么说，只好气哼哼的，不说话了。

在林府一待就是大半天，晚上几人回府时已经到了掌灯的时候。李夫人今日很是高兴，陪着林夫人前前后后地招待宾客，醉得靠丫鬟扶着才进得了门。

几人在花园月洞门边分开。夜晚的凉风一吹，李楚楚摸了摸发烫的脸，清醒了几分，她轻呼出口气。如月陪着她往回走，还没进门，屋里的小丫鬟先迎了出来：“姑娘可回来了，姨娘都等了半个下午了。”

李楚楚还没问话，张姨娘便出来了，一把拉住李楚楚，险些拽得她一个趔趄，如月忙在后头扶着。一句话没说，张姨娘先哭上了。

李楚楚和如月手忙脚乱地劝着，好不容易安顿好张姨娘，她这才开始说缘由。

张家儿女不少，张姨娘的哥哥张善荣借了妹子的光，早几年在李家铺子里做个掌柜，后来张姨娘去了庄子，李夫人自然将张家人清了个干净。

张家背靠李家这么多年，一时没了主意，家里人见天儿地闹腾，张善荣不知怎么搭上了一个通往西域的商队，在里头谋了份差事。日子长了，他便自己跟人合伙帮忙运货。前些时候局势紧张，货物稀缺，张善荣跟人从内地贩了一批上好的药材准备弄出去，谁知商队刚走到嘉同，就叫巡检的营缮郎给查了出来，说里头私藏了兵器。这下一顶通敌的大帽子扣下来，张善荣立时便被逮捕扣留了。

“……你外家不知道要急成什么样儿，家里就靠着你大舅舅。本来丢了掌柜的差事就够要命了，如今这不是雪上加霜？咱们要不帮一把，不定怎么叫人戳脊梁骨。”

李楚楚头疼得很，拉住张姨娘道：“那倒是要怎样呢？总要先把人弄出来，外家就没找人去打点？既然是李家的姻亲，断不该连面都见不到。”

张姨娘眼神闪烁：“我倒是想找夫人呢，只是你也知道她是最不愿意见我的。何况这个事情落在她手里，万一夫人大义灭亲，就更糟了。”

说到底她还是怕夫人借机整治她，毕竟依着李夫人面甜心苦的做派，也保不准。李楚楚定定地坐着，脸色沉静。

张姨娘怯生生的，看李楚楚似乎很为难的模样，忍不住出主意：

“我想你自小养在夫人身边，跟你大哥总比我们亲近，你去找他说说。我是不相信你舅舅胆大包天，知法犯法。”

张姨娘盯着李楚楚，见她似乎往后缩了一点，原本恬淡安宁的气质瞬间也沉郁了些，但还是继续劝说：“你要不搭把手，你亲娘我可是半点退路也没有了，好歹那是你亲舅舅。”

如月一直陪李楚楚听着，张姨娘不知道李楚楚的难处倒也能理解，可这话说得也太理所当然了些。她见状忍不住道：“姨娘这话叫人听见该打姑娘脸了，姑娘正经的外祖家可不姓张。”

张姨娘眼睛一瞪，随即又蔫下来，讪讪道：“不管什么身份，总归是你嫡亲的亲人，你可不能不管。”

如月看了一眼李楚楚，替她作难。李楚楚粉白的指尖掐住手指，低声道：“那我明日去问问。”

张姨娘朝她跟前靠近了些，急道：“你舅舅都没消息一天了，我在这儿等了半日，这会儿左右还早，不如现在就去问问。”

她心里想的是，时间长了传到夫人耳朵里，那她跑这一趟还有什么意义？张姨娘见李楚楚身上还是赴宴的打扮，衣裳也都还整洁，又道：“这样就挺好，不必收拾了。我算到你们回来定是喝了酒，早叫人熬了醒酒汤，你送去给你大哥。”

李楚楚道：“姨娘想得周到。”

张姨娘笑了笑，将丫鬟送上来的篮子递到李楚楚手里，拥着她出了门。

刚过酉时，府里巡夜的婆子将灯笼高高地挂起来，橙黄的光照亮门前的一片。夜里寂静，李楚楚站在树下，清透的月光被树木筛在她身上，像一层薄薄的纱衣。

她静静站了一会儿，就在如月要问她打算的时候，她突然出声叫如月去叫门。等了一会儿，开门的是戚嬷嬷，见她主仆二人，有些诧异。

李楚楚绕过她走进里面，在院子中间站定，先打量了一眼四周，见没什么人才问："大哥呢？"

戚嬷嬷屈膝道："大爷在林府吃醉了酒，这会儿正歇着呢。"

李楚楚点头，晃了晃手上的醒酒汤："我去瞧瞧。"

戚嬷嬷轻声应了一声，随后被如月拦下："嬷嬷您就省事些吧，姑娘难得来一回，大爷指定高兴，咱们何苦做恶人呢？"

"不是，彩云在里头伺候呢。"

屋里也安静，树林里偶尔传来一两声鸟叫，远远的，听不真切。彩云坐在床边，在无人的时候，藏不住满眼的痴迷，迷恋的视线一遍一遍扫过床上男人的脸。

李轸眼睛轻合，长长的睫毛轻颤一下。他精致的嘴角紧闭，牵动微蹙的眉心，在灯下俊美得犹如天神。

彩云慢慢凑上前去，紧盯着李轸的嘴，余光忽然瞥见一道俏丽的影子，吓得她连忙惊呼一声，跌在地上。她随后连忙从地上爬起来，面容通红，束手立在一边，等李楚楚走上前来，忙先开口道："姑娘怎么来了？我正打算给大爷洗漱。"

戚嬷嬷从门外探头进来，身后的小丫鬟端了热水和帕子，有条不紊地将盆子放在桌上后，又整整齐齐地退了出去。

彩云见李楚楚脸上毫无异色，想是没看清她在干什么。她将帕子在水里浸湿，拧干了为李轸擦脸。

李轸似乎真醉得厉害，却也还有意识，帕子一挨着脸立马偏头躲开了。彩云换个地方擦，他躲得更厉害，折腾许久，彩云愣是一点没擦到。

彩云脸上冒汗，又窘又委屈，快速瞥了李楚楚一眼，后者权当没看见。谁能想到，夫人专程将彩云送给李轸做通房，几个月了，她连人衣角都没碰到。如今好不容易得来个亲近的机会，李轸就算喝醉了，也是极不配合。

他分明是个血气方刚的男儿，可对彩云丝毫不动心。一次李轸沐浴，彩云打着送衣服的幌子进来，她一个如花似玉的大姑娘，偏生人家看都不看一眼。

李轸睡着的时候，剑眉凌厉，仿佛一柄无鞘的宝剑，寒光内敛，光芒深藏，叫人不敢逼视。只是此刻由于被人打扰着，他轻蹙着眉头，睡得并不安稳。

“我来吧。”李楚楚说完之后，才反应过来，立时便想反悔，然而彩云已将帕子递到她手边。

她只好坐到彩云原先的位置，尝试着帮李轸擦脸。她没干过伺候人的活，想来擦得也不是很舒服，李轸却没有躲开。

他的眉心渐渐舒展，甚至追着她的手，将脸埋在李楚楚的手心轻蹭了一下。李楚楚一怔，往身后看了一眼，如月连带着彩云早不见了踪迹。

睡着的李轸没有清醒时锋芒毕露，头发软软地贴在脸边，特别安静乖巧，没有那股子压迫人的气场。

桌上的灯烛“啪”的一声炸出一朵烛花，李楚楚将帕子又换洗了一道，转头发现李轸已经醒了。那漆黑的眸子在夜里发出微弱的光，正静静地看她。

李楚楚下意识后撤，正准备站起身，却被他一把拉住手腕。感受到皮肤上烙铁一样的滚烫，她愣住了。

“你怎么在这里？”他的声音有些哑，似乎尚未从酒后的迷蒙中回神，低语道，“怎么做梦了？”

李楚楚将帕子放进盆里，张姨娘的声音仿佛响在耳边，可是此时此刻，她实在说不出来。她站起身，低声道：“我喊彩云进来，这儿有醒酒汤，你喝一点吧。”

她转过身，还没来得及迈开步子，便被人一把拉过去，天旋地转跌进一个温暖宽厚的怀抱里。他扭过她的脸，满是酒气地感慨：“我没做梦啊。”

这一声喟叹竟然有几分庆幸高兴的意思，李楚楚一时间有些慌：“你先放开我，丫鬟们都在门外。”

李轸轻笑，声音低沉悦耳，似乎感到畅快：“阿楚，你自己送上门，我怎么能不解风情？”

李楚楚有些着恼，闹腾一通，脸也折腾红了：“我说真的，彩云还在，被她看见了怎么办？”

李轸把脸埋在她头发里，着迷一般深深吸了一口，有些赌气道：“知道就知道，所有人都知道最好，我们为什么要躲着？”

这可真是趁醉撒泼了，李楚楚被他禁锢在怀里，胸口起伏不定，低声呢喃：“你别闹了，我真要走了。”

可他舍不得让她离开，仍将人困在怀里。李楚楚挣扎的力道渐渐变小，她紧紧闭上眼睛，心里跟自己说，她是有求于人的，就顺着他这一回。

或许心上的禁锢松动，身体便不再一味抵御本能。她不知道，有些事一旦松懈，便是将自己赤裸裸置于邪念面前，毕竟并不是人人皆君子。

她欲拒还迎，轻轻推搡他，像是一种邀请。李轸心头狂喜，酒劲儿上来，更加不管不顾了，似要将人揉进骨子里。

李楚楚趴在枕头里，将脸埋着，渐渐迷失在他给予的一切里。偏偏李轸今日极尽温柔，使尽浑身解数，只为取悦她。

李楚楚不由得沉浸其中，忘乎所以，反应过来后她又开始生自己的闷气。

李轸仿佛不知道她的别扭，被她推开也就顺势往后远离她，用餍足的嗓音道：“我叫人进来给你收拾，有什么事明日再说。”他的声音充满磁性，语调勾人。

李楚楚胡乱点头，也不看他，自然没看见李轸势在必得、满是野心的轻笑。

次日，李夫人起得晚，李楚楚便和李纤纤在偏房等着，平嬷嬷被叫进去伺候，李纤纤看着李楚楚问道：“昨天姨娘去找你了？”

李楚楚端起茶杯的动作微顿，李纤纤又道：“她也是没事儿，前些时候跟我说想做生意，我哪里懂那些？她便去找舅舅舅妈商量，也不知怎么打听的，牵扯进那些事里。”

这事李楚楚还不知道怎么对李轸说，求他帮忙是她最不喜欢干的事，经过昨晚后愈加觉得别扭，她道：“做什么不好，偏挑那风险大的。这么大的事，你也帮她瞒着我。”

李纤纤不敢对上李楚楚责怪的眼神，讷讷道：“这不是为了手上宽裕些嘛，姨娘那个人你知道的，喜欢摆阔，对张家的事又上心，耳根子又软，那头一说她就全信了。”

“她是不是叫你去求大哥？怎么样，总归是李家亲戚，总不该袖手旁观吧？”李纤纤追问道。

李楚楚提醒她道：“我喊他大哥，却不是一个肚子里出来的。你把我们想得再亲近，在世人眼里我们还是庶女，跟大姐还是有差别的。”

李纤纤不服气，总是有人来提醒，她不是李家最尊贵的姑娘。她不悦道：“举手之劳罢了，你不过就是怕连累，不管怎么说咱们都姓李，哪有你说的那么生分？”

李楚楚长出一口气，认真道：“于人家确是举手之劳，咱们却得费尽心思，你仔细想想。”

平嬷嬷出来喊姑娘们进去，李楚楚这才停了话头。吃饭的时候，李夫人问起李轸，戚嬷嬷过来回话，说是出门去了。

暂时不用见到李轸，李楚楚稍微自在了些，天知道昨儿她是怎么从他屋里出来的。事后她越想越气闷，越琢磨越觉得无地自容。

吃完饭，李夫人带头下桌喝茶，丫鬟们刚把茶盏端上来，外头就说有客人来了。

原来是在林家乔迁宴上见过的那位邱家姑娘，同来的还有与李湉湉交好的周敏，李夫人便叫人伺候着去李湉湉屋里玩。

李纤纤缩在最后，她不喜欢邱书慧那一来便四处打量的眼神，便不乐意与她一道。

见李纤纤远远跟在后面，李楚楚回头招呼邱书慧。邱书慧亲亲热热拉住李楚楚的手，说："我在这里住的时间也不长，这几日就叨扰你了。怎么一大早就不见小将军？"

"大哥比较忙，平日里在衙门处理公务，或者在城外军营，回来也在书房，我们见不到的。"李楚楚道。

"那太可惜了，我还想看看他射箭呢。先前有一回小将军剿匪，风传他百步穿杨，一箭射掉匪首，我家几个兄弟听说后就特别想结识他。若我有幸见识他射箭，回去指不定被他们怎么羡慕呢。"邱书慧对此颇为向往。

"那真可惜了。"

周敏回头笑道："小将军乃圣上亲封，他的箭术自然只能展示在疆场，哪能要来给我们玩笑？表姐未免太自大了些。"

几位姑娘就李畛的箭术谈论了一路，进了院子，李湉湉道："轻易想看我哥哥射箭是不成了，不过我这里有他的字，倒可以给你们瞧瞧。"

周敏极想打听更多关于李畛的事，虽说她比邱书慧矜持，但这时也按捺不住，推了推李湉湉："怕是你的拿不出手，借故小将军将我们的注意力引开吧。若真令人折服便罢，否则还得拿你的来赔。"

李湉湉"哼"了一声，叫丫鬟将书架上一个包裹精细干净的墨盒子取下来。打开后，里面装着两幅用上好的宣纸卷成的字画。

李湉湉挑出一幅展开，果然是一笔风流遒劲的好字，邱书慧爱不释手，道："湉妹妹将这幅字送我吧，我家小弟最仰慕小将军，过几日他五岁生辰，送给他正好激励他上进，我母亲也要感激你的。"

李湉湉被捧得有些飘飘然，她极少在周敏跟前占上风，不过还是推拒道："这不好吧，这还是我哥哥几年前写的，如今的恐怕更好些。"

周敏靠在窗边，似笑非笑道："哦，那不如给我们看看如今的，拿个陈年的旧物敷衍可不成。"

李湉湉想了想，便招来小丫鬟问话，小丫鬟出去片刻又回来："柱子在呢，不过外书房不能进，小书房却没锁。"

邱书慧道："外书房恐有些机密事咱们不便接触，就到里头瞧瞧吧。"

于是一行人结伴到了李轸院子里的小书房，屋里没人，李湉湉率先进了门，邱书慧姐妹紧随其后。

"你怎么在这里？"

李楚楚站在院子里，听见小书房里头的动静。原来是彩云在打扫书房，正撞上几人，李湉湉便叫她去找李轸的手书。

不巧的是，邱书慧先叫她去倒茶，等彩云倒了茶又说弄错了茶叶，说彩云故意用放潮了的次叶来接待客人。彩云见邱书慧还教训起人来，不肯听从，顶了几句。

这可好，两人倒真的吵了起来。李纤纤幸灾乐祸，笑嘻嘻道："还没进门呢，倒管上人家屋里的人了。"

一直到邱书慧姐妹走了，李纤纤还拿这事在笑。过了几日，林夫人进府时也听说了，便跟李夫人说悄悄话："可见，小将军多招人。"

李夫人道：“也有人来找我说呢，这样的我可不敢要，讨个乖巧安静的也好来替他管管院子，娶个‘搅事精’可是害了他了。”

林夫人点点头，说：“咱们当娘的，想的一样。”

李夫人觑了她一眼：“如今我可要恭喜你，熬出头来，也是老夫人了。”

林夫人笑得见牙不见眼：“还早呢，等安生成了家我才叫放心。”

李夫人笑眯眯听着，端茶轻呷了一口。林夫人踌躇半晌，道：“本来我说先下小定，二姑娘我是极喜欢的，能娶她进门是安生的福气。只是您知道，可巧这次他就迁到南阳去了，虽说离这里不远，到底过去了事情多，所以我说这事恐怕要往后延延。”

李夫人不置可否，李楚楚左右是个庶女，就是人家看不上也碍不着她什么，反倒是张姨娘极喜欢林安生，到手的女婿飞了，她若知道怕要气死了。

李夫人拍拍林夫人的手，说：“放心忙你的，你能来给我下颗定心丸，也是看重我家老二了。”

林夫人还当要费番口舌，不想李夫人这么体谅人。她转念一想也明白个中缘由，于是两个人继续亲亲热热地拉手说话。

张姨娘原本以为林夫人过来是同李夫人商议李楚楚和林安生的婚事的，这聊了半晌，那边一点动静也没有，她不由得急了，拉住李楚楚道：“那林副将年岁也不小了，也早就跟咱家接触，怎么到现在还没行动？”

李楚楚推开她的手，转身到一边，不想听。张姨娘拽她道：“你就不着急，你不会还等着夫人上心吧？人家有亲闺女，就晾着你，等年岁大了看你急不急。”

李楚楚道：“我急有什么用？谁都能过问，就我不能，姨娘你怎么不明白？”

“这不是情况特殊嘛，旁的家里自然不用闺女自己操心亲事，你不一样。”张姨娘道。

李楚楚自然也明白这个道理，早年就听那等碎嘴婆子讲她不是李家的种，所以老爷待她不冷不热。她自己多少有点猜测，可在她心里，哥哥就是哥哥，妹妹也就是妹妹，不是说改就能改变的。

李夫人不会对她上心，可让她费尽心机去接触林安生，又总不得劲。张姨娘劝说李楚楚不动，气呼呼地走了，李楚楚只当她放弃了。

这天晚上，她正在屋里听如月说张善荣的事，原本说是从偷运的草药里查出来几把钢刀。说来可轻可重，只看上头是从急还是从缓。

有都护将军府介入，左右不过一句话，张家舅舅也就能出来了。偏生那边听闻这是李家亲戚，且看出李轸要保的态度，顺杆子往上爬，便有人想借此事结识李轸。

那人请李轸赴宴，可几次都因为李轸有事而耽搁。张善荣虽叫人好好招待着，可还在衙门没出来。李楚楚知道此事后，微微露出笑意来：“既然不是大事，左右这几日就出来了。”

“正是呢。”如月说道。

主仆俩在屋里闲聊，一时进来个丫鬟，说是张姨娘有请，李楚楚便随她出去。夜有些深了，廊下的灯笼高高挂起来，两人穿过小枫林，路过一处假山坞岛，涓涓的小溪蜿蜒而下，在月光下发出叮叮咚咚的声响。

李楚楚执帕轻咳了两声，忽见两步远的路前漫步出来个人。一经照面，两人皆是一怔。

“二姑娘。”

“林副将。”

猝不及防遇见李楚楚，林安生有些着慌，他左右看了看，不知所措。

李楚楚忍笑道：“林副将怎么在这里？天晚了，可需要我唤人取灯过来？”

她温婉柔和的声音将他安抚住，林安生因这一次立功，不仅升官赐府，还被迁去更显贵的地方当值。离了延平，或许他能将林家更加发扬光大，往后便不只是李家的家将。

他满怀期待地向往未来的仕途，却有一事放心不下，那就是他跟李楚楚的婚事。先前他想着，以他的身份能跟李家结亲，娶的还是他极喜欢的姑娘，一切该是称心如意的，偏偏世事无常。

自从回来后，他忙着各种应酬宴会，两人已经许久没见面。他总想着选一个恰当的日子再来见她，时机却总是不巧。

此刻，她就站在他面前，那些独处时的遐想通通消失不见，林安生朝李楚楚走近一步，问道：“近来还好吗？”

李楚楚点点头，定定看了他一会儿，林安生似乎总是一副谦逊体贴的模样，不像李轸，每见他一次，都觉得那人气质更加沉着了。

“我娘前些时候来府里了，她会跟我去南阳。”林安生灼灼的眸子很是认真，“我想，你也应该会喜欢南阳，那边比延平更热闹些。”

李楚楚其实更喜欢安静，不过她还是“嗯”了一声：“先恭贺你得授帅印，往后会更好的。”

林安生右手虚虚握成拳，看着她道：“你能不能等等我？等我在那边安顿好就来接你。”

李楚楚耳边突然想起那一日李轸跟她说的话——

“阿楚，我们打个赌，我送林安生青云直上，你看他会不会回头接你。”

她浑身一个激灵，仿佛一桶凉水从头浇到脚。

李楚楚一把抓住林安生的袖子，闪动的眸光有种说不出的柔软。

“好。”

第四章

百密一疏

她以为她安分守己，对其他人恭恭敬敬、敬让有加，总能有一处容身之地。偏偏世事不能如愿，她还小心翼翼的做什么？

如月眼见姑娘这几日心情变好，她想大概是因为张家舅舅被放出来一事。张姨娘近来也爱过来走动，对姑娘嘘寒问暖的时候也变多了。

今儿日头好，如月将窗边一盆月季花搬去台阶下晒太阳，回头见到一个十二三岁的小丫鬟跳着进了门，就招手喊住问："你是哪个屋里的？"

小丫鬟长得倒是讨喜机灵，她微微一福："回姐姐话，我是张姨娘屋里的，姨娘遣我来问姑娘要两张花样子，说是给姑娘做件披风。"

姑娘屋里有什么花样子她不知道，张姨娘从未给姑娘做过衣裳，今日怎么突然这样积极？如月留了心，放小丫鬟进门去后，自己往屋后虚晃一枪，走到窗根底下站着。

见有人来了，李楚楚便将笔放下，笑道："姨娘今儿可好？"

"好着呢，早起有些头晕，喝了碗燕窝也就好了。姨娘叫我问姑娘好。"小丫鬟人不大，声音倒是脆生生的。

两人随意聊了两句家常，小丫鬟道："如月姐姐去下房了，我看见的。"

李楚楚"嗯"了一声，那小丫鬟声音越发低了："姨娘说了，姑娘这样爱搭不理的，人家那边也着急，好歹给封信叫人安心。"

屋里静了片刻，李楚楚不知在顾忌什么，没有应声。

"姨娘还说，姑娘可千万别想着靠夫人。近来夫人带着大姑娘赴宴，可问过姑娘半句？等忙起来大姑娘的亲事，还不知什么时候想起姑娘。”

李楚楚道：“可是这样总不好。”再者她跟林安生都说好了，她也相信他不会辜负她，姨娘何必插在里头替他们牵线搭桥的？

“也不只姨娘着急呢，林将军与姑娘天造地设，早晚会在一处，何必拘泥眼下？”

李楚楚觉得不妥：“这事你不必劝，该怎样就怎样。叫姨娘莫管，没有这样的规矩，我自己知道该怎么办。”

这里两人说完，小丫鬟出了门，如月方从后头出来。她望着李楚楚的屋子长叹口气，想进去劝几句，又不知从何说起，终究还是咬咬牙，出了门。

林家将出行的日子定在这月十五，林夫人早早邀了几户亲近的人家饯行。李楚楚坐在夫人们下首，听夫人们说话。

林夫人之前总是一副极朴素的装扮，随着林安生叫人看重，她也水涨船高，不但打扮更为体面了，人也由内而外焕发出大家夫人的风度。

如今她与李夫人等官夫人坐在一处，半点不见小气。周夫人玩笑道：“老姐姐你走了，我们上哪里再去找林将军这样可人的孩子？说来林将军也该成家了，不知谁家有福气招得这样的东床。”

林夫人捂嘴笑道：“夫人莫要打趣我，我也说他的年纪不必等了，只是还没有遇到合适的，倒要劳您费心想着。我瞧着，也不必考虑其他人，我就喜欢你家敏敏这样聪慧的，能有她一半我就烧高香了。”

周敏恰巧坐在周夫人下首，听见说她也不扭捏，反而道：“我怎么听说夫人更喜欢楚妹妹这样的，先前还有传闻呢，说是李、林两家好事将近。”

好在李楚楚离得远，只装作没听见，陪着一位小姑娘玩花绳。李夫人笑而不语，林夫人观她神色试探道：“说不准的事，或许有缘分也说不定呢。”

李夫人心里暗笑，接过话茬儿：“捕风捉影而已，又是谁乱在外头传呢？”

“是呢是呢，若真这样，我早烧高香了。”林夫人忙应道。

两位当事人都极力否认，其他人自然不会深究，于是外头李、林结亲的传言不攻自破。李楚楚深深叹了口气，闭了一下眼睛，起身出了门。

林安生将男宾招待好，抽空出阁楼醒酒。林夫人用来招待女眷的小亭就在阁楼后头，他一出来便看见李楚楚站在廊下。

李楚楚似有所感，抬头见林安生立在灯火昏昧处，目光正柔柔地望过来。她的心头忽就揪痛了一下，回了他一笑。

在他恋恋不舍的目光中，李楚楚转身进屋，这一眼错得漫长。有些人能够相遇却不能相守，终究缘分未到，强求不过是伤人伤己。

李楚楚情绪不高，晚上回去的路上也恹恹的，如月小心翼翼伺候着，踟蹰片刻，小声道：“姑娘可记得先前老爷身边的赵天养？”

李楚楚头靠在车壁上，闭着眼睛点点头，如月继续道：“老爷去了之后他便跟着回了老宅守墓，人人都说他重情重义，永不会背叛老爷。可姑娘您想不到，前些时候，我还在街上看见他了。”

李楚楚睁开眼睛，定定地看向如月，温言道：“有什么话，你直说就是了。”

如月支支吾吾地小声道："那赵天养早被夫人接回来了，我也是打听到的，他在夫人手下做事呢。先前张家的舅老爷险些犯了通敌的案子，哪里是他主动胆大包天去做那事的，实则是有人引着去跳火坑呢……"

车子停在门前，如月的话也说完了，李楚楚静坐着久久没动，直到婆子来请。她表面还是一副风轻云淡的面容，如月却发现她几次都差点没扶住门框。

轻悠悠的蛙声从窗外的荷塘里传来，吵得人越加心烦意乱，桌上的三角炉烧着，暖香漫溢。张姨娘在地上走来走去，右手握拳砸在左手手心："你叫我去查，我还当怎么了。你舅舅可说了，先还没觉得蹊跷，这样顺着线索细细一想，可不是有人特地设计他呢。哪里就有那样的商队叫他一遇一个准，还偏生就跟他好得同兄弟一样，又出钱又出力引荐。我就说，杀千刀的，谁这么看不惯我们，张家可就你大舅舅还有些出息，他要出了什么事，这个家也垮了……"

李楚楚扶住眉心，只感觉太阳穴一跳一跳地疼，张姨娘凑过来说："你真不知道谁干的？好歹咱们李家也有头有脸……"

李楚楚撇下张姨娘絮絮叨叨的追问，带着如月走出了院子。门前的灯笼照亮一方小小的地面，蚊虫在地上扑腾挣扎，她看了许久。如月听见她细微的声音："到底树欲静而风不止。"

她以为她安分守己，对李夫人恭恭敬敬，对李湉湉敬让有加，总能有一处容身之地。偏偏世事不能如愿，那她还小心翼翼的做什么？

如月小心地望着她："姑娘，咱们派去调查的那些人，怕是大爷也知道。"

李楚楚“嗯”了一声，她一直明白，李府任何风吹草动怎么可能瞒过李轸？这个家没有比他更让她觉得存在感强烈到令人窒息的人，却也没有比他更权威，能够给她安全感的人。

回到院子没坐上一会儿，先前来找过她的那个小丫鬟又来了，这一次李楚楚没见。如月拦住人在说什么，忽听小丫鬟高声道：“姑娘，姨娘请您过去……说了，就见一面……”

再后面的声音李楚楚慢慢听不清，外头淅淅沥沥下起雨来，打在芭蕉叶上，噼里啪啦响彻黑夜。

小巷尽头的木门紧闭，红木的小门沉寂，掩在雨里一声不吭。林安生立在雨里，雨水兜了满头满脸，他只是静静地看着那扇门，相信他等的人会出来。

明日便是他启程的日子，林夫人将他唤过去一一交代，新家住了没多少时候，却又要搬得干干净净。这样子是不打算再回来的，林安生觉得奇怪：“等过去安顿好了，娘您就回来，先朝李家下聘，商议好日子，我就回来……”

后头的话在林夫人越来越平静的脸色下说不出来，林安生蹙眉道：“娘？你不是答应我……”

林夫人道：“我是答应了你，只是先前咱们的家世，与二姑娘确实相配，我对你也没那么大的期许，自然愿意你娶个心仪的姑娘。如今你瞧瞧，咱们也是官宦人家了，你往后可以走得更远，你需要更有用的助力。”

林安生道：“小将军同我一处长大，再者我一个武将，需要什么助力？我只管尽职尽责干好本职就是了。”

林夫人长叹一声："这事我已经细细思量过，你与二姑娘不合适，李府如今也没那意思。安生，你听娘一句，往后多少好的没有？"

夏夜的雨水冰凉，时间长了，寒气从脚底蹿上来，林安生的手脚渐渐没了温度。他抹了一把脸上的雨水，勉强从雨幕里看见大门开了一条缝，他迫不及待往前踏出一步。

在看清楚那道修长挺拔的身影后，他眼里的光趋渐落寞。

李轸黑衣裹身，仿佛天生生于黑夜，身上萦绕着凌厉的气势。林安生一直知道的，便是他父亲在世时，也很喜欢小将军，赞他是难得一遇的将星。

他也明白人各有命，他从来没资格同小将军争夺，可为什么他想要的都同这个人有千丝万缕的联系？这个人轻而易举就能得到他费尽心机也够不着的一切。

父亲的目光、尊贵的家世，甚至连他喜欢的姑娘都在对方身边。

林安生盯着李轸，脸色沉郁，侧脸紧绷。

李轸站在台阶上，居高临下，双手负在身后。两人对视了一会儿，林安生屏住呼吸，往前跨出一步，李轸的目光如利剑般射过来。

"到了南阳，李、林两家还是世交，永不分割，你不必忧虑。只是阿楚，你莫再与她接触。"

林安生低笑出声："我与二姑娘情投意合，夫人也答应了我的求亲，小将军何出此言啊？"

那句"情投意合"刺激到了李轸，他逼近林安生，声音似乎从冰寒的深渊传出来，夹裹着森寒之气："我守了十年等她长大，就为了今天她身边只有我一个。你又凭什么？"

林安生满目震惊，雨水流进眼睛，他忍耐住那股战栗感：“那你有问过她吗？她乐意待在你身边吗？愿意为了你同世俗背道而驰吗？她受得住所有人异样的眼光吗？”

几个问题砸下来，李轸脸色铁青，双手紧握成拳。他一个都没办法回答，他自己心里也有答案——她不愿意，甚至千方百计想逃离。即使他们并没有血缘关系，但是身份明晃晃地摆在那里，周围人的苛责半分也不会少。

林安生便是李楚楚在黑暗中病急乱投医的救命稻草，即使李轸不将他放在眼里，可也赌不起李楚楚要离开的决心。

他只能切断她的后路。

他不是好人，他逼她，要她，还想在她心里光明磊落哪怕一点点。所以明知是李夫人设计张善荣，他依旧不作为，专等着李楚楚自动投入圈套，求他救人。

明明是他命人暗示林夫人，说林安生除了李楚楚有更好的选择，只要林夫人先放弃，她便会对林安生死心。他确实成功了，林安生来了，她却没出来见他，甚至没有只言片语。他松一口气，却也妒忌得要死。

他待她如珠如宝，就因为身份的鸿沟，她便将他的一切都抹杀，不肯认真看看他。林安生做了什么？他不过就是站在那里，就能得她青睐。

“这些事不用你操心，总之你跟她一定没结果。”李轸声音低低的，更像是在对自己说。

“有没有结果，我要亲自问了才知道，毕竟是她亲口许我终身的。”

林安生第一次这样挑衅李轸。

李轸的手隐隐颤抖，心口有一团火熊熊燃烧，面对眼前这个男人，他突然嗤笑：“你确定？你不知道她——”

话还没说完，林安生眼睛猩红，大吼一声，朝李轸扑过去。李轸不闪不避，迎头而上，两个人在雨里扭打在一起。

他知道的，他都知道，可那又如何呢？

两人都是身经百战、格斗经验丰富的将军，偏生此刻却是拳拳见肉，怎么蛮横怎么往对方身上招呼。两人似乎都受了百般的委屈，不将一腔愤怒发泄出来不肯住手。

夜色更深，浓重的黑夜将巡夜的梆子声吞没。如月坐在屏风前守夜，一边打瞌睡一边做针皮。

李楚楚早上了床，只是翻来覆去睡得不安稳。窗外时不时闪过一道闪电，将屋子照亮如同白昼，如月知道姑娘虽不吭声，其实是害怕的，所以也不敢走。

瞌睡来得厉害，如月的头一点一点地磕在桌上，忽然她听见门被人推开，她睁开眼睛，险些尖叫出声。

“大爷？”她有些不确定来人是李轸，毕竟小将军从未用这副落魄的模样出现在这里。

李轸也不说话，身上滴滴答答的雨水落在地板上，很快洇湿一片。

“她呢？”他的声音也很落寞，满是涩涩的孤寂。

如月怕他就这副样子进去吓到李楚楚，小声建议道：“奴婢打水来，大爷洗洗？姑娘怕是睡着了。”

李轸没反应，如月连忙将炉子上的水倒出来，兑了冷水端进里屋。片刻之后，李轸出来，赤着上身，如月端着烛台捞起帘子。李轸走到床边，掀起被子躺进去，找了舒服的姿势窝着不动了。

如月在原地站了一会儿，熄灯下去睡了。

腰上圈住她的手臂健硕，温度比她的体温更高些，李楚楚脸在枕上蹭了蹭，埋得更深了。李轸收紧手臂，在她颈窝里长长吸了口气。

李轸微微颤抖的身子慢慢平复下来，血液里的灼烧感也减轻了不少，满心的恐慌在拥住她的那一刻被安抚住。他慢慢吻住李楚楚馨香绵软的脖颈，急切地渴望她。

李楚楚微蹙眉头，抓住他的手。李轸急不可待，仿佛病入膏肓的病人抓住最后的生存希望。

滚烫的吻一个接一个，他声线颤抖："阿楚……"

李楚楚勉强睁开眼睛，微凉的眸子在黑夜中平静无波，却又蕴藏着无边的风暴。她紧紧闭了一下眼睛，突然主动抱住他脑袋，捧起李轸泛红的脸，主动凑上去亲吻。

李轸欣喜若狂，不敢置信，李楚楚又在他嘴边啄了一下，他这才大梦初醒般回神，颤抖着迎上去。

这一晚两人几乎没睡，天快亮的时候，他拥着她，低声问："今天林家出行，要去送吗？"

帐子里还有些昏暗，李楚楚的视力也没李轸好，看不清楚他的脸色，她只知道他现在的语调是平静的。她微微叹口气，林安生要走了，或许往后再见不到，她却奇异地并没有什么不舍。或许是因为早有心理准备，他们不会有结果。

她压抑心里的愧疚，将他当作逃出生天的希望，而今心弦陡然放松，竟并不觉得可惜。

李轸轻哼了一声，握着她的腰用力捏了一下，附耳低语："林姨希望林安生娶个对他有裨益的妻子，咱们家不在她的考虑范围内。"

准确来说是李楚楚庶女的身份入不了她的眼，李轸避重就轻，不愿意轻贱她。李楚楚自己心里明白，闷闷道："我知道。"

"所以别对他抱有非分之想，他不是良人。"他点拨道。

即使她心里没有他，只能留个空壳子在身边，他也不允许她心里住进去别人。

李楚楚冷笑，难得顶撞了一句："在你眼里，我还有良人？"

李轸闷闷地笑了，鲜活娇怒的她总比冷冰冰、油盐不进来得的好，他朝她脸上吻了一口："你心里明白就好。昨晚睡得可好？"

李楚楚一僵，对上他似笑非笑、满是揶揄的眼神，恨声道："不好。"

"哦，那阿楚还是要尽快习惯才是。"

李夫人早从林夫人处得知邱家的打算，本来她也还在观望，而今邱家主动亲近过来，为了李湉湉的婚事，她倒乐得与之来往。

邱夫人与周夫人常约着李夫人上庙进香，周敏与邱书慧便携着李家姐妹一处玩耍。一场雨过去，满园的牡丹竞相开放，遍地姹紫嫣红，府里也置了宴席邀各家姑娘赏光。

李夫人先朝李轸打了招呼，说是今儿府里待客，有什么公事往后推推，也是叫他见见的意思。

李湉湉主动担了主人的责任，将人领到宴席上坐下，命人采了花来观赏。邱书慧坐不住，偏要拉李楚楚亲自去看。

李楚楚便想将李纤纤也领出去，一屋子的女眷，全是李湉湉的手帕交，李楚楚怕她待着不自在。李纤纤扭着不愿走："这是我家，还有我躲着人的时候？我不出去。"

她不乐意，李楚楚也不勉强，见大家都有自己的玩伴，就她孤零零坐着，道："若是累了就先回去，托人跟我说一声。"

邱书慧在亭下催促，李楚楚便转身下了山阶。远远地离了长亭，周围安静了些，甬道两侧种在盆里的牡丹有拳头大小，一株上开着四五朵，淡粉的花瓣层层叠叠如云朵堆积。

不远的山坡上有几树桃花也开得极美，邱书慧跳起来折了一枝花开繁茂的，拿在手上把玩："你家这院子真好看，咱们西北这地界难得也有养分这样好的地方。"

李楚楚跟着走过去，倚在一树海棠下，满树的海棠花仿佛一把茂密的大伞，笼罩在头上，映着她那仕女一般的姿容，恍若一幅名家之画。

李轸背着手从二门进来，身影出了半边夹道，映入眼底的便是那幅画卷。他的指尖不自觉地磨在一起，慢慢停下了步子。

邱书慧摘了一朵芍药花笑嘻嘻往李楚楚头上戴去："你戴这个好看，我喜欢那朵牡丹，楚妹妹帮我摘下来可好？"

李楚楚摸了摸头上的花，她今日妆容清淡，邱书慧帮她戴的花却是大红色。礼尚往来，李楚楚便将树丛里一朵碗大的白牡丹摘下来，递给邱书慧。

邱书慧笑嘻嘻地接过去，嗅了嗅，叫丫鬟给她戴上。这样大的花团，用来观赏不可多得，戴在头上便有些不伦不类了。

如月忍不住“扑哧”笑了一声，邱书慧恍若未觉，李楚楚另外摘了一朵海棠花，笑道：“还是戴这个吧，你那个用水养着，还能多看几日。”

邱书慧扁着嘴：“你这满园的花，我摘几朵你就心疼了不成？我就要这个。”

李楚楚笑了笑，头一歪，没戴稳的芍药花便掉了。她顺手拿下来，便不准备再戴，偏生斜里伸出一只手，骨节分明，指尖修长。

那人从李楚楚手上拿下那朵芍药花，重新给她插上一朵鹅黄的牡丹花，不大不小，与头上的簪花无异。那人还轻轻扶了扶她的发髻，又将耳边的绒发别到耳后。

这一番动作，可以说是既温柔又缱绻。她抬起眼，对上一双黑漆漆的瞳眸，正神色认真地打量她的装饰，似乎非要满意了才肯收回手。

邱书慧眼睛一亮，高声道：“见过小将军。”

李轸点点头，视线还落在李楚楚身上。邱书慧凑过去，艳羡地看了一眼，俏皮道：“小将军给楚妹妹簪了发，可不能厚此薄彼。”

李轸眉梢微动，瞥了一眼邱书慧捧上来的几朵花，看向李楚楚，似乎在询问她的意见。李楚楚微微一笑：“自然要哥哥为邱姑娘挑一朵，我看着都好，挑不出来了。”

邱书慧满眼期待，又朝李轸跟前走了一步，歪头等着。李轸暗暗冷笑，在众人都看不见的地方，左手悄悄攀上李楚楚纤细的腰肢，满是威胁地轻抚。

李楚楚身子一僵，慌乱间看了邱书慧一眼，见没人注意，还没松口气，那只掌心滚烫的手又在她的腰间不重不轻地捏了几下，指尖在腰眼上不住打转。

她神色僵硬，扭了扭腰，却被更加用力地握住。李轸眼神戏谑，那意思不言而喻。李楚楚懊恼地瞪了他一眼，笑道：“那边花圃里还有更好看的，邱姑娘一定喜欢，咱们去瞧瞧。”

邱书慧被李轸晾久了，也不敢再纠缠，万一小将军一直不理会岂不是丢脸？来日方长。李楚楚出言解围，她连忙应承下来。

如月领着邱书慧前头走了，李楚楚一把推开李轸的手，心口微微起伏。李轸好整以暇，将她的发髻扶了扶：“很适合你，好好戴着。”

李楚楚只想一把揪下头上的花狠狠地扔地上，可到底忍住了，只是抿住嘴不言不语。李轸用粗粝的手掌轻轻托起她的脸，指尖摩挲着嫩滑的肌肤，他轻声道：“怎么不高兴了？”

她眼眶红红的，低声气道：“反正你只管自己高兴，从来不管别人死活。”

他轻声笑起来，声音低低的，像是异常愉悦：“别人的死活关我何事？”看她更气了，又道，“你自然不是别人。那个邱书慧，你离她远点。”

一听这话，李楚楚在心里念叨：不喜欢她出门见人，不喜欢她身边出现男子，如今连女子也不成了。

她故意道：“这可不行，夫人可喜欢邱姑娘，说不定人家将来是我大嫂呢。”

李轸哼了一哼：“那得看她有没有本事当你大嫂。”

晚上，众人在李夫人院子里吃饭，吃得差不多了，李夫人道：

“难得咱们家里这么热闹，之后有机会还是要好好邀姑娘们来玩。我看，那么多姑娘，邱家那位人品才貌皆上乘，家里长辈兄弟官也做得不小。”

话间，她几次看向李轸，有意打探他的意思。李轸等李夫人说完，不拒绝也不接受：“这事母亲做主就好。”

李夫人高兴了，朝他碗里夹了一筷子菜，笑道：“你的终身大事，自然要你满意才好。还有你妹妹，我瞧着咱们延平有几家就不错，只是不清楚那些子弟的品行，你在外头行走，总比我看得多。”

李湉湉脸红，扭进李夫人怀里。李夫人道：“男大当婚，女大当嫁，这有什么好羞的？”

李夫人瞧上的那些人家皆乃延平大户人家，其中有几家也有那意思，悄悄使人来打探过。张姨娘站在李夫人后面，听了一耳朵，殷勤地上前为李夫人斟上茶，笑眯眯道：“咱们大姑娘这样的人品才貌，自然不愁婆家，倒是二姑娘和三姑娘愚笨，还望夫人看顾。”

李夫人冷笑道：“先前老爷在世时，张姨娘你不是讨了老爷话，要自己挑选人家？我可不敢越俎代庖，委屈了你姑娘，我可当不起。”

姐妹俩低着头不言语，张姨娘心中暗恨，还是讨好道：“我何曾讨过什么话？自然都听夫人的。”

李夫人并不理会她，只跟李轸说话，张姨娘讨了没趣儿。

从上院出来，张姨娘越想越气，拉住李楚楚道：“你瞧瞧，这可靠得住？照我说的，还是得自己找呢。”

李纤纤一把揪下树上的叶子，沉沉道：“姨娘你也是，何必自取其辱。”

张姨娘叉腰：“我还不是为了你们两个？”

眼见两人要吵起来，李楚楚忙道：“都别说了，叫人听见。明儿张家来人，姨娘准备在哪里见？”

提起这事，张姨娘更没好气儿，因为李轸帮了张家一把，张善荣备了谢礼要来拜见。张姨娘本想在家里款待，以示张李两家亲近，偏生那些下人推三阻四，总不应承。

她也知道是李夫人从中作梗，却没处讨说法。张姨娘气不顺道：“怎么你们俩就没一个是男孩？我便不必跟着受憋屈。”见姐妹俩不搭腔，张姨娘叹口气道，“人家也不接待我这妾氏的亲戚，就在我屋里摆桌菜，你们俩都过来见见。”

在院子门口分开，李楚楚回了自己屋，刚进门便见如月站在门前，朝屋里指了指。如月亲自守在门口，李楚楚也就明白屋里是谁。

她这屋里不但丫鬟少，且都是李轸安排进来的，都是明白人。每次李轸来，便不见其他人影，只留如月一个人在屋里伺候。

李楚楚踏进房门，如月跟着进来，替她换了外头的衣裳，解了首饰。一头黑亮的头发，披了满背。李楚楚望着镜子，看见李轸从桌前过来，接过如月手里的梳子，揽起她一缕头发。她心里嫌恶，却不得不忍耐。

她以为在李夫人跟前乖乖巧巧地侍奉便能有一处安身之所，将来不说大富大贵，便是给她挑一户殷实人家也好。现实却给了她当头一棒——李夫人怎会好好对待张姨娘的女儿？

或许在李夫人心里，她从来都跟张姨娘是分不开的。张姨娘是眼中钉、肉中刺，她跟李纤纤也不遑多让。

张家身为她们母女最后的依靠，更加没有存在的必要，所以李夫人才会肆无忌惮。通敌的罪名一朝成立，张家只有家破人亡的下场。

她是怕了，怕李夫人的手段，若是没有李轸，李夫人悄无声息便可让张姨娘孤立无援。她想要护住姨娘和妹妹，借助李轸或许比借助李夫人更可靠些。

李楚楚的态度稍微松动，李轸便越发黏上来，之前他还知道节制，十天半月找她一回。雨夜那次，李楚楚的主动，仿佛一个信号，招得他快要不管不顾。

他打着替她打理头发的幌子，黏上来后便用堪比铁壁的胳膊将她箍住。

李楚楚轻蹙眉心，推开他的脸，闷闷道："你找我就只为了这样？"

"不是。"他沙哑的声音笑道，"还想这样……"他的手还在她的腰上，炽热宽厚。

李楚楚一副娇娇俏俏的模样，只叫人更加想欺负了，他眼神一暗。李楚楚眼眶发红，她有点不能接受这样的自己，她以前分明不是这样的。不知什么时候，那些被强迫的痛苦竟然消逝，她渐渐开始尝到其中的欢愉。

张姨娘近来在张家舅爷的帮衬下又开了一间绸缎铺子，她自己有事情忙了，又能拉张家一把，李楚楚也很支持。

听闻钱财不够，她也往里添了不少。从南方运输进境需要路引，张善荣四处奔波、几处打探费了不少功夫。但到底人微言轻，事倍功半的时候多。张姨娘听闻了他的难处，打包票应下，转头来寻李楚楚讨主意。

如月将小厨房送过来的零嘴和大爷叫柱子从外头为姑娘买的吃食都摆上来。李楚楚不爱吃些酥糖、糕点等物，大部分都赏给了底下人。

张姨娘与三姑娘难得过来，自然要招待好。李纤纤看着满桌子寻常见不到的吃食，朝李楚楚脸上瞟了一眼，默默拿了一块花素烧卖吃。

张姨娘靠在炕桌上，手下垫着锁子锦靠背，叹了口气："到底是你舅舅家世不到位，要你父亲还在那会儿，不过他一句话，还叫我操什么心？"

想起李老爷在世时对她的宠爱，不说千依百顺，但一般不算过分的都尽量满足，哪像现在举步维艰？

李纤纤郁闷地说道："既然都过去了，姨娘还提什么？还是想想现在怎么办吧。"

李楚楚道："多使几个钱就是了，那些做生意的，谁不是这么过来的？"

"凭着咱家大爷的势力，谁敢为难来着，多少事办不来？只是那位拦着，半点光都沾不到，还受不少挟制。"张姨娘愤愤道，指头往上房一指。

李纤纤看了看两人，嗓音中有一种蛊惑人的味道："大哥是母亲亲儿，自然听她的，若大哥身边也有咱们的人，想来也容易行事。"

李楚楚不慎失手将茶杯掉在身上，如月忙拿了干净帕子来擦。张姨娘怪了两句，李楚楚没理会她，目光笔直地朝李纤纤射过去，见她并没注意自己，心头微松。

李纤纤拉住张姨娘，索性道："母亲那边给了个彩云，我听说到现在还没近身，不如咱们也送个人去。"

这一句话提醒了张姨娘，这些内宅的手段她最了解，想当初李老爷宠爱她最盛的时候，李夫人也朝李老爷身边塞过人。

过了几日，张家舅母进府来请安，先去李夫人跟前见过，便到了张姨娘屋里。

李楚楚和李纤纤也在，见张家舅母身边跟了个丫头，多看了两眼，那丫头长得比府里大多丫鬟都好些，只是眉眼间有种常人没有的韵味儿，举手投足妩媚多情，走起路来摇曳多姿。

李楚楚越看越想多看两眼，李纤纤趁着张姨娘拉着舅母说悄悄话，跟李楚楚一道出了张姨娘院子。李纤纤凑在李楚楚身边，压低声音说："是不是很奇怪？张家人往常来可没见带什么人。"

李楚楚不说话，只是往前走，李纤纤也不卖关子了，直接道："那是扬州瘦马，给大哥准备的。"

无视李楚楚的震惊，李纤纤笑吟吟道："想不到吧？还是我给姨娘出的主意呢。"

李楚楚想说什么，心思转了几道弯儿，到底什么都没说。

夜深了些，窗外黑黢黢的，呼呼的风刮过芭蕉，窸窸窣窣。练了一会儿字，李楚楚心头还是烦乱，她放下狼毫，坐在椅子里半晌不动，也不知在想什么。

直到身后一具温热的躯体将她抱住，濡湿的唇落在颈间，她方回神。

“想什么呢？”李轸低声问。

他顺手将桌上的词作拿起来，李楚楚的字婉转小巧，她写的是一首《忆江南》。李轸看了两眼，笑道：“整日看些地域图还不够，随手临的帖子也是天南海北的风景，得亏你是个女儿家，若生个男儿，岂不要跑遍整个大夏疆土？”

他将头放在她肩上，脸挨着脸说话，吐息交融。李楚楚稍微有些不自在，不着痕迹地朝一旁躲了躲，想扭出他的怀抱。

“今儿怎么这么早？吃过饭了吗？”她找了个借口站起来，便要出去喊如月。

李轸看看空了的手心，嘴角黯然地低了点，若无其事道：“不必忙活，我吃了。你呢？”

李楚楚点点头，走到内室坐下，倒了两杯茶，等李轸出来坐下了，这才将茶端上去，然后自己找了个离他不远不近的地方靠着。

李轸随手把玩着手上的杯子，不说话的时候，他侧脸的轮廓在灯下冷硬。李楚楚想找话说，可又疲于应付，就这样沉默着时，李轸朝她伸出手：“过来。”

她没有立刻动作，略顿了顿，终究慢慢走了过去。她打算坐在他对面，身子还没有挨到榻，李轸一把将李楚楚拽进怀里，拉起她的手把玩。

李楚楚的手又小又白，柔若无骨，摸着软滑柔腻，李轸玩了一会儿。

“这会儿天晚了，下午便阴沉沉的，恐怕等会儿要下雨，路上湿着不好走。”她委婉地表示，他该回去了。

李轸手下用力捏了一把李楚楚的细腰，报复似的用尖尖的虎牙咬着她耳垂。李楚楚轻呼一声，痛得眼泪汪汪，可一想到自己如今依附着他，哪敢得罪人？只好忍气吞声地受住了。

他心里叹口气，也舍不得真弄伤她，低垂着头不动了。摸不准他在想什么，李楚楚也不说话，别别扭扭地软下性子："姨娘想开个铺子，张家人缺个路引，可不可以……"

后头的声音低了下去，原本张家已经准备好礼物，还带来给张姨娘瞧过了，只等张善荣求到李轸跟前，或许就可成。

可是李楚楚还有些担心，李夫人先前设计张家，李轸不可能完全没有察觉，看他袖手旁观的态度，怕是有波折。

沉默了一会儿，李轸将脸埋进李楚楚肩窝，"嗯"了一声。她松口气，轻轻抚着他头发，按摩头上的穴位，让他放松。

李轸轻笑了一声，抬起头来："你对他们倒是上心，若肯用一分在我身上，阿楚，你什么得不到？"

李楚楚无言以对，只用漆黑清亮的眸子瞅他。李轸笔直地看她许久，自暴自弃地吐出口气。算了，依着他们的关系，阿楚如今什么都不求，乖乖巧巧待在他身边，他还要她怎么样呢？

只是他到底不甘心，他整颗心都是她的，却连零头的回应都没有。

如月走在前头提着一盏琉璃灯，小心地注意着四周。李楚楚跟在李轸身边，将他送出门。

夜色黏浓，门上两盏红灯笼将小小的一方天地照得朦朦胧胧，恍若梦中。李轸的面容也变得模糊，李楚楚只感觉他的目光落在自己脸上。

李楚楚心里盼着他快些走，可是也不敢催促，怕他改变主意留下。她温柔地替他理理衣裳，小声道：“路上小心，早点睡。”

李轸唇角勾了一下，猛地将她拉进怀里，将人按着吻了好一会儿。如月早转头注意环境去了。

李楚楚脸上滚烫，被他大拇指揩过嘴角，慢半拍地抿起唇。好不容易将人送走，她片刻也不停留，叫如月关上大门。

而此刻在不远处的树后，李纤纤震惊地捂住嘴，浑身抖如筛糠。

天儿甚好，李楚楚披着暖暖的日头带着如月出门，张姨娘早在门前迎着，亲热地拉了她的手，将人带进屋里。

李纤纤早在屋里坐着，看李楚楚来了抬起头瞟了她一眼，低下头不开腔。她一直这样郁郁寡欢的模样，李楚楚也不问，拣了她身前的凳子坐下。

张姨娘忙叫底下人上菜进来，为了今儿这一顿饭，费了她好些银子才支使动大厨房那些人。张姨娘笑呵呵道：“以往你生辰我也没陪你过，难得如今有机会，娘敬你一杯。”

李楚楚也端了杯子抿了一口，原本都忘了今儿是自己生辰，还是昨儿张姨娘遣人说今儿过来为她庆生，她这才想起。

她以往都是不过生日的，下头人也叫他们不必提，就忘到了脑后。

母女三人围着圆桌，桌上都是些李楚楚爱吃的吃食，张姨娘仿佛要在这一天将以往缺失的日子填补回来，使劲往李楚楚碗里夹菜。

李纤纤瞅瞅这个，瞅瞅那个，嘴里轻咬着筷子，吃吃地笑。张姨娘推她道：“你姐姐好不容易过回生日，你也陪她吃一杯，没有比你们更亲的人了，往后姐妹两个要互相扶持，这才不枉费一个娘胎里生出来的情分。”

李纤纤从善如流，果然端了杯子敬酒，李楚楚也陪她吃了一杯。

“二姐好福气，何时不被人捧着爱着？将来富贵荣华，可千万不要忘了妹妹。”李纤纤笑吟吟地道，这话说得却是没头没尾。

李楚楚不知怎么回复，也就没开口，恰巧门外有人过来，如月忙迎出去。原来是李夫人知道今儿是李楚楚生辰，叫平嬷嬷吩咐大厨房做了好菜送过来。

李楚楚亲自受了平嬷嬷的道贺，叫人给了赏钱，看她出门了这才回转。张姨娘瞄了一眼已放上桌的佳肴，嗤了一声：“好歹是府里的二姑娘，又是成年的大日子，几个菜就打发了。”

要知道前两年李湉湉及笄的时候，李夫人大摆宴席，请了多少有头有脸的官家夫人，一场及笄礼办得好不热闹。

见小丫鬟们都垂首立在廊下，李楚楚把人挥退了，道：“本来该我做东，请夫人并姐姐妹妹一道赴宴，只是我忘了。姨娘虽操办了，又没邀夫人和大姐姐，怎么说也是理亏，还是别节外生枝才是。”

李纤纤将帕子按在嘴边上：“就是请了人家也未必来呢，今儿知州家遣人来了，可不着急忙慌地招待吗？”

李湉湉乃是李夫人掌上明珠，自小便注意好人家的公子看顾着。李老爷在时，有个交好的同僚任得凉州府詹事，也是钟鸣鼎食之家，翰墨诗书之族。两家你来我往，也算交好的世家，那时李老爷主事，李家正是如日中天。李夫人与那姜家女眷来往也亲密，便定下了儿女亲事，李湉湉也算自小便有婚约在身。

只是后来李老爷去世，李轸尚未长成，李家看着一朝没落，姜家老爷政绩又评了优，阖家老小都随着进了京，这来往便断了许多年。

哪里想到时隔几年，姜家老爷又迁到凉州做了知州，这一来离李家又近了。张姨娘哼哼笑道："当初险些断了，如今却又联系上了，怎么就那么好命？"

李湉湉年纪不小，李夫人正挑挑拣拣地给她找婆家，正瞌睡，枕头就来了，姜家大富大贵，张姨娘嫉恨得眼睛都红了。

李纤纤笑道："当初不过就是口头的约定，就是姜家如今找来，成不成还两回事呢，姨娘急什么？"

张姨娘摸摸李纤纤的脸蛋："想你姐妹两个差人家什么？什么时候也嫁到那样的人家，我就谢天谢地了。"

李纤纤觑着李楚楚："我就不敢想了，也不知要被夫人指个什么人家，二姐比我有福气，总不会差的。"

李楚楚看她言语间很不着调，还有些意有所指的意思，暗暗蹙起眉头。

李夫人招待姜家来人，并没有宣李楚楚姐妹过去。李纤纤吃完饭后自己去请了安，正撞上姜家的几位妈妈，李夫人当即就黑了脸。等人走了，李夫人将张姨娘叫去训斥，说她是教女无方，罚她在小佛堂给李老爷抄经书，不到三日不准出来。

李楚楚却没听到任何消息，到了暮色四合之际，她已经出了门。

马车沿着热闹的街市一路向前，延平虽是个不大不小的城池，却一点不比各州首府差。西市附近集中了很多客馆、酒家、茶社、秦楼楚馆。市内有彩帛行、香行、丝绸行，店铺密密麻麻林立，一眼望不到尽头，奇珍异宝，应有尽有，金银美玉，琳琅满目。

街道上有达官显贵的花轿和装饰精巧的马车，也有推着小三轮运货的脚夫和沿街叫卖的商贩。车水马龙，川流不息，热闹哄哄的，一片烟火人间的气息，好不繁荣。

如月帮李楚楚捞起帘子，叫她看个够：“这皆是咱们大爷的功劳。当初老爷去世，延平内外惶惶恐恐，不是大爷接了军令，守得这一方和平，哪里能见到这样歌舞升平的场景？”

李轸确是个有本事的，延平是连通西域与内地的要塞咽喉，李老爷去世后，内有觊觎李家延平土皇帝尊荣之辈，外有虎视眈眈屡屡犯边的敌军。偏偏他能立在风暴中心，从诡谲风云里杀出一条血路，置之死地而后生，奠定了无人可动摇的根基。便是如今，整个幽州，谁不知李轸杀神的威名？

如月注意着李楚楚脸色，小心地说：“咱们大爷功高盖世，夫人一天接待多少来打探说媒的，难得大爷一颗心全在姑娘身上……”

李楚楚望着车窗外，沿途的商贩家家门前张灯结彩，红火的灯笼如荧光流泻，永远走不到尽头。

车子在一座酒楼前停下，李楚楚下了车，如月将披风披在她身上，挡住头脸，进了门内。二人被人引上三楼雅间，李轸早等在里面，李楚楚被他拉进去，如月就等在外室。

李楚楚朝窗外看了一眼，他们所在的这座酒楼很高，俯瞰下去，将熙熙攘攘的人间百态尽收眼底。她问：“这是做什么？”

李轸朝杯子里满上酒，自己喝了一口：“先吃饭，吃完带你下去玩。”

李楚楚没什么胃口，略微动了两筷子，便专心看外头，她难得这样开心，看得目不转睛：“今日好热闹。”

“一年一度的千灯社集，是热闹。”

李楚楚想出门玩，又不好意思催促李轸，只是看一会儿外头，回头看他一眼。李轸唇边带笑，站起身，喊了如月进来。

街市上最多的便是贩卖花灯的摊子，果木的、动物的、花草的，应有尽有。李楚楚从一个摊子看到另一个摊子，每个都想要。

灯笼里的红光照得她面含霞光，肌肤柔腻，笑容明媚得像个孩子。如月买了两根糖葫芦，李楚楚含了一颗进嘴里，甜浆粘在嘴角，李轸用大拇指帮她擦掉。

她转头，只见他身姿挺拔，一手负在身后，紧跟在她身边。阑珊的灯火在不远处交映成一幅模糊的场景，灯下的李轸褪去在千军万马前的意气风发，只是她一个人如影随形的影子。

李楚楚只看了一眼，掉头拉了如月往前走，她看过了精彩绝伦的杂耍，玩了一回投壶竞奖，吃过了来自天南海北的美味佳肴。

横穿北芒山，流经大半个大夏，最终驶进东海的襄江也途经延平，高大的石拱桥上人流如织，底下大船小船如过江之鲫，在粼粼的水面上驶向浮在地平线上的圆月。

李楚楚悄悄低头挤进人群，提着裙子跑到拱桥至高处。李轸和如月都被她甩掉，她远远看见李轸在桥下，脸上终于不再是宠辱不惊的冷漠，他紧皱着眉头，一双锐利的眸子越加黑沉。

她略略得意，也叫他憋屈一回，不过她也不敢在人来人往的市集随意走动，谁知张张人皮下藏的是什么颜色的心肠。她就只是站在那里，看他愈加铁青的脸色，焦急拢上眉梢。

终于，在底下找了几圈，他福至心灵，朝桥上望去。那张雪白的面孔在人群中分外显眼，微翘着下巴，笑意闪烁。

李轸上去紧握住李楚楚的手，攥在手心，脸上恢复了一贯的平静无波，只有还未平复的紧张心跳和手心濡湿的汗意显出点情绪。

他一言不发，沉着面容，如月和柱子等人不敢上前，远远跟在两人身后。李楚楚偷偷看他的脸，手上挣了挣，惹来轻飘飘的一瞥，她不敢再动。

走了两步，身侧拉不动人，李轸回头，见李楚楚指着河边："我要放灯。"

人烟稀少的芦苇荡上流过来的河灯在河中心闪烁，成千上万的灯光仿佛漫天灿烂璀璨的银河，又如镶嵌在沉沉天幕中的星子，密密麻麻挤满了整个河面。

李楚楚将一盏琉璃的荷花灯点燃，轻拨水面，目送它走远。

"许了什么愿？"

李楚楚低头道："没什么愿望。"

"该回去了。"

李楚楚长叹一声，望着漫天的河灯，恋恋不舍。他慢慢牵起她的手，就要往前走。李楚楚终究没忍住："再待一会儿吧，等我那盏灯不见了再走。"

李轸也不说话，似乎情绪不佳，李楚楚知道他还在生气，难得服软："对不住，我方才玩得太过兴起，就忘了你们了。"

他还是不动，也不知接不接受她的致歉。李楚楚暗自皱眉，低声道："我真的错了，你别气了。"

李轸满心的恐慌终于找到宣泄口，拥她进怀的瞬间眼眶闪过红色，脸埋进她颈窝，闷声道："你真是吓死我了。"

李楚楚一僵，心头也不知为何有些闷了。

车子在二门上停下，李楚楚跟如月趁着夜色的掩护，悄悄回了院子。

直到她的身影进了月亮门，守在府里的王富贵方上来回禀："大爷，张家老爷求见多时了，想着主子陪姑娘在外，奴才只道不知什么时候回来，他却还等在府里。"

李轸眉梢微动，似乎没想起张家老爷是谁，王富贵忙道："就是张姨娘娘家哥哥，前些时候托大爷求了路引。"

李轸转身往外书房走，看这样子是准备见见了，王富贵忙去唤人。

如月将李楚楚换下的衣裳拿去门外，回来的时候便见李楚楚已经洗漱好出来，穿了一身中衣，坐在梳妆镜前擦拭头发。

如月拿过李楚楚手里的帕子，一边帮她擦头发，一边从镜中看她，道："姑娘今儿怎么捉弄起人来？吓得我险些哭出来。"

李楚楚微笑："不是没丢嘛，怕什么。"

"怎么不怕？我冷汗都下来了。那市集上鱼龙混杂，姑娘又生得这样好看，若是叫歹人盯上，我都不敢想。"她又道，"便是大爷也吓得够呛，姑娘没见，好一会儿没找到你，大爷脸都白了。"

她想起姑娘消失后大爷虽什么都没说，只是浑身冷得叫人不敢近前，眼底的惊慌藏都藏不住，只是颤着嗓子吩咐找人，她都替他难受。

李楚楚嘴角下瘪，不怎么在意，到底也不像往常，一说到李轸就浑身尖刺竖起来。如月再接再厉："大爷对姑娘也是难得真心，夫人不好相处，大爷替咱们挡了多少刁难？您再想想，哪家的庶女有自己的田铺庄子？大爷悄悄为姑娘置办的产业都赶上夫人的嫁妆了。况且外头多少诱惑，至今也只有姑娘一个。"

那些东西有什么用？虽是她的名义，还不是全权由他把着？中看不中用罢了。李楚楚心头烦乱异常，李轸待她的那些好都不足以弥补他对她禁脔一样的强迫。

她紧紧攥着梳子，恨声道："可我要这些东西干什么？名不正言不顺，拿出来都没个名头。我稀罕他只有我一个吗？我恨不得他有十个八个女人，懒得再看我一眼该多好。"

屋门"哐"的一声弹开又弹回去，主仆俩都吓了一跳，双双回头。李轸杀神一样面无表情地站在门口，如月心头一跳，不知他听到了多少，颤着身子道："大爷……"

"滚出去。"

如月还想说什么，最终还是默默退出去。李楚楚心头狂跳，站起身往后退了一步，又想着都叫他听到了还怕什么？她勉强冷起脸来："如月是我的丫鬟，有什么不对我会管教。"

李轸欺上前来，冷笑道："你的丫鬟？明天我就让她消失。"

"不要。"李楚楚牙齿打战，"话都是我说的，她有什么错？"她还是怕的，完全不敢直视暴怒的李轸，心口跳得飞快。

他双手握着她的肩，声音低低的，仿若呢喃，隐含一丝哀求："阿楚，你再说一遍，你说你没有不在乎我，张家送的那女人跟你没关系，你不知情，是他们自作主张对不对？只要你说'是'，我就当没发生过，叫他们处理掉。”

李楚楚不敢看李轸通红的双目，只听出他话里的狠戾，实在担心他去对付张姨娘和张家，那是她不愿意看见的，但她还是不肯松口。

“不是，我知道，那女孩子我亲自过目，我觉得她很好，很适合你。”

双肩被握得失去知觉，她微微蹙眉，听见他粗急的呼吸。他已经这样卑微了，还讨不到一丝心软，最后的尊严迫使他不再祈求。

一个时辰前他们还在一起度过了难得的融洽时光，晚上就如此彼此仇视，恶语伤人。

李轸冷冷地甩开李楚楚：“你不就是想让我放过你吗？我真舍不得。你放心，其他的女人我可以纳，你，我也绝不会放手。”

第五章

姊妹殊途

那张笑脸在楚楚看来却犹如罗刹，她守了那么久的秘密被人窥破，所有阴暗的难堪都被摆上了台面。

李楚楚和李轸陷入冷战了，只有如月清楚。两人白日在李夫人处遇见对方，互不搭理。

如月也不知该劝谁，柱子拉着她说悄悄话：“这俩祖宗到底如何呢？这样下去不是办法。”

大爷在姑娘那里得不到一点笑脸，回头也是冷若冰霜，本来就不是多话的人，如今除了处理公事，更是一句话也不说了。

“还有那位，大爷说是收下了，可收下了又爱搭不理的，可按什么身份招待？”

张家舅爷送来的那女子名唤薛如儿，如今也没个章法。如月满面愁容，没好气道：“你问我，我问谁去？”

李楚楚扶在亭子柱上，走累了准备歇会儿，李纤纤从后头赶上来，问道：“二姐怎么在这里？今儿夫人见女婿，咱们去晚了，指不定找什么由头罚人呢。”

李纤纤如今这张嘴越发伶俐了，李楚楚蹙眉道：“你莫惹事，姨娘才因为你从小祠堂出来，再招了夫人的眼，谁又来保你？”

李纤纤一改之前阴郁的做派，明眸善睐，靠上来撒娇道：“这不是有二姐你吗？我知道我不管闯出什么祸，二姐都不会不管我，何况还有大哥呢。走吧，咱们一起过去。”

“我不舒服，你先去。”

李纤纤上下扫了她一眼，先带着丫鬟走了。

李楚楚到的时候，屋里宾客皆宜，相谈甚欢。这次姜家的诚意十足，姜夫人亲自带了二公子登门拜访。那姜家二公子生得一副俊秀人才，文质彬彬，听说如今师拜江南大儒，去年取得了举人的功名。

李夫人笑呵呵的，想来是极满意这位未来姑爷。

能不满意吗？诗书大族，富家公子，李湉湉若真嫁过去，真算是高嫁了。

李纤纤面容沉沉地坐着，时不时看看那位姜公子，不知在想什么。在入席之前，姜夫人吩咐姜公子去前头拜访李轸，李夫人便叫人好生送过去。

李楚楚因为身子不舒服，怎么坐都觉得难受，没什么心思关注李纤纤，便不知道她跟着姜昭一道出去了。

李湉湉拉着李楚楚去后头，独留李夫人与姜夫人说话。一直被捧在手心长大的大小姐，事事如意，如今提起婚事来也不见扭捏，直接问道："你说那姜公子瞧着如何？"

李楚楚自然投其所好，顺着话说："人品贵重，芝兰玉树，只有大姐姐才配得上了。"

李湉湉捂住脸，又来闹李楚楚："你胡说什么呀？八字还没一撇呢。"

不管有没有一撇，春心已动，这门亲事不过是时间问题。李夫人竭力留姜夫人母子小住几日，姜夫人万般推辞："承蒙好意，家里事情不少，哪样不指着靠着？往后劳烦夫人的日子多着呢。倒是阿昭，过几日来这边上课，劳烦夫人多多看顾。"

本意是留姜昭观察观察品行，既有机会，李夫人便不留了。

李湉湉一听姜昭过几日还要过来，且就住在李家，恋恋不舍的眸子亮了。李楚楚看她欢欣的模样，倒有些不明白她何以沦陷得这样快。

李夫人因忙着招待客人，累了一日，况还有悄悄话要跟李湉湉说，晚上就没留李楚楚姐妹俩坐。李楚楚跟李纤纤从善如流，请了安便退出来。

沉默了一路，李纤纤突然开口："二姐觉得姜公子如何？"

"横竖是大姐姐的夫婿，咱们觉得如何又怎样呢？"她知道李纤纤不甘心，从小她就仰望着李湉湉，羡慕她的一切。

尤其前几日媒人上门，说是要给李纤纤说人家，那家人在李楚楚看来却是不错，家里一个独子，也是读书人家。虽说没有姜昭有出息，只是个秀才，却也难得。

家境殷实，不少吃不缺穿，人口简单，嫁过去就是当家娘子，于庶女出身的李纤纤来说，还算门当户对。只是那说亲的公子人才普通，口舌笨拙，不喜言谈，李纤纤本就不满意，再一对比姜昭，一个天上一个地下，更加不满意。张姨娘也不满意，总想着凭着女儿的花容月貌，什么富贵人家去不得？便撺掇李夫人推了，李夫人自然懒得插手。

李纤纤咬住唇，那双眼睛里瞧不出想头："二姐自然不愁了，世上最好的人恐怕都是你的了，你还急什么？"

李楚楚只当李纤纤随口抱怨，并不放在心上。李纤纤怨道："横竖我是不甘心的，总要自己尽力争取，或许老天垂怜，给我条阳关大道呢？"

过了几日，姜昭果然来延平入学，且就住在李家。李湉湉每日里想的便是如何能见他一面，李楚楚虽觉得她有些过于疯魔了，也没立场劝阻一二，毕竟连李夫人都听之任之。况且西北本就民风大胆，李湉湉就是主动些，也不碍事。

至于李轸，李楚楚就这样跟他绞着，他每每冷着脸来，她也不搭理。

如月劝过她多次，都被她无视了，至于说李轸将那位“瘦马”转送出去了，借此跟她示好，她也并不理会。

“姑娘，姨娘来了。”

李楚楚回神，转身下榻，将张姨娘接进来。此时，李楚楚早换上中衣，准备睡了。

“怎么这时候来了？”

她满上两杯茶，请张姨娘坐了。张姨娘细细打量李楚楚片刻，原本她想着两个女儿花容月貌，随便嫁个富贵人家也不愁将来。只是娘家嫂嫂与她哭求，说是看上了李楚楚，想将她聘回娘家。

她原本觉得张家无权无势，家资也单薄，李楚楚嫁回去恐委屈了她。可是娘家她也不能不管，虽说娘家无甚根底，但只要李楚楚嫁过去，还怕借不到李家的势？到时候不怕日子难过。

况且娘家侄儿她看过，是一把做生意的好材料，人也生得清秀。到时候李楚楚嫁回娘家，李纤纤嫁进大户人家，两全其美，有何不可？

李楚楚听张姨娘将张家夸得天上有地下无，实在忍不住了：“姨娘你要说什么直说就是了，何苦绕这些弯子？”

张姨娘讪讪的，实在怕李楚楚瞧不上张家：“张家咱们知根知底，你舅舅、舅母也疼你，我就想着若是你嫁回去，定受不了委屈。”

李楚楚轻轻摇着茶杯，目光笔直地看着张姨娘：“那纤纤呢，姨娘打算如何安置她？”

“你妹妹还小，这一时半会儿如何能想到？”张姨娘想起李纤纤如今想方设法地接近姜昭，怕是有自己的打算。若是真能如愿，那归宿何止是好？可这事也不能立刻说给李楚楚听。

李楚楚似有若无地轻笑道：“若真能嫁去张家，也不失为一桩好事。”

张姨娘拊掌，眉开眼笑：“过几日你表哥跟你舅母进府，我叫你瞧瞧。”

李楚楚点头应下，横竖成不了事的，这时候拒绝张姨娘，跟她忤逆着来，反倒多费口舌。

近来无事，李楚楚歇得早，李轸不知上哪里去练兵了，这几日不见人影。李楚楚自然更乐得自在，两人就算在一处也只是互相不搭理。

如月熄灯出去了，李楚楚躺在床上，脸在枕头上蹭了蹭，不过一会儿就睡了过去。没睡多少时候，被推着醒来，转头见如月立在床前，小声道：“大爷来了。”

李楚楚没动，抬手打了个秀气的哈欠，转头看李轸散了头发走过来，他越发将她这里当自己屋子了。李楚楚喊住要出门的如月，叫她倒水。

如月折回来倒了一杯水递到李楚楚手里，李轸挥手叫她下去。李楚楚攥紧杯子，抿住唇看他，屋外的灯灭了大半，只留了墙角绰灯，视线昏暗。

他高大的影子逆光站在床头，李楚楚没来由地一阵心跳加速。李轸将她的杯子扔下地，黑色的影子便靠过来。

李楚楚紧抿住唇，奋力拽着衣裳，即使从来没在他手下逃脱过，可每次还是忍不住抵抗。

李轸不费多少功夫便将她制服住，他轻吻她的耳垂，哑声问：“想嫁去张家？”

双手被他压在头顶，她默不作声，偏过头不看他。

“除了我，你还能嫁给谁？”

李楚楚闻言蹙眉，气得想哭。

她挣脱不了桎梏，渐渐被拖去深渊。

“姑娘，那边是姜公子。”如月近前一步，在李楚楚耳边回道。

姐妹俩一齐朝小石桥那头望去，果然见着一身长锦绿衣的公子拱手致意，李楚楚侧身回了半礼。遥遥见过面，姜昭便朝着外头去了，李纤纤一急：“二姐先过去，我回屋一趟，等会儿过去。”

李楚楚转身，见她面色焦急，不似作伪：“倒有什么急事，等过去见过姨娘也不迟。”

李纤纤一把捂住肚子，略有些扭捏道：“你先走吧，我、我好像癸水来了。”

既然这样，李楚楚便交代了几句，自己先走了。

李纤纤循着姜昭离开的甬道追过去，在山石旁的圆洞门前喊住他。姜昭回头看是李纤纤，便朝她逼近一步，惊喜道：“三妹妹，你怎么来了？”

他原本以为李家人多口杂，轻易见不到她的面，正自烦恼，没想到她就来了。李纤纤矜持一笑，面颊嫣红："我只是看你好似清减了些，可是学堂里饭菜不合口味？只我人微言轻，若能支使家下人给你送饭也是好的。"

姜家老爷也有几个妾室，想想在姜夫人手下小心讨生活的几个庶妹，姜昭便能理解李纤纤的难处。

难得她自己处境艰难，还满心关怀他。姜昭心里一热，越发温柔："三妹妹才思敏捷，若能从小拜师名家，想必延平圈内少不了你的名字。"

他过来幽州上学不足一月，便听说了李湉湉、周敏等人才女的名声。只是接触下来，他觉得李湉湉很有些骄纵跋扈之习气，一言不合就爱甩脸色，远不及李纤纤娟娟温柔，又生得如诗如画。

若是与他定亲的是三妹妹该多好，姜昭遗憾重重："前些时候妹妹作的那首诗，我已仔细拜读过，就是不能传给我同窗看，若他们看了，该跟我一样，往后再不肯提笔了。"

李纤纤心里得意，面上保持着谦虚："我那点墨水难登大雅之堂，二哥哥不过是哄我罢了。"

"可不是我哄你，你的用词之精巧实在我之上。况且就是哄你，也是妹妹黠巧在前，我倾慕在后。"

两个年轻人你看我，我瞅你，暧昧的情愫只在眉眼间来往。

"二哥哥。"

李湉湉几步赶上来，灿烂的笑容在见到李纤纤那一刻僵住，不过她现在没工夫搭理她，挤开李纤纤冲姜昭道："二哥哥好些时候没过来了，怎么也不喊我？我还等你玩呢。”

姜昭笑容收敛，他实在不喜欢李湉湉除了吃就是玩地招呼他，难为她还有个才女的名头，他恭敬道：“出来不早，这就该回去了，老师布置了功课，明天要检查，就不叨扰了。”

见李纤纤委委屈屈地站在一旁，被李湉湉欺负也不敢说什么，姜昭心有不忍，蹙眉道：“三妹妹身子孱弱，大姑娘有时间还是关心关心妹妹。”说罢，留给李纤纤一个眼神，转身便走了。

李湉湉脸色难看，喜欢的人对她称呼生疏就算了，跟李纤纤那么亲热算怎么回事？娘亲经常说姨娘庶女没一个好东西，她还不信，如今算见识了。

李湉湉抬手给了李纤纤一耳光：“贱人，我不在的时候，你也敢招惹姜昭，你算什么东西？”

万万料不到李湉湉竟然打人，李纤纤滚着泪珠儿，忍气吞声，嗫嚅道：“不过就是路上遇到说了几句话罢了，大姐姐何至于此？况且姜公子自己要找我说话，我也不能无礼。”

李湉湉冷笑：“那是我无理了？这里没人，哭得可怜兮兮的给谁看啊？这是通往外院的二门，你没事跑这里做什么？分明是你勾引他。你等着，我告诉母亲去，看她怎么罚你。”李湉湉狠狠剜了李纤纤一眼，翻身跑了。

要说以前她还怕李湉湉找李夫人罚她，如今得知二姐跟大哥的事，她还怕什么？李纤纤沉下脸，理了理衣裳也走了。

李楚楚在张姨娘处见了张家表哥一面，瞧着是个老实忠厚的，只是她的亲事由不得自己，只当走个过场，躲进了里间喝茶。

等张家舅母要走的时候，她才出来，说不上几句话，李纤纤也过来了。母女三人送了张家母子出去，回来各自坐下。

张姨娘极为满意自己的安排，自然卖力宣讲张家的好处。李楚楚心里烦闷，不想听又不得不听，横竖不积极，张姨娘当她嫌弃张家家底不丰，劝说道："你别看如今不行，你表哥实在是个实诚的，嫁人不就这样的最好？娘是过来人，总归是为你好。"

李纤纤贴着张姨娘坐下，拉了拉她的袖子，趁着张姨娘喝茶的空当说了刚才李湉湉打她的事，又对李楚楚道："二姐可得为我主持公道，就算她是嫡女也不能这么欺负人啊。"

李楚楚看了她一眼，自己的亲妹妹是什么性子她还不知道吗？李湉湉是个好哄的，性子易喜易怒，心肠直来直去；李纤纤却心眼多，说话也多夹枪带棍。两人身份上又有悬殊，一句不对，李湉湉可不得动手？

如今暑天难熬，白日高温闷燥，夜里却凉。李楚楚昨儿睡得不好，早起心口就有些不舒服，又叫张姨娘拉着撮合张家，实在不耐烦极了，她揉着隐跳的眉心："你离她远些就是了，你不去招惹她，就不会讨麻烦。"

李纤纤走到李楚楚身边，看似姐儿俩亲热，李纤纤却小声道："二姐如今是有靠山了，亲妹妹都不想管了？只是不知大哥能待你好几时。"

李楚楚心头巨震，恐慌漫上来，脑海都白了，脸色"唰"的一下变得极为难看，勉强稳住颤抖的嗓音："你、你说什么？"她甚至清晰地感受到自己牙齿在打战。

李纤纤笑语盈盈："二姐慌什么？妹妹为你高兴还来不及。"

那张笑脸在李楚楚看来却犹如罗刹，她守了那么久的秘密被人窥破，所有阴暗的难堪都被摆上了台面。

李楚楚匆匆告别了张姨娘，急忙要回院子，如月扶住险些一头栽倒的李楚楚，问道："姑娘、姑娘你怎么了？"

月光下，李楚楚的脸苍白犹如鬼魅，她喃喃念着"没事"，却浑身软得扶不住。她弯腰便猛地呕起来，吐得脸色更为煞白，如月登时吓坏了。

她就要喊人去叫大夫，李楚楚一把拉住她："别去，我就是有点中暑，吐过就好了，真没事。"她盯着如月的脸，沉声道，"也不要去找、找大爷，别让他知道，否则你也不必在我身边当差了。"

如月点点头，将李楚楚扶回房，煎了治伤寒的药，让她喝了一碗，等她睡了才出去。

不过半个时辰的工夫，李纤纤身边的大丫鬟要求见李楚楚，如月将人拦了："有什么事明日再说，姑娘睡了。"

秋月拉起如月的手，说道："好姐姐，我真的有急事找二姑娘。方才夫人身边的平嬷嬷将三姑娘叫过去了，这都两刻钟了还不见回来。我家姑娘千叮咛万嘱咐，她若不回来就来找二姑娘，你就让我见见吧。"

如月蹙眉，想起李楚楚灰白的脸色，也不知在张姨娘那里受了什么气，给气成这样。三姑娘也忒不懂事，享受着姐姐的爱护付出，一点不会心疼人。

"我家姑娘不舒服，难得睡着。三姑娘就是叫夫人找去就能怎么她？你也太小心了。”

如月横竖说什么都不帮忙叫李楚楚起来，还吩咐底下的丫鬟送秋月出去，以免吵醒了自己姑娘。

秋月没法子，只得自己去了李夫人院子，却见大门紧闭，她又不敢去敲门，便从后门求了守门的婆子。

她悄悄摸到李夫人的正院，见李纤纤正跪在院子中间的石子路上，越发不敢上前。

李纤纤不过跪了一刻钟，膝盖便疼得钻心，整条腿都麻木了。她怎么也没想到李湉湉竟然真找了李夫人，一个不敬重嫡姐的帽子扣下来，她只得跪在院子里思过。

李纤纤恨得心头滴血，何况李湉湉还特地跑过来羞辱。不过，她配不上姜昭又怎么样，姜昭还不是中意她？她是没有一个英勇的少年天才的哥哥又怎么样，可你骄傲得不得了的哥哥还不是拜倒在她家二姐的石榴裙下？

即使疼得浑身冷汗，李纤纤也凭一口气撑着。快了，只要秋月去找了二姐，二姐有大哥宠着，怎么也会救她的。

不经意间她瞥见秋月躲在廊下缩头缩脑地看这边，身边并没有其他人。李纤纤心头一跳，招手叫她过来，嘶嘶地抽着气：“不是叫你去找二姐，怎么只有你一个？”

秋月不敢直视李纤纤狠戾的眼神，声音低得几不可闻：“奴婢找了，二姑娘睡了，如月姐姐说不见……”

李纤纤猛地攥紧手，浑身血液逆流，凉凉地道：“原来是这样。”

李楚楚第二天醒来才知道李纤纤被李夫人罚着在院子里跪了一

夜，被送回去的时候人都站不稳了，张姨娘哭得死去活来。

她身上还绵软无力，勉强掀开被子，叫人进来要洗漱。如月按住她的手，道："姑娘还没好呢，都发起低热了，三姑娘有张姨娘守着，要看她也不急在一时。"

李楚楚轻喘口气："我不放心，我就去瞧瞧，看完马上回来。我觉得好多了，不碍事。"

李纤纤本来身子就弱，跪一晚上岂不要她半条命？李楚楚急得跟什么似的，如月却也强硬："姑娘要这样，奴婢只好去找大爷请大夫了。"

李楚楚瞪了她一眼，如月忙道："奴婢去看三姑娘，还不是一样的？再拣些上好的药材，回来细细地说给姑娘听，这样可好？"

"纤纤最是个爱美的，你把我柜子里藏的那盒舒痕膏带去，还要请个大夫。"

如月一一答应下来，到了李纤纤院子，秋月将人迎进去，寒暄了几句，如月道："二姑娘身子实在不适，这才遣奴婢来看。这是化瘀去疤的好东西，姑娘用着也能早两天好了。"

李纤纤脸上笑着，将那盒子都分外精巧的舒痕膏打开。盒子一被打开，一股清香溢出，李纤纤的眼神却闪闪——这是千金难求的好东西，早些年张姨娘烫伤了手，李老爷费尽心思才求来一小盒，还没有现在手上的这盒一半大，就足足花了八百两银子。

她手上这盒舒痕膏香味更甚，许久不散，不知要多少银子才能拿上手。李纤纤心里一阵嫉恨，凭什么家里三个姐妹就她最不济？李湉湉也就罢了，李楚楚姐从小爹不疼娘不爱的，凭什么她也能被大哥捧在手心里？

自从上一次发现两人的私情，李纤纤就更留意了，却越观察越惊心。

自己到底哪点不如人？李楚楚分明得了大哥这张王牌，却仍由着她被李湉湉欺负，她一直以为李楚楚就是她的底气，到底是她想多了。

李纤纤咽下满心愤恨，朝如月道了谢，叫秋月送她出了门。

出门回院的路上，如月总觉得不得劲儿。一见姑娘没亲自去看，三姑娘脸色一下就垮了。她明说了二姑娘病得起不来，三姑娘还瘪嘴，也不见关心一句。难为姑娘将上千两银子的好东西送给李纤纤。

回了院子，如月脸上也不好看，她想跟李楚楚说她努力保护的人心头不一定有她，可见李楚楚满面病容，如月又不忍心叫她伤心，只得按下不提。

李纤纤休息了两天，再加上有李楚楚给的好东西用着，伤势恢复极快，已经能下床走路。她叫秋月倒了杯茶，问道："我叫你打听的事怎么样了？"

"大爷回来了，我听柱子说这会儿就在内书房呢，晚些时候恐要去夫人院子用饭。"

李纤纤眼里冷光一闪："服侍我起来梳洗打扮。"

柱子无聊地坐在大门前的台阶上，回头看了一眼空荡荡的院子，想到他们大爷方才回来，听说他离开了几日二姑娘只言片语都没递过来，就冷下来的脸色，实在怵得慌。

他也不敢进去打搅，只在外头候着，耳朵竖起来，唯恐错过什么吩咐。一个错眼，远远走过来几个人，柱子还以为是二姑娘，喜得蹦起来。

他远远地就迎上去，结果一看是三姑娘，只是这打扮打眼一瞧实在像二姑娘。本就是亲姐妹，长得就有三分像，再穿上二姑娘最常穿的淡色衣裳，一时还真叫人分不清。

柱子抓抓后脑勺，李纤纤笑眯眯的，示意秋月给打赏。柱子掂了掂被强塞进手里的荷包，连忙还回去："这这这，使不得使不得，姑娘有什么吩咐直说就是了。"

"大哥在吗？"

柱子迟疑着，李纤纤也不一定要他的回答："我给大哥送点吃的，想必出门这几日也想家里的吃食了。"

"大爷方才说了，无外院的要事，不准打搅，姑娘你看这……"柱子为难道。

李纤纤暗哼一声："我二姐叫我过来的，说是有话给大哥说。"

柱子一惊，若是二姑娘的话，还真不敢拦。

李纤纤看着柱子飞一样跑进去通报的影子，紧紧抿起唇，冷冷地"哼"了一声。

听完柱子的汇报，李轸手上的狼毫一顿，目光直直地看过去，眼睛都亮了不少。他低头看了一眼身上的衣裳，还算得体，他心不在焉地提起笔，耳朵却不由竖起来听门外的动静。

李纤纤推门进屋，李轸抬眼看去，见不是李楚楚，才觉是自己听错了。他敛下眸子，不再理会，李纤纤自顾自走到桌边，找话道："大哥忙什么呢？"

李轸不应声，她又指着窗外道："这玉兰花开得真好，二姐院里也有一棵，想必丫鬟们不尽心，瞧着有些颓败。”

李轸也看了一眼，这花树还是先前阿楚说好看，他就在自己院子种了一棵，总想着或许她会来看看，只是她除了上一次有求于他，之后便未曾主动来过，自然也瞧不见他的院子跟她的院子有多少相似之处。

“你来做什么？你二姐叫你带什么话？”李轸神色淡淡的，一身常服，却自有一种常人难以企及的英气。

李纤纤心头微动，将食盒放在桌上，温柔笑道：“二姐身子不便，叫我做了吃食送与大哥。”

李轸看也没看，不是她做的，有什么稀罕？

他有意想多问李纤纤几句李楚楚近况，可最终还是不曾开口。

李楚楚今儿身子舒坦了些，叫如月在窗头摆了桌椅，准备了书本。如月将外头事情吩咐停当，进来见她还在看书。

如月走过来道：“方才柱子唤了戚嬷嬷过去，想必大爷回来了。”大爷每每从外头回来，不是将她喊过去就是戚嬷嬷，从他们这些下人处打听些李楚楚的生活。

“若是大爷知道姑娘前儿见了张家表少爷……”如月有些担忧，倒不怕别的，李楚楚最喜欢与李轸拧着来，嘴上从来不饶人，“姑娘既然没有那意思，何必引得大爷胡思乱想，又生闲气？”

李楚楚丢下书，身子刚好些，没力气跟如月争：“你就不能说些好听的？回来就回来了。”

门外，李轸推门的动作微顿，等屋里没声儿了才进去。如月见他坐到了李楚楚对面，便出门去倒茶。

知道李轸来了，李楚楚仍拿着书读，没看对面一眼。李轸轻轻握了握拳，走到她身边，还未挨上肩膀，李楚楚身子一扭就躲开了。

“阿楚。”李轸嗓音微沉，明显有些不高兴，“我听说你病了，来看看你。”她从来都不在乎他的，再难堪他也得自己找台阶下。

李楚楚心头身体都不舒坦，便没往常的好耐心，忍不住问：“为什么是我呢？咱们明明是最不可能的人，你如若愿意，多的是愿意伺候你的。”

李轸心头一刺，身子都僵了，良久方道：“你问我为什么，我也想知道。”

他不是什么都没有的穷小子，相反，他用兵如神，大权在握，是名震西北的将军，多少人想往李府塞千娇百媚的美人，偏偏他就没有一点想法，独独对她情之所钟，可惜……

李楚楚盯着桌上的烛火，那火光在她眼睛里横跳：“所以你该问问你自己，怎么就是我了呢？我自认从小对你恭恭敬敬，不曾有半点逾越的想法。”

这个问题确实困扰她许多年，她索性打开了话匣子，一次问他个清楚，也好知道自己到底哪里招惹了他。李轸站在她身边，灯后的剪影都变得锋利。

“小时候，母亲要我读书争气，偏偏我那时淘气得很，就被她关进祠堂，强逼我读书习字。”

李老爷年轻的时候不说风流，却也有些拈花惹草的习气，李夫人又强势，眼见李老爷身边莺莺燕燕，她一面与那些美人争风吃醋，一面逼迫儿子上进帮她争宠。

李轸不听话，她就关他进祠堂，他经常逃跑，哪里关得住？李夫人心里明镜似的，从未真的苛责过他。有一次，李夫人又关了李轸，李轸前一日爬树摔伤了腿，当夜就在冷冰冰的祠堂发起热来。巧的是，李楚楚不受宠，自己没事就爱躲起来，她在祠堂发现了李轸，找来李夫人，这才救了他一命。

家里人都忙，李夫人和李老爷一个忙着争宠、争管家权，一个忙着应酬宠美人，没人注意他。只有养在母亲身边的二妹妹，在他卧病在床的日子里，比李湉湉来得还勤快。

李轸初时不怎么理会她，后来接触得多了，李轸心里的那条防线逐渐减弱。李楚楚是第一个察觉出他的内心想法的人，他日常淘气，不过是因为孤独想找个玩伴而已。在他受委屈时，她又能小心翼翼呵护他的自尊心来哄他。

后来他就不能不在意她了，这一在意就是许多年，甚至什么时候变了味道，连他自己都不知道。

他在偶然间得知阿楚不是他的亲妹妹，他想光明正大地将她娶回家，宠着爱着，谁也不能给她委屈受。可她只“妹妹”这个身份，两人之间的情感便多了一层厚重的枷锁，从而衍生出各种牵绊纠缠。不过，若不是生在一个家，他或许都不认识她，那他更是无法忍受的。

“是你先招惹我的，你要是不理会我，由我蛮横孤独着，我或许、或许就放过你了也不一定。”李轸难得语气里溢出一丝委屈，那样难过地看她。

李楚楚简直不敢相信，他真是能强词夺理，她一个庶女养在嫡母身边，讨好嫡兄的行为很难理解吗？怎么到他那里就成了她有意招惹？

她冷笑道：“家里不只我一个女孩子与你亲近，偏偏你能扭曲事实，说到底不过是你一厢情愿，你要玩到什么时候才能放过我？”

她不是他的亲妹妹这件事，早就在府里传开了，可就算他们没有血缘关系，在世人眼里，他们就是不能在一起。

事实不重要，重要的是世人心里的偏见。

李轸眼里满是血丝，紧紧攥住拳，语气轻颤：“你一定要这样扭曲我的感情吗？就不能信我一次，给我一次机会？”

“我要怎样给你机会？谁还会同你一样，不顾家族伦理，不顾其他人的意愿，只顾自己享乐？”她冷冰冰的话像锋利的尖刀，凌迟一样伤得他体无完肤、剧痛无比。她把他的一颗真心踩进泥地里碾压成齑粉，痛彻心扉也不过如此。

“你知道我们其实可以……”

“你可以，但我不行。”她是不会为了他将自己置于风口浪尖的，她太清楚，一个女人要想好好活下去比一个男人困难多了，“而且，不管是怎样，我都不想要你。”

她把他当了这么多年的哥哥，直到现在她对他的态度也从未变过。

李轸好半晌才缓过来，他脸色麻木，将袖子里的东西轻飘飘地掷在榻上：“我不是非你不可，多少女人排队想嫁我，又有多少人想要攀附于我。不过，阿楚你想想，如若少了我的庇护，你那姨娘和你的亲妹妹能这么安然无恙地在李府活下去？”

她当然认得出来李纤纤的东西。李楚楚脸色猛地惨白，汗如雨下，“哇”一声呕出一口血来，人也如水一样往地上栽。李轸一把将她接住，摸到她空浮紊乱的脉象。李楚楚的脸惨无人色，犹如死了一样感觉不到一点生气。他颤抖着手，整个人被恐惧和悔恨包裹。

李轸的嗓子像是被什么堵住了，嘶哑得发不出声儿，说了许久勉强辨清：“阿、阿楚，你别吓我好不好？我错了我错了，我不该这样说，我骗你的，你醒醒，你醒醒看我一眼，你看我一眼，求你了……”

夜深了，一声清脆的鸟鸣响彻长夜，如月将三角炉搬到通风的廊下，依照大夫的吩咐包了几服药，抽一包出来熬，其余的全部装进柜子。

屋子里静悄悄的，油灯立在桌上，照得满室都是静谧的昏黄。李轸坐在床边，握着李楚楚的手，放在脸边轻微蹭了蹭，目不转睛地看她。

这么长时间过去了，她没有半点反应，仿佛已经悄无声息地死去。他忙去探她的鼻息，指尖温热的触感叫人心安，可他不敢掉以轻心，似乎就这样看着，她就永远不会离开。

如月端了药进屋，将碗放在床前的小杌子上，李轸看了她一眼，哑声道：“怎么样？”

“柱子将大夫送出去了，药是去咱家保和堂开的，皆是好药材。”如月顿了顿，“大爷您去歇着吧，姑娘我看着，大夫不是说了，郁结于心，这一口瘀血吐出来病气也就散了，人也就好了。”

“忧虑过重、心脉阻塞、肝脾俱惫，是几年的根了，由来已久。

不过一朝怒极暴发，引出这病来，切记修身养性，心情舒畅，也就好了……”

耳边回响着大夫的话，李轸从不知道，他将阿楚逼到这个份上，可若叫他放手，却又万万不能，他只觉得深深的无力。

如月亲眼见两人纠缠至今，她是从灾荒里逃出来的，从小便苦过难过，易子而食的事情都见过，所以从不觉得李轸与李楚楚之间的羁绊有什么。

这世间，多少人一辈子找不到自己的情之所钟。

如月为他们惋惜，姑娘的性子她最是知道，要说对大爷没一点感情也不可能。然而她的那份孺慕只是纯粹的敬重，所以李轸的感情于李楚楚而言并不是那么令人欢喜。她甚至还沉浸在幻想中，总觉得有一天梦醒了，他们还是相亲相爱的兄妹。

当局者迷，旁观者清，就算二人没有血缘关系，可说到底姑娘终归还是李家的二姑娘，这层关系背着伦理。姑娘又是个细腻敏感的性子，所思所虑，往往做着最坏的打算。

要说姑娘病了，大爷也没好到哪里去。姑娘吐了一口血，他何尝不是吓得脸色都变了，彷徨无措像被人抛弃一般，一晚上就守着她，寸步不离。那股痴缠劲儿，如月想象不到这辈子有什么能分开他们。

如月轻叹了一声，又劝了一遍：“若是姑娘醒了，大爷再病了反倒不美，等她醒过来，多少不够看的？”

“我不敢。”那声音低哑，若不是更深夜静，如月还以为自己幻听了。

他从来都没抓住过她，即使人在身边，也不过是一具躯壳。她于他不过是一个朦胧的梦，仿若一缕青烟，稍稍松手，就再找不到了。所以他从不敢将目光从她身上移开，就是苦求，留下人也是好的。如月心头一酸，勉强笑道："大爷明知姑娘最在意姨娘和三姑娘，何苦刺激姑娘，又闹得这样不可开交？"

他微微低头，也不知听进去多少，想来也是极后悔。他满嘴苦涩，阿楚的逆鳞，从来没有他。

李楚楚视线蒙胧，她陷入了一个无比冗长又杂乱的梦，她在重重迷障中找不到出口。天外低郁的声音一遍又一遍传来，她如何努力也听不清他在说什么，只能循着那道声音，跟着走出迷障。

入目是薄烟一般的软帐，窗外明亮，光柱投进室内，细小的颗粒在空中沉浮。李楚楚偏头，看清趴在手边清俊的半张脸，微微一怔。

她抿起唇，视线落在李轸一圈青色的胡楂儿和眼下的青黑上，微微叹了口气。她昨晚好像说了很过分的话，此刻回想起他弯腰捂住心口的模样，有一丝懊丧。

门轻轻从外面推开了，李楚楚忙闭上眼睛，如月走到床边，小声说："大爷，王副将在外头找呢。"

李轸的声音哑涩，他咳了两声，问道："什么时辰了？"

"辰时正了。"

窸窸窣窣的声音响起，粗粝的手抚上她的脸，他小声道："好好看着，我出去了。"

关门的声响扣上一室静谧，李楚楚这才转头撑着自己坐起来。她的心口有一丝闷痛，却难得有些舒畅，连日来的郁闷也一扫而空。

柜子里珍藏了上好的燕窝，如月等李楚楚醒了，便熬上了一盅。李楚楚端着碗，手上轻轻搅动勺子，听到外头有人请安。

李楚楚看着李纤纤面色含笑地走过来，分明是看了十几年的脸，如今细细瞧来，竟有些陌生的错觉。如月不喜欢李纤纤，上了茶也不招待，自顾自坐到一边做针线活去了。

李纤纤倒不尴尬，自己坐了高凳，仔细瞧了李楚楚一回："怎么又病了？我还说找你一道做帕子，真是个小姐的身子。"

李楚楚放下碗，平静地问："你昨儿去大哥书房了？"

李纤纤面上的慌乱一闪而过，勉强道："二姐怎么知道？"

李楚楚有些无力："纤纤，答应我不要和他有更深的纠葛了。"

她一直以为李纤纤好歹是真的需要她保护的，现如今才发现自己才是这府上最傻之人。这样陌生的妹妹，让她有一种既定事实远非表面那样简单的不确定感。

既然李楚楚都知道了，李纤纤也不装了，索性开门见山："二姐你还不明白吗？这个家只有大哥才最有话语权，能护住我们的也只有他。"

这是她在李夫人院子里跪了一晚上才悟出来的——李夫人看重这个出众的儿子，李湉湉依赖这个万能的哥哥，把李轸夺过来，是最能报复打击李夫人母女的方式。

李楚楚攥住被子，她怎么不明白？若是不明白，何必与李轸虚与委蛇？她淡声道："这不是你该操心的事，更不是你去找他的理由。"

李纤纤冷笑一声："二姐有大哥，自然什么都不怕。如今，我在这府中无依无靠，只有靠自己才能活得安稳不是？"

这一番话着实颠覆了李楚楚原本对李纤纤的认知。李纤纤不是蠢，她是太精明了，为达目的，不择手段。

“李纤纤，他不是能让你玩弄于手掌之人，这事情没有你想的那么容易。”

李纤纤对上李楚楚的眼神，羞恼道：“我做什么了？我不过是想与大哥更亲近些，好让他也庇护庇护我！我有什么错！倒是你，不顾伦理，勾引大哥，和你相比，我高洁得很！”

“三姑娘慎言，二姑娘好歹是你的亲姐姐，又一直护着你。”如月见她说得实在不像话，忍不住替李楚楚抱屈。

李纤纤恨恨地说：“这不过是她一厢情愿，我何曾需要她的保护？别把自己想得那么伟大。你和大哥在一起，为了什么你自己应该比我清楚！”

这可真是以小人之心度君子之腹，如月眼神愤愤，恨不得立时请李纤纤出去。李楚楚抱住头，觉得胀痛难忍。李纤纤“哼”了一声：“若你不想和我站在一边，那咱们各凭本事活下去吧。”

可笑，真是可笑，她竟然就这么和亲妹妹分道扬镳了吗？李楚楚拉住如月的手，满是痛苦和迷惑：“我做错了吗？不对，一定有什么地方弄错了，不该是这样的。”

三姑娘就是个养不熟的白眼狼，如月在心里狠狠地骂了一句，安抚李楚楚道：“姑娘你没错，你费心费力护着她有什么错？不过是人心贪婪，惯会嫉妒罢了。”她停了停，小心建议道，“三姑娘不小了，知道自己在做什么，姑娘何必做个恶人？到头来对她好还招惹满身不是，有时候你以为的好却不是人家想要的。”

李楚楚盯着虚空，喃喃道："我就是想他们都好好地在我身边而已啊。"哥哥是哥哥，妹妹是妹妹，她想守着这份亲情，大家都好好的。

只是，原本以为熟悉的一切早已面目全非。若说李轸的离经叛道叫她疲惫，甚至努力抵抗，不顾一切想回归正道。然而费尽心机，伤人伤己，不过是自作多情。

李楚楚开始怀疑自己。

李轸再次来的时候李楚楚正坐在榻上发呆，他也不敢亲近她，自己坐到榻的另一边，随手拣了一本书看。如月将矮桌安在床上，提上来食盒摆好满桌的菜。

如月看看两人，活跃气氛道："大爷可吃过了？不如一道用。"

李轸没说话，只是看李楚楚。如月又道："姑娘一人也吃不完。"李楚楚等着李轸自觉地回绝，半晌没听见他说话，心里叹口气，罢了。

"再去盛一碗饭来。"

如月欢欢喜喜地去了，李轸却有些受宠若惊，原本以为昨晚那样一场争执，她再不会理他了。李楚楚瞧了他一眼，没好气道："你不吃吗？不吃就算了。"

李轸走到她对面，坐在榻沿上，他也不敢问她怎么突然和颜悦色了，这样简简单单一顿和谐的饭，于他们已经是奢求。

"阿楚。"他有些小心地问，"你好些了吗？"

李楚楚应了一声，看着他夹进她碗里的菜，过了一会儿，终究还是吃了。李轸便笑起来，阿楚身子不好，他总要好好呵护她的，这一次是他错了。

李楚楚却觉得身边这人的思路她一个也跟不上，或许她对李轸过于苛求了，除去对她的掠夺，他真的待她极好。她现在满心慌乱，什么都不想，只求得过且过。

两人无声地吃完一顿饭，李轸还坐在床边，不打算离开的样子。李楚楚卷住被子，不抱什么希望地道："今晚你回去你自己院子睡。"

"好。"李轸没半分犹豫，李楚楚不免抬头看他，略觉诧异。他何曾这样好说话过？以往她再赶，他想要留下的时候，什么都拦不住。

李楚楚还有一丝别扭，李轸看在眼里，轻声道："阿楚想我留下，我也可以留下的。"

"不要。"她一口回绝，装作没看见他的失落，想了想，神色有些黯然，"李纤纤……"

她才开了头，李轸已经抓住她的手："阿楚多看我一眼，我便多护她们一时。"

第六章

山雨欲来

李楚楚自以为各种场景都在脑子里过了一遍，什么也不怕了。临了到头，还是忧惧交加。

李楚楚生病的这些日子也没闲着，如月成天听外头的家长里短，回来说给她听，最多的便是李纤纤总在姜昭进府时想方设法去见，惹得李湉湉活似奓毛的猫。

李夫人也被惊动了几回，还特地招去姜昭说话，之后李纤纤就很少遇见姜昭了。李楚楚知道李纤纤不会安分守己，万万想不到她竟然去招惹姜昭，以姜家的家世，李家的庶女如何配得上？

虽说姐妹俩心里都对彼此有些抵触，李楚楚还是尽着姐姐的责，劝了她两回，但也不见李纤纤收敛，终究不能按着她不叫她出门。

李纤纤好整以暇地坐下，又叫如月去倒水，李楚楚靠在床上看书，也不理会她。李纤纤拨了拨指甲，随口道："怎么不见大哥过来？前些时候还守着二姐呢。"

她天天过来李楚楚这边碰运气，就是见不到李轸。奈何李轸的院子她又进不去，实在气人。李楚楚乜了她一眼："我知道你想什么，我还是劝你，早些放弃那些不切实际的想法。"

李纤纤冷笑："饱汉子不知饿汉子饥，你要是没大哥护着，还不知被上房折腾成什么样。你看不见我的难处，凭什么叫我与世无争、乐道安命？"

李楚楚心头微叹，念着一母同胞的情分，最后道："你要明白，若惹得大哥厌恶你，岂不是事与愿违？"

李纤纤慢条斯理地端起茶轻抿了一口，淡淡道："无妨，终归试过才知道，万一大哥突然间看我顺眼了，想起除了李湉湉，还有我这么个亲妹妹，言语间关照我两句，也是极好的。”

李楚楚躲开李纤纤探究的目光，手上轻轻挽着穗子，思绪飘远了，回过神来，李纤纤早不见了踪迹。如月端了药，伺候李楚楚喝下。

“姑娘莫听三姑娘说的话，若谁都如她一样当下快活了再不想往后可怎么行？姑娘就是顾虑太深，反而束手束脚。”

因为过于珍惜，所以难以接受脱轨的改变，努力维持能长长久久相处的身份。即使到了如今这份上，她恨他霸道是真，有朝一日为保护他能舍弃自己也是真，恩怨纠葛，盘根错节，反而掩盖了难得的情意。

李楚楚怏怏不乐，天空暗沉，或是因为心上不痛快，她总感觉有一种山雨欲来风满楼之势。

外头忽地传进来声音，惊得她掉了手上的针线，李楚楚身上惫懒，坐着没动。不多时如月便进来了，收拾好了榻上的衣裳被褥，道：“大爷过来了。”

李楚楚摆摆手，示意知道了，如月便退出去。李轸迎着烛光进门，贴身熨帖的长袍包裹住健硕修长的身躯，腰杆挺直。长靴一直包到小腿，笔直有力。墨发伏贴，眼睛仿佛无边的黑夜沉静汹涌，嘴唇如鲜红的玫瑰花瓣，抛开身份，就是这张脸也世间少有。

他朝她走过去，每一步都迈得很是沉稳。他坐到李楚楚对面，摸着她嫩滑的脸蛋，见她气色比前两天红润了些，声音低柔道：“好些了？”

李楚楚“嗯”了一声，不欲多说，纤秾的睫毛扑闪，掩盖了大半的情绪，他也不在意：“还是要好好养着，小时候总是我动不动伤风卧病，长大了倒换了过来。”

她抬头看了一眼，幼时就是因为李轸既顽皮又常生病，实在不像一个武将的儿子，李老爷便成见颇大，对着李夫人也没半分好脸色。

他那个时候多孤独敏感，还得拼命端着，只有她小心维护着假象，当他是天是地，满心满眼都是依赖。

屋子里熏了香，一丝似有若无的桂花香萦绕在鼻端，李楚楚拈起绣花针往头上擦了两下，继续绣着那一方帕子。李轸换了个地方坐到她身后去，看她落针。

他似乎随意地说道：“这方靛青的帕子正配我那身竹青的衣裳，许久没新帕子用，阿楚，你做好送给我吧？”那尾音带有一点不确定地翘起，极力地掩饰着期待。

李楚楚恹恹地瞅了他一眼，难得有些和颜悦色地说：“你屋里还缺帕子？要多少没有？我这帕子只是寻常布料，配蜀锦倒辱没了。”

“都是穿用的，谈得上谁辱没了谁？我是有很多帕子，却没有一方出自你手。”家里人多少都有她亲手做的东西，独独他一个人，不说香囊荷包，连个络子都没有。

“给你就是了，值当什么？”这算是应了下来。

李轸朝她靠近寸许，轻轻嗅她颈间清甜的暖香，像上瘾一样小心翼翼地问道：“阿楚，你好了吗？”在她生病这些时日，他难得规矩。

难得他如今还会问问她，哪像往常我行我素。李楚楚拍开李轸放在她肩上的手，反被他握住慢慢摩挲，细细地亲吻。

暑天已经过去，天气渐凉，院子里的银杏叶落了满地，铺上一层金黄。李楚楚呆立在河边，连从河面上吹来的水汽打湿了鞋袜也半点没察觉到。

如月悄悄问她：“夫人这几日总叫姑娘过去做什么？往常也没见这样一日三次的。”李楚楚面色郁郁，平嬷嬷在她生病的那些日子总过来看她，有可能一次都没有遇到过李轸吗？但愿不是她想的那样。

“不如我去请大爷过来？”如月心头也有些惴惴的，毕竟近来李夫人一直忙着李湉湉和李轸的婚事，不知怎么突然对李楚楚热切起来。

李楚楚摇摇头，李轸近些时日越发忙碌了，早出晚归的，自那日过后，好几日不见人影。

平嬷嬷出门见主仆立在矮桥边说话，笑着走过去：“二姑娘久等，本来夫人说无事叫姑娘过来说说话，谁知姜家送了中秋的礼节来，不好怠慢就忘了姑娘。”

李楚楚面上没有任何异常，只是静静地听着，平嬷嬷瞧在眼里，笑道：“如今大姑娘的好日子是定了，往后嫁去姜家，便是一等一的豪门夫人，满府上下谁不高兴呢？”

李楚楚笑了笑，应和了一句。

“所以，大姑娘定了，这不就想到二姑娘了？咱们夫人真真慈悲心肠，待您是没话说的。”

李楚楚脚步一顿，脸色褪了一层气色，显出虚白来，她慢慢进了门。

李夫人叫李楚楚坐了，先端起茶呷了一口，桌上放着几本描金勾花的笺子，摊开了露出白底的墨字。李夫人看了一会儿，淡淡一笑：“你先瞧瞧。”

李楚楚拿起礼笺仔细看了一回，讲的都是些二十岁上下的年轻公子，有商户，有小官，礼笺上附带了小画，介绍得明明白白。李楚楚低下头，做出极是害羞的模样，小声道：“劳母亲想着，只是女儿还小，大姐好事将近，总想着母亲膝下空虚，女儿一点私心，想再陪母亲些日子。”

李夫人便笑起来：“男大当婚，女大当嫁，这有什么不好意思的？你从小养在我这里，只当是我肚子里爬出来的，哪能耗着陪我这老太婆？”

李楚楚脸上微红，腼腆得很，手上揪着帕子，李夫人瞧了一眼：“你别看这都是些小门小户，可也有好处，依着咱们的家世，断断不敢委屈你。莫不是你当真嫌弃？”

“女儿不敢。”

李夫人嘴角扯了扯，接过礼笺，随意翻着：“这位傅公子，才十八岁，已是远近闻名的秀才，我听人说是个寡言规矩的，和你相配得很。”

平嬷嬷上前来插嘴道：“先前听闻姑娘院里的春儿说姑娘极是喜欢江浙山水，这位傅公子可巧就是江洲真定的，姑娘若嫁过去，不是正遂了心意？”

春儿是李轸安排进她院子的，时常默不作声，也进不去她屋子，哪里知道她喜欢什么厌恶什么？不过就是李夫人察觉了什么，收买了人，平嬷嬷借故敲打罢了。

再者江洲真定在黄河以南，属地豫州，离凉州延平何止千里，若嫁过去还有机会回来吗？李楚楚怅然，早知道有这一日，李纤纤发现的时候，她就一直在等，忐忑了这么久，当真来了，惶恐之余又有一种尘埃落定。

李楚楚叹口气，微微一笑："自然母亲做主，女儿……都听您的。"

李夫人一直盯着李楚楚的视线终于缓和了一二，却还是噙着一分厌恶三分怨毒，指甲掐进手心克制住了脾气："既然如此，我便开始筹备了，不出意外就定在腊月，你有什么想用的、要带走的都说给我，陪嫁丫鬟我也给你安排好。"

竟然这样快，李楚楚微怔。李湉湉的婚事从提亲到嫁人，李夫人唯恐委屈了她，嫁妆是从小攒起来的，还延长到明年三月份才成礼。

"母亲，时间是不是太快了些？腊月近年，也不好为了我搅得一家子过不安生。"明知李夫人打定主意尽快将她送得越远越好，但她还不能轻易放弃，她着实有些东西放不下。

李夫人的眼刀子刮过来，冷冷的，毒毒的，恨不能撕了李楚楚。她不过一个错眼，张姨娘的女儿就勾搭上自己的儿子，这要是传出去，简直是要毁了李家。

她深吸一口气，即使恨不能立时杖毙这些人，可她还要顾全大局。不急，慢慢来，嫁妆捏在她手里，陪嫁她来选，这个祸端总不能留着。

李夫人面色阴沉："你放心，我说不会委屈你还能不作数？从你姐姐的嫁妆里匀出来一部分足够了。"

这是早已经打算好了，不过就是通知，哪里是商量？

李楚楚闭了闭眼睛，站在院子门口回头看了一眼，想起李夫人将要化为实质射过来的刻毒眼神，她浑身一冷，慢慢抱起胳膊。她刚踏进院子门，张姨娘已经风风火火赶过来，拉起李楚楚道：“这是怎么说？我已经答应了你舅母，重阳过了便请媒婆上门，如何就将你许配出去了？”

李楚楚不答话，径直进了屋，坐在榻上愣愣地盯着虚空发怔。张姨娘急了，拽起李楚楚胳膊：“到底怎么说你也跟我商量商量，那家人做什么的？家底可丰厚？多少田地，多少仆从？”

李楚楚抬头望了张姨娘一眼，清清凉凉的目光里席卷着幽深的旋涡，看得人无处遁形。张姨娘讪讪地把帕子按在嘴上：“你看我做什么？我还不是为了你打听？若是家当不如你舅舅家，你嫁过去可不是亏了？”

“姨娘就不问问我要嫁的人怎么样，什么性子，多大了，跟我处不处得来？”

张姨娘扁扁嘴：“依你的才貌长相，什么人收服不了？男人嘛，多哄着就什么都有了。”

李楚楚按住一跳一跳的眉心，只觉得整个人虚得六神无主，浑身沁凉，脚踩不到实处。她做了很久的心理准备，自以为各种场景都在脑子里过了一遍，什么也不怕了。临了到头，还是忧惧交加。

她勉强镇定住精神，抿唇道：“姨娘先回去吧，我想睡一会儿。”

张姨娘恨铁不成钢地走了，李纤纤又来了，嗤笑道：“二姐担心什么？不想嫁就跟大哥说一声，他总会依你的。”

“我倒情愿就这样嫁出去。”李楚楚喃喃道。

李纤纤顿时气极，她想方设法将事情捅到李夫人面前，就是为了李楚楚能在困境中想到她，达到姐妹联手的目的。李楚楚若真这样嫁出去，她还怎么生存？

“你未免太可笑，你信不信今儿你踏出李家大门，明儿就能传来你暴毙的消息？如今这时候还逆来顺受着，你就这样没出息？”

李楚楚看向李纤纤，目光如炬，面容却异常平静：“你还不死心，前些时候我病着，平嬷嬷三番两次进来探望，你可真是出了大力了。”

她不是真的蠢，自然知道李纤纤底下的小动作，伤口溃烂得久了，总要暴露在阳光下，倒是割肉还是疗伤，早早都说开，她煎熬得够久了。

李纤纤眼神闪躲着，郁郁的神色缠绕着一股病气，良久方说道：“你不过就是打着保护我的幌子从下人那里博些好名声，实在是虚伪至极。”

李楚楚真的累了，她叹了口气，麻木得很：“随你怎么想，我若真嫁出去，姨娘就交给你了。不需要我保护，但愿你能护着她。”

李轸脱下外袍交给王富贵，白色的轻衣从腰际渗出一道血印，鲜红黏稠，他拿了家常的衣裳套上，吩咐柱子去备马。

王富贵没动：“将军伤得不轻，还是先上了药再回去，恶化了恐病情加重。”

李轸眉目沉沉，半张脸隐在帐篷里煌煌的烛光下，高处如山岭起伏，低处如沟壑幽深。

他拉开帘子，望着漫山遍野的帐篷。这里是一处驻扎地，满地熊熊燃着的火舌在风中摇摆。柱子牵了李轸的黑马过来，李轸翻身上马，挺立的身影立在马上，周围的兵将齐齐抱拳：“恭送将军！”

平嬷嬷等在门外，自下头人说大爷回来了，她就一直等着，心头着实有些忐忑。身为李夫人的心腹，她自然明白夫人恨不能立时打杀了二姑娘的心情，只是到底瞒不过大爷，母子俩好好说就是了，怎又生出要试探大爷的打算？

院子门开了，丫鬟们行礼的动静传来，平嬷嬷抬头看去，黑压压的夜色中灯笼的光辉显得微不足道，高大挺拔的影子笼罩在雾色中，带了一身风尘仆仆的湿气，一看便是急匆匆赶来的。

平嬷嬷心里咯噔一下，心道夫人恐怕低估了大爷对二姑娘情义，她悄无声息行了礼，只觉得面前刮过去一阵凌厉的冷风。

屋里安静了一会儿，李夫人坐在上首，慢条斯理地扣着茶杯，李轸立在地上，身边跪着李楚楚。他没看她，朝李夫人行了礼，喊了一声“母亲”。李夫人虚虚笑着：“怎么这时候回来了？不是说才整顿好，要明日回？”

李夫人瞥了李楚楚一眼，见李轸面不改色地回话也没注意她，心头松了一口气。她自是知道，李家的子孙如何会不知分寸，只能是张姨娘生的贱种不知廉耻。

李轸简单应了几句，李夫人便走下来，道：“想你也累了，快些回去歇着，我吩咐了彩云好生伺候，你也叫为娘省省心。”

李轸没动，原本微垂的眼睑掀起，浓长的睫毛直戳戳的，一如他此时说话的语气：“不知阿楚犯了何事，叫母亲费心管教。”

李夫人冷笑：“没什么事，多大的人了还不知分寸。我既然挑了人家，就是整个李家允了人家话，岂是她说不嫁就不嫁的？你这妹妹不懂规矩，你当大哥的该帮我劝劝，我也是为了她好。”李夫人直勾勾地盯着李轸，等他的反应。

听到一声轻哼，李夫人面色铁青地看着李轸一把将李楚楚拉起来，严严实实护在身后：“阿楚不懂规矩，我这一家之主确实该管教，母亲……就不要管了。”

李夫人气得浑身乱颤，帕子扪在心口，咬牙切齿地说：“你是我儿子，做错事只有我包容你，我将她嫁出去再好好给你挑门亲事，轸哥儿，已经发生的便既往不咎。”

李夫人多少年没这样亲热地唤儿子，一时听自己说出来，有片刻的陌生。李轸仍然是进来时那副模样，波澜不惊也油盐不进，淡淡道：“劳烦母亲费心，儿子自有分寸，至于阿楚……”他忽而转头专注地看向李楚楚，眸子深处是化不开的偏执，语气却异常轻柔，“除了我身边，她哪里也不去。”

李楚楚愣愣地被他紧紧握着手拉出屋子，这一次比以往任何一次都不同，她的心头有什么东西悄悄裂开一条缝。

李轸紧紧地抱了李楚楚许久，低声道：“我送你回去。”

听到上房传出来的呼天抢地的声音，李楚楚回头看一眼，“嗯”了一声。

红烛燃尽，烛泪开成一朵红云堆积的牡丹。如月将灯罩拿下来，换了新的火烛，屋子一暗，她瞥了一眼坐在榻上许久未动的身影。

“姑娘去睡吧，如今天气不比暑天温和，小心染了风寒。”如月轻轻将李楚楚身上滑下来的披风往上提了一点。

李楚楚双手虚虚托住脸，抱膝坐好：“我就是想再看看这里，住了十来年，往后还不知怎么样呢。”

如月心头一酸，她也知道夫人发觉了姑娘和大爷的事，太平的日子算是到头了。她勉强笑道：“何必操这些心，再怎么说，大爷总会护着姑娘的。”

不知从窗外还是门缝里吹来一阵冷风，李楚楚将身上的衣裳裹紧了些：“你去睡，我睡不着，再坐会儿。”

“方才将姑娘送回来，大爷又去了那边，也不知夫人如何生气。”如月随口提了一句。

“再生气也是亲儿子，是如今李家的主心骨，你这心操得未免太没道理。”

“姑娘还不知大爷的固执？我瞧这次夫人怕是犟不过大爷。”如月是希望李楚楚至少能看见一点李轸的坚持。

“横竖都对我没什么好处。”坚持住了她便永远跟他纠缠不清，坚持不住她还能活吗？

如月叹了一声，知道李楚楚现在不愿意谈这个，便又劝她去睡觉，说得多了李楚楚也不再理会，只自己到里间碧纱橱坐了一夜。

李楚楚已经许久没跟李纤纤一道去上房，她独来独往了些时候，听外头说三姑娘来了，手上的梳子便顿了一下，随即若无其事地继续梳头。

李纤纤也不找她说话，等李楚楚装扮好了便随她一道出门。李楚楚在院子门前停下步子，转头看向李纤纤，李纤纤掩嘴笑着：“二姐瞧我做什么？莫不是因为我得罪你狠了，路都不能跟你一道走了？”

先前的李纤纤阴郁沉静，在张姨娘面前尚有些小儿女姿态。近些日子瞧着，委实变了个人，人不但活泛了，心眼儿也多了。李楚楚不至于防着她，只是实在没心力跟她演戏。

“随你。”

李楚楚率先走在前面，李纤纤赶上来，冷笑道：“二姐当真是个冷血的，枉费人家掏心掏肺地对你，你倒是半点情都不领。”

李楚楚面色平静，只当没听见，毕竟李纤纤一天抱怨的事情多了，谁知道哪里又惹了她不痛快。

“大哥在祠堂跪了一夜，现在还没出来，你就一点也不关心？”李纤纤瞪着李楚楚，嫉恨得要死，都是庶女，凭什么二姐什么都不做就能得到那么多？

李楚楚手上一紧，视线垂下盯着地面，一点波动都没有。李纤纤“哼”了一声，深吸一口气，恹恹道：“二姐是好过了，有大哥护着，我跟姨娘呢？自从夫人知道你跟大哥的事，成天将姨娘叫过去训斥，还说要送她去给爹祈福诵经，若真进了那庵堂，可还能囫囵回来？”

李楚楚蹙起眉头：“这事你怎么不早跟我说？”

李纤纤越发泪意翻涌，脸色垮着，扫了如月一眼：“你屋里铁桶一样，什么话传得进去？现在倒来问我。姨娘再如何也是咱们亲娘，自己不关心着，总指望旁人来传消息，还是趁早别认了，大家都清闲。”

如月一看李楚楚的脸色，就知道她心软了，就算对李纤纤再嫌恶，她还是放不下张姨娘。

等到了上院，平嬷嬷出来传话，说夫人病了，叫姑娘们先回去。李纤纤先走了，李楚楚慢了半步，平嬷嬷便叫住她，说是夫人有请。

李楚楚跟着进去，屋子里果然弥漫着一股药味。李夫人坐在榻上，身后垫着青缎靠背引枕，她包着抹额，脸色蜡黄，果然病恹恹的。

李楚楚福了一礼，立在一旁等着。李夫人掀起眼皮扫了她一眼，平嬷嬷端上药，轻轻吹了吹要喂给李夫人，李夫人头一歪。

平嬷嬷会意，笑着朝李楚楚道："还有一味药，这会儿该熬了，丫鬟们不精细，劳烦二姑娘伺候夫人服药，老奴去瞧瞧。"

李楚楚便接过药，轻轻吹了吹，将勺子递到李夫人嘴边。李夫人眉头一紧："烫成这样也拿来给我喝，指望着我死了，没人管你们了不是？"

一旁候着的丫鬟们忙跪下，满口不敢，又抬头喊了一声二姑娘。李楚楚也跟着跪下，低头道："是女儿不周到。"

李夫人无声冷笑，心口火烧火燎的，撑着病容冷声道："愣着做什么？"

气氛压抑，有外头的婆子进来禀告府里的事情，又有来交账的、来拿对牌的。见李楚楚跪在床前，只当没瞧见，办完事就走。

一碗药愣是喝了半个时辰还有大半碗，李夫人不叫起，李楚楚便不能动弹。

平嬷嬷帮着李夫人调整了位子，半躺下，这才跟李楚楚道："姑娘辛苦，夫人该歇了。"

李楚楚会意，撑着床沿站起来，摇摇头，感觉膝盖刺疼。

平嬷嬷看着李楚楚的身影消失在帘子外头，拍拍手，从后门进来个小丫鬟，手上端着托盘。平嬷嬷将药接过来，李夫人仰头便喝了。

平嬷嬷拿帕子替李夫人擦嘴："这偌大的李府还不是夫人说了

算？要整治二姑娘，一句话的事，何苦拿自己的身子做筏子？”

李夫人冷笑：“你们那好大爷护她跟什么似的，连我这个亲娘都不顾，宁愿跪祠堂去朝列祖列宗谢罪，也要拦着我将她嫁出去。我要将她如何了，母子的情分还剩几分？我倒小瞧了那对母女，本以为老爷死了，张姨娘也就消停了，这倒好，又来个小狐狸精给我添堵，早知今日，当初接她过来时就该溺死。”

见到李夫人阴毒的表情，平嬷嬷浑身一颤，瞧来李夫人是恨极了张姨娘母女，说道：“既然如此，该罚她多跪些时候，这么一会儿，不痛不痒的反叫她警醒。”

“在我身边这么多年，一点长进都没有。”李夫人恨铁不成钢地瞪了平嬷嬷一眼，“今天府里几个管事进来回事，亲眼瞧见她跪着，便是我不动手，她的日子也甭想舒坦了。”

一个不受宠的庶女，又遭了嫡母嫌弃，大户人家的下人惯会见风使舵，能将手段使得神不知鬼不觉，还把自己摘得干干净净，李夫人深谙其道。

平嬷嬷惭愧地擦擦汗水，暗道自己果然再修炼几年也学不来李夫人的手段：“老奴愚钝，竟猜不透夫人的用意。”

李夫人接了茶漱口，沉吟片刻：“大爷如今正要紧她，我跟儿子作对有什么好处？等哪一日他心思淡了，那母女也不必留在李家了。”说着她恨恨地捶床，“说来还是那女人不知廉耻，早知今日，当初就算拼着惹老爷不快，也该把那野种扔出去。我造了什么孽，竟然是养虎为患。”

李楚楚从上房出来，走到院子里，慢下了步子。如月疑惑地看着她，李楚楚抿唇道：“去后面。”

李家的祠堂位于整座宅子的西北角，院子中有棵参天大树，树冠冲天，里外清扫得干干净净。李楚楚立在树后，望着那扇紧闭的大门，柱子在门前急得团团转，跟婆子们打商量：“我有要事交代，你们不叫我进去，延误了军情谁担得起责任？”

那婆子原是李家老太爷在的时候就守祠堂的，长年累月专干这个，异常固执：“不是咱们不叫您进去，实在是大爷说过不准人去探望，夫人也有交代，都是下人，小爷您何苦为难我们？”

柱子面红耳赤，又不是个善谈的：“我不信，等我亲自去问。”

好说歹说，婆子守着门就是不让，柱子叹口气，转身走了。李楚楚站了一会儿，腿上疼得厉害，便也要回了，却见平嬷嬷从一条道上走了过来。

守门的婆子笑嘻嘻地迎上去，说了几句，放了她进门。

祠堂里阴森森的气息不住往身上袭来，平嬷嬷打眼一瞧上头排成山的牌位，打了个寒战，弯腰小声道：“大爷这是何苦？夫人不过在气头上，您怎么也犟起来了？快些回去认个错，母子间有什么隔夜仇？”

李轸跪得笔直，盯着上方的牌位，脸色泛出隐隐的青色，嘴边冒出一圈胡楂儿。他的睫毛直直地掩着眼睛，影子投在眼下的一片青黑上。

“您也知道，夫人这些年过得不容易。当年老爷身边人多，夫人一个人内外操持，还要防着那些姨娘使坏，好不容易将您养大成人，只当能松气了，哪里想又有这波折。”

平嬷嬷见李轸脸色微变，只当他说通了，再接再厉道：“您与二姑娘就算不是亲兄妹，这事情要传出去，咱们李家还有何颜面？”

李轸紧紧握起拳头，终究动容了，沙哑地开口：“母亲会让这事传出去？”

“自然不会，只是大户人家人多口杂，日子久了难免走漏消息。只要大爷从今儿远了那头，其他的夫人自会为您打算。”

“是准备李家暴毙个姑娘，还是庄头里多个疯子？”他淡淡地问了一句。

平嬷嬷听他语气里并没有讽刺的意思，小心回道：“夫人自然会将二姑娘安置妥当，断不会辱没李家门风。”

话音刚落，她霎时便感觉一道寒剑般的目光射过来。

李轸冷笑道：“辱没李家门风的是我，是我强迫她，干她什么事？”

平嬷嬷倒吸一口凉气，心道大爷被那狐媚子迷住心窍了，又听李轸朝牌位方向叩了三个响头，掷地有声而缓慢道：“列祖列宗在上，今李家第七十九代子孙李轸，自知有辱门楣，万死难辞其咎，轸知即使自戕也不足以消弭分毫罪责，往后不受庇护、战死沙场、死无全尸，轸都认。妹妹无辜，是轸使尽手段强迫……”

平嬷嬷脸色麻木，她是不聪明，只是靠着从小一起长大的情分和忠心方在李夫人跟前屹立不衰。听完李轸这番话，她却笃定李夫人这次怕是如何也等不到大爷悔改的那天了。

晚些时候，淅淅沥沥开始落雨，地上很快湿了一层。李楚楚立在门前，隔着雨幕，望着在雾色中朦胧的万年青。

她在想此时她还能做什么，在一切于她都分外被动的情况下。如月走上前来，轻声道：“姨娘来了。”

张姨娘打着伞从前门过来，找到在屋后檐下看雨的李楚楚。李楚楚身影单薄，墨发及腰，总让人感觉她会随时乘风而去。

张姨娘迈着小步子上前，关切道：“别立在这里淋雨，别看雨小，秋雨寒气重。”

李楚楚“嗯”了一声，没动。张姨娘喜滋滋地又开口道：“前些时候我还说你若嫁去舅家，该有享不到的福分，不想倒是我眼光狭隘了。”

她知道张姨娘定是听到了什么风声，懒得给她解惑，只作听不见，张姨娘兴致好得很：“老天爷也终于眷顾我一回，还是你有出息。”

她被李夫人压着多少年，李老爷去世后更是连喘口气都难，如今终于叫李夫人吃回哑巴亏，只觉得通体舒泰。

即使李楚楚和大爷这段关系扭曲，张姨娘也能看淡，至少里头的好处足够叫她忽略别扭。何况，李楚楚跟大爷分明没关系。

“傻丫头，我听说大爷昨儿在祠堂跪了一整天，这会儿才出来，你也不去瞧瞧。以前你小，姨娘也不知怎么教你，你听我的准没错，这男人啊就是要哄着，拿出你的温柔小意伺候着，还有什么他不给你？”

本来看李纤纤对待她跟李轸的态度，就可以想见张姨娘肯定也是乐见其成，可等直面张姨娘半点不犹豫的撺掇时，李楚楚还是觉得心头一堵。

张姨娘一看李楚楚沉下来的脸色，自己生的女儿，再不了解她也能猜测一二。她幽幽叹道："不是姨娘不心疼你，只是如今这个地步，除了把着大爷，咱们娘儿仨可是半点退路也没了。你嫡母那个人你该比我清楚，本就看不惯我，又出了你跟大爷这档子事，一旦叫她抓住机会，命丢了还找不到冤家呢。"

李楚楚垂下脸，张姨娘揣摩她的脸色，劝道："还不如趁着现在多捞些好处，往后便是一拍两散，你又吃亏到哪里？"

李楚楚长叹一口气，似乎将胸腔的闷气一扫而空，空洞又有些麻木地说："姨娘想要些什么好处？"

"自然是为你着想的。"张姨娘眉开眼笑道，"再者你妹妹若有一门好亲事，将来也能帮衬你。"

如月送走张姨娘，也将两人的对话听得七七八八，听李楚楚说准备出门，如月有些担心她真要去跟大爷说什么，勉强提醒道："姑娘，大爷是真的待你好。"

李楚楚默不作声，由如月打伞，主仆两人穿过密密匝匝的雨幕，到了前院。

或许是下雨的缘故，门前除了守着的婆子再无旁人。柱子本来等在李轸卧室门前，远远瞧见李楚楚从抄手游廊上过来，脑筋一转，翻身往后头走去。

彩云好容易寻着机会，端上热茶过来，被柱子拉着就走："作死呢，没见我给大爷倒茶呢？"

柱子嘿嘿一笑："大爷说是饿了想吃糕点，叫姐姐去大厨房跑一趟呢。"

自她进了这院子，连大爷的身都没挨到过，如今天降一桩好差事，彩云如何不喜上眉梢？

“真的？大爷要吃什么？我这就去。”

李楚楚左右看了看，没见有人，如月收好伞，说道：“柱子跑哪里去躲懒了？也不见守着。”

等了一会儿还是没见有人来，李楚楚便叫如月去旁边躲雨，自己推门走进去。外头凛冽，屋里还算暖和，中间烧着人高的炉子，烘得满室暖融融的。

李楚楚掀开帘子，只朝屏风后望了一眼，便被地上几团纱布吸引了视线。斑驳的血迹将纱布浸得湿透，红殷殷得触目惊心。

李轸若有所觉，猛地回头，顿了片刻，捞起袍子准备穿好。李楚楚上前两步，扯住他的衣裳，看向他腰间缠了一圈又一圈的白纱布。

他用力拉了拉：“我马上就穿好了，你先等一下。”

李楚楚抬眼，看到他的伤有些触动：“我看看。”

“没什么好看的。”李轸接了一句，转头去拉她的手，被她一扭躲开了，他脸上本来就不易察觉的欢喜更收敛了。

“才从外头进来，冰。”

李轸笑了笑，毫不犹豫地牵住她的手：“我已经上好药了，下次你给我抹。”他不动声色地试探，又加一句，“后面有的地方看不见。”

李楚楚在心里叹气：“膝盖呢？”他跪了一天，怎么也不可能没事。

李轸早疼得钻心了，却面无异色。他坐在榻上，李楚楚蹲在地上，轻轻帮他卷起裤管。李轸一把抓住她的手：“别看了，等会儿叫柱子来。”他从来都没有叫她这样伺候过，竟然有些受宠若惊。

李楚楚拉开他的手，自顾自查看伤口，红肿的边缘已经磨破皮，血淋淋的。她轻轻蹙眉，小心翼翼地一面清洗一面轻轻吹。

上药的时候李轸全程绷着脸，李楚楚绑绷带的时候力气用大了，勒得生疼，他也受着。一见伤口血冒得更快，李楚楚有些慌："太紧了？"

"还好。"他还是言简意赅。

李楚楚不由得有些泄气，她没干过伺候人的活儿，于是瞪他："你不说我怎么知道呢？"

她把绷带放松了些，动作更轻缓了。上完药，她站起来，看样子似乎打算回去了，李轸跟着立在榻前。

李楚楚看向那张褪去少年的青涩，已然变得锋利的脸。

她终究是要算计他的。

李夫人借力打力那一套伎俩她从小看到大，每一次犯错李夫人并不会明目张胆地处罚，她只要在体面的管事跟前落她面子，自有人替她管教不听话的庶女。

这么多年了，一点没变过，早上喂药的那一出不知上演过多少次。李楚楚看向李轸，微微一笑。

不争不抢这么多年了，可再放不下，她也得活啊。

"好好歇着，明儿我再来。"

夜深了，李轸躺在床上，手上握着一方帕子，黑夜中的眼睛熠熠生辉，不知想到什么，他忍不住笑起来。

到了第二日，他早早起来等着，早饭时间都快过了，还没人来。柱子哆哆嗦嗦地上前，对着书桌前写字的人，脸也不敢抬地问："大爷有吩咐？”

李轸把人叫进来后，一时竟然又想不起来要说什么，面无表情地望着窗外。芭蕉叶被雨水打得噼啪作响。

柱子偷偷瞄了一眼，只觉得大爷威压更重，活似被人辜负抛弃的小妇人，整个书房都冷凄凄的。好在外头的通报声打破了这场难挨的寂静——如月走了进来。

李轸冷着面孔听她说完，率性朝外走去。如月小声跟柱子道：“你就别跟着了，看好院子就是。”

李楚楚转了转脖子，低头继续穿针，屋子里安静有一会儿了，她侧头看了一眼满炕的棉麻，嘴角勾起似有若无的笑。

如月进来的时候她正好绣完一朵花，她似乎没瞧见如月身后跟着人，如往常一样吩咐：“帮我拿一卷花线，扎鞋垫的那种。”

修长白皙的手递到跟前，李楚楚顺势看了一眼：“你怎么过来了？”

她叫如月去沏茶，自己依旧低着头忙活。李轸扫了她一眼，问道：“怎么这么多布料？”

如月端茶上前，看了李楚楚一眼，闷闷地说道：“针线房拿来的，说是姑娘的手艺好，花样多，年前要换一批门帘窗帘，活儿都丢给我们，还限时一个月。”

这一大堆活计，就是整个针线房加起来两个月都做不完，李轸轻轻摩挲杯沿，语调沉沉地说：“给他们还回去，就说是我说的，让他们有什么问题来找我。”

“可是夫人……”如月后半句话卡在嘴里，她对上李轸寒凛凛的眸子，不再说了。

李轸将李楚楚手上的针线也扔掉，对上她无奈的眸子，有些不以为意：“你是李府顶尊贵的二姑娘，人都死绝了也轮不到你做这些。”

李楚楚闷闷地笑出来，随即语气轻飘飘地说：“你就给我得罪人吧。”

李轸走到她身后，将人圈进怀里，嘴唇贴在她的脖子上：“那咱们就住在一起，我看谁有胆子来找麻烦。”

李楚楚一僵，顺着他扶她下巴的力道转过头去，看见他眼睛深处的漠然和不容拒绝，良久，她问道：“上药了吗？”

“昨天你说过帮我。”他的声音低哑，气息轻轻擦过李楚楚的耳郭。

李楚楚握住耳朵揉了揉，将不自在遣散，如月将李轸用的药都摆上来，又将榻上的布料全部抱去外间。

李轸就坐在榻上，好整以暇地端着一杯茶，也不喝。李楚楚接过去放在桌上，抬手解开了他衣裳扣子，两人视线对上，他突然笑了：“好像做梦……”

在一阵沉默里，李楚楚生疏却又算有始有终地上完了药。李轸腰上的伤极重，寸长的剑伤处已经皮开肉绽，只看一眼，就再难忘记。

他随随便便躺倒，自己并不在意，李楚楚却看得一阵皱眉，将人按着不让动，靠枕也打理得好好的，给他垫着。

虽是秋初，这一场雨绵绵不断地将山巅的冰寒送过来，来回走动的下人皆换上厚实的衣裳。

李楚楚喝了汤，将碗递给如月。

如月才出去，外头便吵吵嚷嚷起来。李楚楚放下书，靸上鞋子开了门。原来是府里负责采买的婆子，正立在尚未干透的院子甬路上指指点点："不是咱们克扣二姑娘的份例，今年寒潮来得早，本就来不及采买，这已经是上好的银炭。如月姑娘说话要讲良心，什么叫我们吞了？便是闹到夫人跟前去也是你们没理。"

如月指着地上几大箩筐黑炭："你昨儿送来的那些烧得满屋柴烟，哄我不识货还是怎么？这也是上用的银炭？"

那婆子趾高气扬，指桑骂槐地说："便是夫人也只有二十斤炭，底下人还没用的，省下这一点你当容易？不是正经主子，也就这样了，福莫要享太多，小心折了寿。"说完她一口啐在地上。

李楚楚靠在门上，轻轻睁开眼睛，看向门口，对上一双萦绕着寒气、泛着剑光的眸子。她没多看一眼，转身回了屋，将外头的喧闹声和求饶声都扔在脑后。

帘子轻微地晃动，来人走路的脚步声被刻意放轻。很快她便被拥进宽厚温热的怀抱。

"我给你换一拨下人，往后要什么叫柱子单独从外面买。"

李楚楚没动弹，似乎不感兴趣。她觉得异常难受，为他永远不可能有结果的执念，为她怎么也放不开的心结。

"你给我讲讲塞外吧，我都没有见过。"

李轸微微松口气，只要她不劝他放手，怎么样都是好的。他轻轻拥着她，跟她描述关外一望无际的蓝天和草地，又讲起成群结队的牛羊和漫山遍野的花儿。他时而说起矗立在天地尽头望不到顶的雪山，雪山下白浪怒涛翻涌的长河；时而提到残阳似血的无垠大漠和清澈如世外桃源一样的月亮湖。

李楚楚笑了笑："那一定很自由。"

李轸默然，被她眼里的向往刺痛，抿起嘴角："有机会我一定带你去，只要再过一段日子就可以去了。"

"你这段时间不忙？"一入寒冬，塞外异族虎视眈眈，往年那时他都不见人影。

李轸掩下眼底的疲惫，轻声说自己不累，李楚楚面色柔和，任由他枕在自己肩上："其实，只要一切回到正轨，你还是那个顶天立地的大将军，李府自有夫人安排得妥妥当当，绝不会让你多费一份心。"

他抱住她的手臂渐渐缩紧，沙哑道："只是再也没有你了是吗？你想去哪里？远远嫁出去？南边或者京都？"

反正去哪里都不会有他的身影，他说："阿楚，我有没有跟你说过，我这辈子功名利禄也就这样了。纵使一人之下万人之上，若是没有守住想要的，我宁愿一无所有，也好过困在一座心坟里孤独到老。"

"你放得下凉州吗？李家世世代代守护的都护府，你的责任，你的百姓，你真的舍得吗？"李楚楚心疼到麻木。

她现在才发现她不是不喜欢他，她是喜欢得太多了，喜欢得太沉重。这份喜欢已经超越了对至亲之人毫无保留的珍重，为了那个人，她自己怎样都无所谓。这也是李轸迷恋她到无法自拔时的感觉，即使是伤到体无完肤的辱骂中伤也不足以叫他们放弃彼此。

她真的累了，她的恶言恶语、软语劝诫都不能让他动摇。她自己渐渐迷失在他对她独一无二的宠溺里。

她真的好久好久没对他这样温柔了，在她这里，他是见到一点希

第七章

独木亦行

这是她第一次叫他的名字，李轸看着楚楚在地上走来走去，一连串的质问砸下来，他竟然有些愉悦的感觉。

张姨娘见过李轸出来，越想越喜上眉梢，转头到了李纤纤院子里。李纤纤正靠在窗边煮茶，烟雾缭绕，让那张皓白的面容也变得朦胧。

秋月送上八瓣盘，各色零嘴儿小吃堆得像小山一样，张姨娘边喜滋滋地嗑瓜子儿，边说："还是你二姐有出息，原本只当我这辈子就这样了，只能在那位手下憋屈地过活罢了，不想有这福气。主要还是我会生，生了你俩这花容月貌的孩子，往后什么好日子过不得？"

张姨娘甚是欢喜，李纤纤无所谓笑了笑，将砂壶里面的残茶倒出来："可不是嘛，好日子还在后头呢。只是姨娘也得想一想，二姐这样不明不白地跟着大哥，又能好多久？"

"我还用得着你提醒我这个？"张姨娘颇为自傲，"自然是要趁着如今难得，多谋些好处，况且你大哥已经答应了我。"

"答应了什么？"

"你别急，过些日子就知道了。"只是想想李轸点了头，张姨娘就欢喜得不能自已，"我也要劝你一句，如今那姜家二公子跟你大姐已经是板上钉钉了，你趁早跟他断了来往，难不成你还想去给他做妾？"

李纤纤扁扁嘴，慢条斯理地分起了茶："做妾有什么不好？姨娘你可吃过什么苦头？我也不是个笨的，总不至于过得比你还不如。"

张姨娘被这话惊了一惊，仔细揣摩了一会儿她的脸色："还是做正头夫人好，叫你二姐去求求大爷，给你选个高门大户又有什么难处？"

"难不成我这一辈子就只能求人？我又比她差什么？我可用不着

看人家脸色过日子。”李纤纤嗤了一声，脸色难看。

张姨娘有些恨铁不成钢地说：“各人有各人的运道，谁让你不是从夫人肚子里出来的，你要也是嫡出的姑娘，自然有好前程。”

李纤纤冷笑一声，意有所指道：“姨娘你若想长长久久地过好日子，还不如帮忙想办法稳住大哥，你瞧瞧，”她指了指桌上的茶果点心和屋里新换的装饰，“这些都是柱子叫人送过来的，咱们以前哪有这些待遇？”

李轸知道李楚楚关心姨娘和李纤纤，为了讨她开心，也叫人关照这边一二。

李纤纤道：“咱家攒了多少家财，咱们何尝见过一二？你倒是把我嫁出去了，二姐又是个万事不上心的，如何能有咱们母女的一分好处？”

…………

母女俩言谈之间都是不屑，秋月在外头吓得脸色煞白，战战兢兢地看着如月，不知如何收场。

如月抬头叹了口气，喃喃道：“这到底有什么值得的？”她微微转头笑着看秋月，“不用怕，我这就走了，只当我没来过。”

秋月感激不尽地点点头，她自然不能叫里头的人知道如月过来听墙脚，多一事不如少一事。

如月闷头往回走，越想越替李楚楚不值。一个娘肚子里出来的，张姨娘方方面面都替三姑娘考虑到了，怎么就能对二姑娘那样苛刻？简直连个捡来的都不如，不过就是仗着二姑娘心软又重亲情罢了。

李楚楚叫了如月好几声，那头才听到动静。李楚楚微微笑道：“做什么一副不高兴的样子？我喊你也没听见，可是外头有人得罪了你？”

如月摇摇头，看了李楚楚好几眼。李楚楚道：“有什么话直说就是了，我虽然多有不济，也能替你做几分主，还能叫人把你欺负了去？”

“哪里是什么人欺负了我？”如月便几句讲了方才的事，小声道，“我就是替姑娘你不值罢了。”

李楚楚久久没动，只是盯着地上的毯子。如月也瞧不出来她是伤心还是不伤心：“姑娘你若心里难受，就跟奴婢说说。”

“有什么难受的？早就习惯了，终究是无缘罢了。”李楚楚叹息的声音空洞得很，透着一股子无奈。如月听着都难受。

主仆两个谁也没有说话，门外一个小丫鬟探进来半个脑袋，声音细细的：“如月姐姐，张姨娘来了。”

如月看向李楚楚，李楚楚指尖撑着下巴，淡淡道：“请进来吧。”

张姨娘绝口不提李纤纤跟她要求的事，东拉西扯地寒暄了一会儿，试探地问道：“大爷可曾跟你说过李家的家产？如今这样的好机会，你可得为自己打算，往后若有什么变故，也不至于什么都没捞着。”

李楚楚抬起眼眸，黝黑的眸子透出一股沉静，张姨娘见了竟然有些心虚：“我这还不是为了你好？你妹妹嫁出去，我好歹也成了这个家的二夫人，你倒是如何？”

“什么二夫人？你要当二夫人？”李楚楚嘴角抿成直线，竟然有些锋芒地直视张姨娘。

张姨娘不想一时说漏了嘴，片刻的慌张过后，很快镇定了下来：“大爷已经答应了我，提我做李家的二夫人，这样于你也有个靠山不是？我可都是为了你。”

李楚楚脑子里乱成了一团，对于张姨娘的利弊分析一句也没有听进去，张姨娘嘱咐的赶紧给李纤纤找一户好人家嫁出去，也没有入心。

晚些时候，李轸回来，脱了外袍交给如月。如月犹豫道："姑娘在里头坐了半日，还没吃饭呢。"

李轸挽袖子的动作顿了顿："谁来过？"

"张姨娘。"

"下去备饭。"

李轸捞起帘子，李楚楚背对他坐着，分明是十分柔弱的人，此时看上去却十分强硬。

"怎么了？"他轻轻将人拥进怀里，耳鬓厮磨，温柔至极，"为什么没吃饭？我也没吃，这会儿饿得有点难受。"

李楚楚转头看了他一眼，准备喊如月，李轸握住她的手："已经吩咐了，你陪我吃一点。"

如月将食盒放在小桌上，满满地摆上一桌子吃食，李轸吃得很快，看来是饿极了。

李楚楚停了筷子，问道："这么着急回来做什么？好歹在外头吃一点。"

"我想着回来陪你吃，你一个人吃得少。"他淡淡道。

"又不差这一次两次。"李楚楚的心头又有些堵了。

李轸笑了笑，放下碗，看着李楚楚给他盛汤，眉宇间尽显温柔："大概是你这里舒服些，和你在一起不管干什么都不会腻。一幅字临十遍八遍，一本书翻到烂我也觉得舒服。"

李楚楚不接话，李轸也不再说，这顿饭后半截只能听到勺子碰到碗发出微弱的叮声。

如月将东西收下去，李楚楚深吸口气，倒了杯茶，说道：“我有件事想问你。”

李轸靠在椅子里看书，闻言，抬头看向李楚楚。

李楚楚道：“今日姨娘过来，说你答应让她做李府的二夫人。”

李轸没说话，竟然有些默认的意思。

李楚楚尽管心里焦灼，面上却仍旧保持着平静：“父亲在的时候都没有提过，这么多年过去，她对李家有什么功德奉献能获得这份殊荣？面对夫人你怎么说？族长来问又怎么回答？传出去了外人怎么看？李轸，你糊涂了？”

这是她第一次叫他的名字，李轸看着李楚楚在地上走来走去，一连串的质问砸下来，又夹着气急败坏的意味，他竟然有些愉悦的感觉。

“不过一个虚名，担着又如何？”他很是无所谓。

“什么虚名？既然同为夫人，她若跟母亲争夺中馈，或者代表你去外头交际，打着李家的旗号做出什么来，又如何？本就树大招风，你还嫌自己死得不够快，还嫌后宅不够乱？”她狠狠地盯着他，眼眶发红。

怎么他就想干这样吃力不讨好的事，既得罪舅家，又得罪李氏宗族，他疯了吗？

其实李轸为着什么，她心里何尝不明白？可因为太过明白了，所以她要不起，还不清。

李楚楚的眼泪翻出眼眶，仿佛砸在他心上。李轸浓眉如剑，面上含笑，无奈地哄她：“我既然决定了，自然会处置得妥妥当当，你不用担心。”

“我不需要。”李楚楚气道。她本意是想劝他，唯恐适得其反，温和地说道，“纵使有天大的理由，传出去也只会惹人非议。一旦多出来个二夫人，这个家便永无宁日了。”

他那么忙，这阵子又在整备军队，外头不知多少人盯着。她再无情，也将他的疲惫看在眼里。

李轸扶住李楚楚肩膀，说：“我只是给张姨娘一个保障，母亲总不能再过分为难她，你不是最担心她吗？”

“我忧心她是我的事，不用你将自己坑得不忠不孝。”她冷起一张俏脸。

她分明是在撒泼，李轸却笑了，眼底的柔光满得快溢出来：“阿楚，你担心我是不是？你怕我为难，即使这样一张保命符也不敢要。”

她的手撑在他胸前，泪水洗过的眼睛泛着火光：“谁担心你了？府里绝不能多个二夫人，后院起火有多严重，你比我清楚。”

李轸“哦”了一声，大马金刀地坐回去，傲然道：“多少次一脚踏进鬼门关，我还不照样好好的，一个二夫人能把我如何？”

“李轸，我是认真的。”李楚楚要给他无所谓的态度气死了。

“阿楚，你胆子大了，敢直呼兄长名讳。”他“哼”了一声，眼睛眯了眯。

李楚楚揪住他的衣领：“不行，我不同意，你不能这样。”

李轸搂着她的腰，既感慨又无奈道：“好阿楚，说一句在乎我、担心我就这样难吗？”

李楚楚埋着头，良久不语，半晌小声道：“人心贪婪，给了在乎就要喜欢，有了喜欢又渴望爱你，爱了你又贪心全部。”而她最给不起的就是回应，踏出一步便是万劫不复。

李轸捧住她的脸，眼睛紧紧盯着她，仿佛要将人吃入腹中，沙哑的嗓音里有着求而不得的渴望：“那就给我啊，给我好不好？你明知道我想要，想要得要命。”

李楚楚不作声，扭开头，不肯直视：“你答应我，不能有二夫人。”

李轸轻呼出气，开解自己，她已经在乎了，他要的不多，还求什么呢？

平嬷嬷等在门前，看到李楚楚从月洞门出来，迎上去客气地笑了笑：“姑娘来了，大姑娘在后头等着呢。”

“有劳嬷嬷。”李楚楚双手叠着，欠了欠身。

李夫人宴请周夫人母女，李湉湉早将周敏和邱书慧叫到后堂小客厅说话。

还没进门，里头说笑的声音便传出来。周敏自来爱跟李湉湉斗来比去，从小较劲儿到大，前些时候得知李湉湉许了那样一户好人家，很是颓然了些。

为免李湉湉跟她炫耀，她躲了许久，偏偏从周夫人话头里得知李夫人相中了她，于是斗志昂扬起来，虽然不屑于讨好李湉湉，但她也懂得暂时避其锋芒。

李湉湉支起手，从发髻上抚过：“家里商行上月从京都回来，哥哥特意嘱咐，给我带了这支赤金牡丹扇钗，瞧着可还行？”

茂密齐整的飞仙髻，富贵花纹的首饰，只既然用了掌盘大的金饰，就不必在鬓发上坠云纹篦，失了自然简单，过于匠气雕琢。看破不说破，周敏自衣下抽出白纺绸绣黑蝴蝶的手绢，掩住嘴笑道：“知道将军疼你，我没好兄长，你就会显摆给我看。”

有李轸这样年轻有为、手握兵权的哥哥，一直是李湉湉胜过众人的地方，她笑道：“有什么稀罕的？你若喜欢，等他们再去，知会一声，京都什么流行的样式没有？”

若叫周敏拿李湉湉的手软，往后处处捧着她，那是万万不能。只是一想到母亲的话，若想进李家的门，李湉湉不但不能得罪，还得好生稳住，周敏便不好落她面子。

邱书慧瞧两人捐弃前嫌，你好我好地摆出一副虚伪样子，便一阵牙酸。她心里暗恨，分明是她先相中的李家，说好了帮忙，她的好表妹倒自己巴结起李湉湉了。她“扑哧”笑道：“表妹先儿还跟我说过，只有那些没什么根基的破落户，点子见识没有，穿的戴的使劲儿堆金聚银，只怕不能显出他家的富贵。”说完她的眼神往李湉湉头上斜瞅一眼，“我不是说湉妹妹，你们瞧瞧，二姑娘这一身青葱的颜色，配上头上这清淡的海棠玉簪，倒难得清极雅极。”

李楚楚看了邱书慧一眼，后者仿佛没察觉有什么不对，仍旧痴痴地笑。周敏和李湉湉早变了脸色，事已至此，解释反倒欲盖弥彰，周敏淡淡道：“表姐何必狭隘至此，殊不知再美的装饰给街上那些乞儿，也不过是明珠暗投。反过来，真正的美人，就是披麻布着粗棉，也叫人过目难忘。湉湉品貌难得，只有她方不辱没这一身锦绣。”

邱书慧嘴皮扯了扯，也不敢过分得罪李湉湉，便闭上了嘴。李楚楚遭了这一场无妄之灾，唯恐邱书慧再拉她作筏子刺人，坐了会儿就从后头长廊下去，七拐八拐，拾阶躲进楼馆。

后台临着小湖，长廊围绕，流水清幽幽的，成串的鲤鱼蹿过，游进岸边的芦苇荡。小溪是从外头引进来的，潺潺的细流注进池子。李楚楚将鱼食一分为二，扔进湖里，鱼儿一闪而过，没了踪迹。

她正专注着自己手头，连身后来了人也没发觉，因此被人一把揽进怀里时，被吓了一跳。

“是我。”

熟悉的嗓音，熟悉的怀抱，李楚楚轻吁口气，可嘴上偏偏和他作对：“是旁人倒罢了，是你才叫人害怕。”

“嗯？”李轸有些不满，含住嘴边嫩白的耳垂用虎牙尖磨了磨，“我又是什么恶人，还让你避如蛇蝎了？阿楚，好好说，想好了再说。”

耳朵烧红，暖色如滴入水中的红墨晕染开，李楚楚“哼”了一声，小声道：“人来人往的，给人看见了。”

“那没人的地方，你就依我了？”

李楚楚的脸也开始发烫，李轸搂着人，钻进馆里深处，继续发难：“阿楚还没回答我。”

这地儿虽时常没人来，但也令李楚楚胆战心惊。高大的身躯压下来，将娇小的倩影笼罩得一丝不露。李楚楚恼了：“就是奸恶之人也有惧怕的时候。谁会像你？软硬不吃，油盐不进。”

李轸埋下头，抵在她额头上，低声笑道：“不对，你说得不对。”他顿了顿，声音含了一丝玩味，“谁说我不吃软的？”

李楚楚反应好一会儿，想拒绝时已然来不及。

直到时间过去许久，李楚楚闭上眼睛，靠在李轸身上，任由他打理妥当。

“我送你回去？”餍足的声音略显沉哑，格外诱人。

“前头在宴客，我还得过去。”此时李楚楚的喉头干得厉害。

“不去了，你也不喜欢。”他软软地蹭着她的鬓角，温存至极。

李楚楚摇摇头，礼不可废，她也不想把把柄递人手里找不自在，李轸便半扶半抱地将李楚楚送到外头。

如月早已候着，李楚楚理了理衣裳，扶了扶鬓发，横了李轸一眼，丢下他在后头闷闷地笑着，去了上院。

吃完饭，李夫人唤人将李轸请来，隆重地将周家母女介绍了一番，尤其表现出对周敏强烈的喜爱。她拉着周敏的手关怀备至，意有所指道：“也不知我有没有这个福气，敏敏这孩子不错，您若给了我家，便是我亲女儿，断断不能委屈她。”

周夫人喜上眉梢，李家虽有这个意思，却未遣媒人来，自家也不好上赶着提及此事，她只是淡淡地笑着不接话茬儿。

李轸坐在下首，修长的袍子包着精瘦的腰杆，凌厉的气势内敛，如巍巍雄山捉摸不定。他语调轻慢：“那母亲恐怕没那个福分，儿子觉得唯有妹妹那样世间难寻、独一无二的方能入眼。”

虽然觉得哥哥夸得人脸红，李湉湉却极受用，她欢呼一声，抱住李轸袖子，跟兄长亲热得不行。

李夫人霎时沉了脸色，顺着李轸的目光，阴阴瞪了李楚楚一眼。周夫人母女讪讪的，也闹不明白这小将军是在开玩笑还是在婉言拒绝。

送走了客人，李夫人狠狠摔了几尊上好的绿玉杯。后听平嬷嬷说李纤纤求见，她本不想见，可想了想，又唤了她进来。

张姨娘等了李楚楚一日，得知她在李夫人处待客，只好暂且按捺着性子等着。晚些时候宴会散了，她忙出了门，在李楚楚院子门口堵住人。

如月本想上前去，让张姨娘明儿再来，李楚楚拦住了她。她也明白张姨娘为着什么来找她，横竖有一场气要生，躲不过去。

避开了人，张姨娘愤愤道："你是如何想的，你可还是我肚子里爬出来的？我若成了二夫人，少不了你的好处。我也不指望你们姐妹给我挣多少尊荣，我自己可以争取来的。你赶紧去给大爷交代清楚，他答应了我的事还轮不到你插手。"

李楚楚揣着袖子，立在复廊下，晚秋的森凉气息升腾起来笼罩在周身，她的声音里也没一丝暖气："姨娘说笑了，说是不靠我，若真没我，你这二夫人又有谁会在意？"

得知李楚楚拒绝提她当二夫人，张姨娘气得七窍生烟："了不得，我十月怀胎，没有功劳也有苦劳，生了你出来就是给我添堵的？姑娘如今大了，不将我这亲娘放在眼里，早知你我生疏成这样，当初哪怕得罪夫人我也将你留在身边。只恨我没个好出身，也斗不过人家，可怜见的，竟亲生闺女也不待见了。"

张姨娘如今倚仗李楚楚的地方多着，不敢得罪她，只能挟着生育之恩，摆摆苦处，逼李楚楚不阻拦她罢了。

谁知她说了半日，嘴皮都说干了，李楚楚却不为所动。张姨娘真的急了："咱们母女一体，我若地位高了，于你有利无害，你倒是怎么想的？”

李楚楚转过脸来，说道：“这件事姨娘不必再提，纵使成了二夫人，总有失势的一天。若我没了，你又能长远多久？”

张姨娘定定地看了李楚楚一会儿，不知怎么想的，抹过脸去便走了。如月看张姨娘脸色奇差无比，气哼哼冲出去，有些担忧。

李楚楚道：“不必理会。”

李纤纤从李夫人院子出来，不知谈了什么，有些志得意满。张姨娘气急败坏，在屋里又骂又吵，拿着小丫鬟撒气。李纤纤气定神闲地开始煮茶，姿态悠闲，纤纤素手在深紫的茶具衬托下越发白净，将杯子推向长桌对面。

张姨娘一屁股坐下，将对李楚楚的不满发泄了一通：“你姐姐我是指望不上了，到底我没养过她，她的心自然不向着我。不替我打算便罢了，人家没说什么，倒是她推三阻四。”

“我早跟你说了，二姐性子软，怕得罪人，不会替咱们打算的。平常显不出来，有事了你就知道，如今又如何呢？”李纤纤嗤笑道，仿佛早知今日。

张姨娘捶胸顿足，越想越气，李纤纤拍拍她的手：“方才夫人答应我，我若替她办成一件事，便给我这个数。”她伸出掌心比了比。

“你如何能信她的话？还不如亲近你二姐。”张姨娘惊疑不定，她和李夫人斗了半辈子，没人比她更了解对方。那是个口蜜腹剑的人，手段狠厉，与李夫人讨什么不异于与虎谋皮。

李纤纤冷冷地笑着，慢条斯理地将煮沸的水提下炉子。她还想那么多做什么？她只知道，李楚楚分明得到了最好的，却总是摆出一副令人讨厌的虚伪样子。

张姨娘被李纤纤冷森森的眼神唬住了："你莫胡来，那一位不是好相与的，你跟她求什么？偷鸡不成蚀把米还是小事，最怕的是把自己搭进去，让人家得了好处。"

"姨娘怕什么，你当夫人让我做什么？她如今最想的不过就是分开二姐和大哥。这个家里谁能违背大哥的意愿逼他做什么？二姐又叫他护得滴水不漏，除了倚仗咱们，她还能如何？"李纤纤凉凉地咧唇笑开。

经过李楚楚阻止她成为二夫人的事，张姨娘也认定李楚楚不怎么可靠。但张姨娘还是不放心："那也不能折了你二姐，好歹是你亲姐妹。"

李纤纤垂下眼睛，盯着杯中被水冲击得旋转茶叶，仿佛盯着一只垂死挣扎的蚂蚁："放心吧，她可是我亲姐姐，我自然不能亏待她。"

天气越来越干冷，纷纷扬扬落了几场雪，寒风像刀子似的刮得人脸上生疼。继邀请周家母女见过李轸后，李夫人陆续又请了周夫人几次。碍于李轸一直不松口，李夫人也不敢轻易许诺，周夫人得不到回应，渐渐就淡了心思。李夫人不死心，请了好些家夫人姑娘相看，李轸总不冷不热的，便是族长夫人带来的人也入不得他的眼。

圈子里早有人暗暗观望，总要瞧瞧到底什么样儿的天仙能入小将军的眼。不久便有不成体统的流言，说是李轸瞧上府里的一个丫鬟，宠爱有加，唯恐委屈她，不肯成家多出个当家主母来管她。

李夫人早已上上下下告诫过，不准下人传些有的没的，一旦在外头听到什么，抓到出处来，便要严惩当事人。

先前一个值夜的婆子，说是上灯后看见大爷似乎进了后院，在二姑娘门前不见了踪迹。她早上提了一嘴，晚上便和当闲差的男人、亲戚一道被撵了出去，也不知是被发卖了还是赶去了别的庄子。

李夫人仿佛叫李轸犟得没了脾气，她没机会拿李楚楚如何，便只当李楚楚不存在，平常能不见便不见。前儿姜家请了官媒送了聘礼来，李夫人高兴地招待来人，更没空理会她。

李纤纤也消停了，平常见到李楚楚就不冷不热地处着，话也不多。日子一下过得平静又踏实，好像人人都忘了她。可李楚楚却总觉得安不下心。

屋里炉子上滚着沸腾的水，空气里弥漫着暖甜的香味，丢下红笺，李楚楚揉了揉眉心。李轸随便披件外衣，从背后靠过来揽住她。

李楚楚没理会他，换了个姿势坐着，捞起簿子一页一页认真翻看。他手不老实，总喜欢轻轻摩挲她细软的腰肢。李楚楚道："你瞧这个人如何？洁身自好，长得也算周正，二十岁中举，很不错了，日子好过，家财也不少。"

李轸眯着眼睛，凌厉的脸庞因着此刻也变得柔和："这些人家里都不错，依李纤纤的身份，只有人家挑她的份儿。"

"还是要你亲自去说，人家自然看重她。这一个如何？比之前那个更好些，就是远了点。"

李轸被她推开脸，索性擎住她的手把玩："我有个更好的人选，跟咱们家里近，人跟我相交许多年，如今好歹也是个总兵。他家里人口不多，安稳得很，李纤纤嫁过去必会让她当家。"

李楚楚眨眨眼睛，等着后文。

李轸似笑非笑道："你认识的，难不成这么快就忘了林家？"

乍然听人提起，一闪而过的陌生让她一时想不起那个人。李轸却曲解了她的沉默，心头酸得冒泡："果然舍不得吧，呵。"

李楚楚被他捏痛了，用力抽出手。李轸抓着不放，脸上的柔和褪去，重新武装起冷淡。她无奈道："乱讲什么？我只是一时没想起来罢了。"

"是没想起他那个人，还是没想起那些你侬我侬的日子？

"也是，人家多好，温柔儒雅，比我不知讨人喜欢多少。

"哼，可惜了，这么个好人便宜了旁人。"

李楚楚扒拉住他的手："你不必试探我，我对他从没有旁的心思。"

李轸漆黑的眸子静静地望着她，手上用力把人拖进怀里，道："我不信，毕竟某人连一支簪子还妥善保留着。"

李楚楚睁大眼睛，不想他连这个也知道。她瞟了一眼榻上的收纳箱，李轸捧过她的脸，翻身将人罩在身下，温热的唇压上来。

她双手撑着，找借口劝说："你伤还没好妥呢，先前在院子里就险些裂开。"

"多久的事了，还惦记着……"

说话声消了，从床帐缝隙里泄出一丝春光，潋滟火热。

半个时辰过去，如月在外头听见传唤，转头出去，戚嬷嬷已早早等在耳房里。如月端着盘子进屋，一只白皙如玉的手隔着帐子接过了碗。

"乖乖喝了，对你身子好。"

“等会儿。”李楚楚如今也知道这药于她身子无害，不过她此时实在提不起力气，指尖仿佛还蹿过电流，酸软得慌。帐子里传来低低含笑的男音，女子气哼哼地埋怨，调笑似的喁喁情话。戚嬷嬷冷着一张面孔，手心攥着，埋头盯着地面。

一口气喝了半碗，李楚楚咂咂嘴，嘟囔道：“味道有点不一样。”

李轸接过去轻轻嗅了嗅，戚嬷嬷头皮一紧，忙道：“这几日用得勤快，这是新买的一服，头一碗药呢，味道确实重了些。”

李楚楚脸上烧起来，她软绵绵地拧了李轸一把，不准他再问。李轸握住她的手，沉声道：“端来我瞧瞧。”

戚嬷嬷退下去，将李楚楚日常用的药端上来，李轸就着勺子翻出药渣，仔细看了一会儿，倒是没发现什么异样。

戚嬷嬷将药又端回后房，将两个火炉收起来，把药罐装进红木小柜藏好，处理干净屋子才回了前头。

瓷玉的回字水纹碗静悄悄地搁在桌上，青烟丝丝缕缕地散进空气。李楚楚近来清闲得很，张姨娘自那之后就不再寻她，李纤纤也不大过来，李夫人则是忙着送李湉湉出嫁。

如月送上药来，李楚楚抿了一小口，喝了一半就不再碰。如月欲言又止，李楚楚安抚道：“不是打听过了，说往后就喝一半，没事的。”

“也是，是药三分毒。”如月将窗户打开，通了通风，“外头热闹呢，说是那头又来了人，商量送嫁路线来了。”姜家本家不在此处，送嫁的队伍在路上要走半月才能到。

外头一个丫鬟从窗根下走过，眉眼普通却充满英气，肩背打得笔直，走起路来带风，与深闺中的丫头无半点相似。

“银环适应得还好吗？”

如月看了一眼：“人是个冷淡性子，也不爱说话，我瞧着倒挺好。”

银环是李轸前些时候出门送进来的人，会些拳脚功夫。家里原先经营一家镖局，两年前送镖过大连山，路遇悍匪，一家死绝，李轸带兵路过时救下了她。她跟在李轸身边报了仇，后来就留了下来，说是要报恩。

她一般在李楚楚外出的时候寸步不离地跟着，再加上话少，来了将近半月，她也只跟如月称得上熟悉，平常也不跟底下的婢子们扎堆。

想到李轸走时也没交代什么话，几日不见，李楚楚竟有些想念。

李楚楚手上捏住杯子，声音轻得如月险些以为自己幻听。

“若是……若是真的在一起，会有人，哪怕一个人放过我们吗？”

如月愣怔了一会儿，来不及放下掸子就走到李楚楚跟前，说道：“奴婢不懂什么道理，只知道既然选了自己想要的，又何必在乎旁人的眼光？踏上了独木桥，阳关道上的侧目真的要紧吗？”

李楚楚反问：“不要紧吗？”生活在人群中，被舆论包围，他们承受得住吗？

“那倒是大爷重要，还是不相干的人重要呢？姑娘，奴婢僭越，大爷走了九十九步，能想的都想到了，姑娘怕的他也放在心上，从不肯放弃。你只要给他一个态度，往后再难也受得住。”

他的辛苦她清清楚楚，他竭尽全力就是为了让她活得轻松些。

只是，一旦踏上那一步，便是步步维艰，如履薄冰，再无回头路。

望着院头上晴朗的天空，干燥的空气里飘着小雪，忆起那道将她紧紧护在身后的身影，李楚楚的心头忽然浮出前所未有的暖。

“姑娘想大爷了。”如月偷笑。

李楚楚摸了摸面颊，将脸埋进皮毛的手套里，只露出一双鼓溜溜的眼睛。如月道：“想来也快回来了，大爷出门已有几日，昨儿柱子回来，说是他们刚刚往潼关走了一趟，今儿又去了柏林。”

年关过得匆忙，外敌趁机多次袭扰，狼烟四起，李轸便只得在外头奔波。临近李湉湉出嫁的日子，他方带兵回来。

这一日小团圆，族里的几位夫人过来添妆，李湉湉闺中待嫁，李夫人领了李楚楚和李纤纤在席上陪酒。酒过半巡，李楚楚退了下来，如月撑着她半边身子。

李楚楚捂住心口，只觉得火燎般闷得慌，走了没两步，肚子里一股反胃感涌上来。晚上她本就没吃多少东西，这下全吐了。她的脑子蒙得厉害，如月喊着喊着她便人事不知了。

今年的天气似乎总迈不过那道坎儿，连绵一个月的小雪之后，天空像破了个窟窿，鹅毛大雪接连下了三日不断。一眼望去天地间银装素裹，积雪足有一尺多高。

好些地方闹了雪灾，难民成群，各州县守官奏疏像雪花般飞向京都，却迟迟不见援助赈灾的指令。关外敌军对内地虎视眈眈，整个西北防线常有冲突。蓟州凤阳府甚至突然冒出一支起义军，一路横冲直撞，像火球一般滚过来，沿途村镇惨遭烧掠。消息传过来，即便延平有威名赫赫的李家军驻守，也人心惶惶，不可终日。

“了不得，多少年不见一回的凶年，说是郊外好些庄子都给那些逃难来的抢占了，若是进了城还有咱们的活路？”

“没那么严重，咱们小将军好歹手上攥着兵马，真有什么事，李家要走谁拦得住？”

“上头人要走，自然有人护着，咱们就不一定了。”

“你若真怕，立时就逃去，也没人拦你。”

“这怎生说？不过闲唠嗑罢了，将军自然不会丢下我们。”

一股不安萦绕在每个人心头。延平作为西北的门户，是个军事要地，一旦有任何战事，都必然最先被冲击。

李楚楚靠在柱上，听底下婆子嘟嘟囔囔胡乱猜了一会儿。她的目光望着漫天的飞雪，视线所及不见异色。她伸手接一片雪花，等它慢慢融化在手心。如月将大红斗篷搭在李楚楚身上，裹紧领口：“姑娘如今不比先前，好生保重才是。”

如月一想起昨儿大夫诊断的脉象，寒气便从脚底蹿起。若不是大爷时常给姑娘用的药是调养身子的好东西，不然姑娘早已病入膏肓。戚嬷嬷当真好大的胆子，竟敢用虎狼之药害姑娘。

“好在是慢性药，用的时间也短，请个好大夫好生调理，肯定能恢复。”

如月扶着李楚楚进门，眉心又聚起来。戚嬷嬷痰迷了心，大爷待她恭敬有加，连她的儿子也被安排进军营亲自带着，她怎会如此？如月忧愁地瞅瞅李楚楚的小腹，大概换过来的药没有避孕的效果，现下也是一桩麻烦。

“天下熙熙，皆为利来。大爷也算戚嬷嬷半个儿子，她却能狠下心背叛他。叫银环走一趟，我有事问问戚嬷嬷。”李楚楚微垂着眼，窗外的白雪照在脸上，看着清清冷冷的，竟有三分阴郁的模样。李楚楚脸上那刚知道怀孕时的震惊慌张早已不见了踪迹。

“姑娘？”如月忧心得很，她怕李楚楚惊惧过重，憋在心里生出病来，“您如今……身子重，还是等大爷回来……”

李楚楚抿直唇角，半晌轻轻抬起脸，声音飘忽得很：“傻如月，我让的还不够多吗？若他们狠心一点，一不做，二不休，直接一服药治死我，大爷回来守着一具尸体，便是叫他们陪葬又怎么样？”

况且延平如今内忧外患，李轸诸事缠身。她难道还要拖后腿，等着他回来救吗？她是懦弱，李轸时常捏着她鼻尖，调侃她像只小野猫。殊不知，为了在乎的人，小野猫也能变成豹子，敢碰它的东西，它就敢抓花你的脸。

一想到她可能没守住姑娘，如月就浑身一冷，牙齿忍不住打战，心境更复杂了。如月出去后，李楚楚肩膀耷拉着，轻轻抚住肚子，似乎还在梦中。

“戚嬷嬷失踪了，今日一早我就去她房里找过，人去楼空，我又派人去她家里看了一眼，邻居家婆子说，她昨天晚上急匆匆回去，打了个照面就再没见过人。”银环满脸不悦，还没人神不知鬼不觉地从她手里逃脱过。

李楚楚却仿佛早做了准备，一点也不意外：“先前身子养得太好，戚嬷嬷那服药才喝下去就生了反应，这才使得计划败露，否则她不会逃得那么快。不过……”

毒害她对戚嬷嬷没半点好处，不用想也知道这件事是谁指使的，如月恨恨道：“等大爷回来，就算戚嬷嬷不在，也一定要严查到底。”

发生了这样的事情，如月等人再不敢叫李楚楚碰大厨房出来的任何吃食，只叫柱子从外头请了厨娘，在院子里单独开伙。除开闻不得膻腥味儿，李楚楚没任何不适，只是听不得如月等人讨论孩子的话，似乎一时还没能接受。

如月以为经历这一遭之后，李楚楚又恨上了李轸，心里干着急，也不敢提及孩子。

一日，众人安安静静用完一顿饭后，李纤纤来了。

李楚楚端着碗清汤，目不斜视，李纤纤在旁边的椅子上坐下，饶有兴致地盯着她的肚子好一会儿，笑道："二姐好福气，有了这么个宝贝，便是要金山银山，大哥也愿意捧到你面前哄你开心了。"

李楚楚不为所动，慢条斯理地用完半碗汤。李纤纤最恨她这一副波澜不惊的做作样子："说起来，你还得感谢我呢，若不是我找了戚嬷嬷，你先前吃的那药还不知什么时候停呢。"

李楚楚抽出帕子，揾了揾脸，轻叹口气，温声道："我还记得你刚生下来时，我偷偷溜进姨娘院子去看你。你那么小，那么软，我当时就喜欢你，姨娘将你护得紧，我明知道她不会让我接近你，但也拿出我最好的东西想给你做生辰礼。"

李纤纤冷笑道："你最好的东西还不是大哥给你的？三个姐妹里，也只有我从不曾得大哥一点宠爱，说是喜欢我，我想跟大哥玩，你却一次次把他拉走，你可真是为我好。"

那个时候，李夫人和张姨娘斗得如火如荼，李纤纤与李轸一起玩是戳了双方的肺管子，如何不叫人拿来做文章？她护着她，原来是阻碍她了，李楚楚轻笑："你是怎么活得如此天真的？"

大概从小活在父母的庇护下，眼里全是春花烂漫，后宅的龌龊阴私哪里看得见？

李纤纤以为李楚楚是在嘲讽自己蠢，登时怒不可遏："不要以为就你最聪明，夫人再怎么说也是大哥亲娘，有朝一日你们对上，他一定会选你吗？我等着你一败涂地。"

"我前几天还在看哪个青年好，想给你说个好人家，殊不知……"李楚楚声音慢吞吞的，轻轻吐出几个字，"原来是自作多情。"

李纤纤恼羞成怒，眼眶发红："我根本就不需要！谁稀罕你的施舍？你不过是个虚伪的小人罢了。"

李楚楚再也忍不住笑出声来，仿佛从未认识过般看着李纤纤半晌，眼神彻底冷下来："我能走多远不知道，但你恐怕要大祸临头了。夫人做了些什么，你比我清楚。大爷回来，为了撇清自己，你猜夫人会怎么做？"

李纤纤麻木地盯着李楚楚一开一合的嘴唇，脑袋渐渐冷静下来。戚嬷嬷畏罪潜逃，整个李府都是夫人的天下，她自己也确实参与其中，留下的把柄不止一星半点，李夫人为了稳住儿子，只会把她弄出来做替罪羊。

李纤纤猛地一颤，终于有些怕了，李楚楚方才的冷漠眼神已经表明不会再护她，那她要怎么办……

李纤纤木愣愣地走出来，一步也没停。她不能求李楚楚，恨了这么久，若奴颜婢膝地求人，之前的努力坚持到底算什么？李纤纤抬头吸气，看到平嬷嬷，忽地发起抖来。

平嬷嬷咧嘴笑着，声音仿佛索命的冤魂："姑娘出来了，叫老奴好等。请吧，夫人等着呢。三姑娘串通戚嬷嬷在府里行这等鬼魅心思害人，还请去夫人跟前分辩个清楚。”

李纤纤忽地打个激灵，行动比心思快，翻身就朝里面跑：“二姐，姐……呜呜……”

几个粗使婆子手疾眼快地按住李纤纤，平嬷嬷掸掸袖子，说：“端碗吃饭，放碗骂娘，二姑娘若不是个蠢的，哪里还敢沾染你？识趣点，在大爷跟前都认了，夫人还能给你条活路。”

自李纤纤走后，李楚楚便坐在窗前，望着火舌飞舞的炉子，半晌不言语，如月有心引她说两句话，李楚楚却不接话，过了一会儿才道：“如月，你说就有那样的人，一点亲人缘都没有吗？”

如月知道姑娘为李纤纤的所作所为伤怀，讷讷的没了言语。李楚楚轻轻抚着肚子，珍重的大哥阴错阳差成了枕边人，喜欢的妹妹恨不得她去死，姨娘……还不如没有这么个人。

李楚楚喃喃说：“我不信。”

她神色温柔至极地凝视着小腹，那是她最后的亲人。

如月隐隐觉得有些不对劲，李楚楚近来好吃好睡，每日里也不排斥她提起孩子了，甚至对养小孩兴致勃勃。在如月提心吊胆的时候，将军终于在战事中得到一点喘气的空间，这日午后便回府了。

如月在二门上接到人，李轸身上披着半旧的百花战袍，来不及卸下腰间的宝剑，就立马安排：“去请刘大夫。”

李楚楚正在屋里插花，天气太冷，如月拦着不让她出门，丫鬟们就在院子里摘了大簇大簇的红梅花送来。李楚楚叫人翻出来一尊汝窑美人觚，修剪花枝，摆弄着插好。

她不经意往门口瞟了一眼，只见高大的影子扶着宝剑，像雕塑一样立在那里，痴痴地看着她。李楚楚眉目舒展，笑意温柔，走过去拉住他的手，将人按在椅子里，说道：“傻傻地瞧着我做什么？从哪里回来的，饿不饿？”

李轸说不出话，喉头堵着，握住李楚楚为他解衣裳的手：“阿楚，你是不是生我的气了？”他担心她不会要他了，语气里流露出一丝惶恐不安。

李楚楚有些意外，抽手去扯他腰间的系带：“我生什么气？”

李轸小心翼翼又隐晦地看向李楚楚的肚子，自责得恨不能给自己一刀，他们如今的状况根本不适合要孩子。

李轸抿直嘴唇，凌厉的剑眉没了往日意气风发的神采，犹如被抽走了一半的生气，压抑着眼底的黑暗。李楚楚反握住他的手，重叠放在小腹上，轻声道：“我喜欢他，你给我的，我都喜欢。”

李轸不可置信地抬头，眼中焕发出明媚的光亮，整个人有些恍惚。半晌后，他温柔又坚定地将她拥进怀里，仿佛拥抱住了他的命：“阿楚，对不起。”

对不起没保护好你，对不起让你受苦。

李轸声音哑涩，李楚楚柔柔地靠在他肩上，微微笑着。

“我真的没事，我不看大夫，我自己的身体我知道。”李楚楚扭着身子，想躲到一边。

李轸眉心一紧：“听话，我不放心他们给你吃了什么，刘大夫医术很好，一定能查出来。”

“我真的没事，你为什么让我看大夫，你是不是不想要他？你也觉得他不该来，你不爱他？”李楚楚鼓起眼睛，目光直直的，有一种尖锐的东西隐藏在里面。

虽然之前那药她才吃了一点，可对腹中孩子来说也是毒药。这孩子在那种境况里怀上，十有八九不会健康，如月肯定将大夫的话跟他交代了。

李轸的心一直往下沉，像是被刺了一下，闷闷地疼，他艰难地说：“我爱，我怎么会不爱？我想要他好好的，我永远爱他。咱们看看大夫，好不好？”

李楚楚盯着他好一会儿，像是在判断承诺的真假。在李轸接连的保证下，她终于放下戒心，露出手腕。李轸坐在外间，刘大夫走出来，言简意赅地说了几句，李轸认真听着，最后才道：“那孩子呢？能……要吗？”他背在身后的手，紧了又松，松了又紧。

刘大夫面容皱成一朵菊花，斟酌道：“那药里的毒发作慢，姑娘吃得少，目前已没什么大碍。只是在下也不确定孩子的情况，保险的做法还是……”

一道闪电般的目光直射过来，冻得刘大夫浑身一寒，他抬起袖子拭去额头的汗，终究是没再说什么。

李轸放轻动作坐到床边，李楚楚已经睡熟，面容红润，呼吸绵长。他的目光柔和地放在被子里女人小腹的位置，又马上移开视线，亲了亲她的眉心，起身出去了。

李夫人待在自己屋里，手上套着佛珠，正对着李老爷的牌位念念有词。平嬷嬷慌里慌张地推门进来：“夫人，大爷来了。”

李夫人侧头，平嬷嬷咽口唾沫：“大爷在那头待了半个时辰，送走了刘大夫，一刻钟前出了门，这会儿到这边来了，还往门前扔了个人头。”

平嬷嬷捂住嘴忍住干呕，扶起李夫人出了门。李夫人一眼看见地上黑乎乎的东西，侧过身子，僵着声音道：“这是干什么？”

李轸立在那里面无表情，侧影冷得像冰雕似的，心中思绪复杂。阿楚是他一辈子也不会放弃的，若有朝一日不得不跟母亲二选一，就算让他遭天谴也无妨。

“戚嬷嬷好歹也为母亲干了些见不得人的事，这就不认识了？”

李夫人转过头，目眦欲裂，即使知道儿子不怎么在乎她这个亲娘，一时也难以接受，恨恨道：“我可真养了个好儿子，你为了那个女人连亲娘也不要了？”

“母亲言重了，儿子胆子再大也不敢伤害母亲。她好好的，母亲便也好好的。”他的声音没有一丝感情，吐出的气息裹着丝丝寒气。他早知道母亲永远也不会理解他，又何曾指望其爱屋及乌？狠心点也好，他也不必手软，他们不喜欢她，他自己捧着守着就是了。

李夫人呵呵笑出声，冷声道：“我纵着你，你也别逼我，纸包不住火，一旦被宗族发现，你要受天下人不齿吗？你置李家于何地，置李家祖祖辈辈守护的基业于何地？”

“我有要娶的人，姓郑，渝州嘉兴人。母亲放心，这件事传不出去，也希望母亲容儿子一时半会儿。”李轸给李夫人吃了一颗定心丸，他总带兵在外，此次的事绝对不能再发生一次。他再也赌不起了。

得知李楚楚中毒却意外怀孕那一刻，那种血液逆流，大脑一片空白，仿佛坠入无边恐惧的感觉，他再也不要经历。

李夫人眼里迸发出喜色：“当真？”

李轸又道：“李纤纤呢？”

李夫人看他面色冷硬，也不敢过分触怒：“关在柴房，二姑娘最是在乎这个妹子，大爷舍得吗？”她是半点不心疼的，横竖都是李纤纤自找的。

李轸拳头捏得咯吱响，转身朝外走。

第八章

幻梦破灭

我会永远和你在一起，生同衾，死同椁，无论何时都不会放开手。弃了这个孩子吧。

李楚楚坐在窗前的藤椅上，膝上盖着蜜合色腿搭，头戴红缨帽子，脸上没涂脂粉。她用手撑着下颌，如月正收拾着东西，忙里忙外将屋子翻得凌乱。

银环将几个大包裹提进来放在榻上，朝如月使了个眼色，两人聚在一起，如月问道："怎么了？"

"张姨娘在外头闹着要进来。"银环道。

"肯定是为着给三姑娘求情的，心简直偏到胳肢窝去了。"如月愤懑不平道。

"大爷不准她进来，拦着就是了。"

"又骂又闹，难看得很。再者，等会儿姑娘出门总要撞见一回。"银环觉得，由着张姨娘去，府里不知会传出什么闲话来。

如月将东西一丢，往火炉子边看了一眼，李楚楚正盯着火洞里的火发呆。如月小声道："注意着，我去瞧瞧。"

李楚楚伸手端了一碗茶，又看着里头的茶叶起起伏伏。一旁伸出一只手，将茶杯夺过去自己喝了，撩起袍子往她身边的椅子上坐下："收拾得如何了？"

"快了，带些日常惯用的就行，没用的东西就装起来留下吧。"李楚楚应道。

李轸视线落在她肚子上，柔声道："感觉怎么样？他闹你吗？"

李楚楚掩嘴笑着，眼睛里盛满亮晶晶的欢喜，期待道："这才什么时候，三月都没有，哪里就能闹我？不过饮食上还是要小心些，最近吐得有点难受。”

她轻轻抚住肚子，现下她只满心期待他健康成长。

李楚楚身上笼着一层柔和温暖的光辉，是他从未见过的温柔。

李轸心口涩涩的，手上慢慢转动杯子。他想起大夫说的话，握紧了手，他绝对不能让阿楚涉险。李轸微垂着眼睛道：“阿楚，你中毒虽浅，可孩子也不知个具体情况，况且……”

他不想她将全副身心都系在孩子身上，怕她为此消磨了生气。若有朝一日孩子真的保不住，到头来终是一场空，他怕李楚楚扛不下去。

在李楚楚戒备的眼神里，他说不下去后头的话，干脆握住李楚楚的手，半跪在她跟前，艰难道：“我会永远和你在一起，生同衾，死同椁，无论何时都不会放开手。弃了这个孩子吧……”

他的声音传进耳里，李楚楚的神色从戒备再到抵抗，随后化为冷漠。她僵硬地抽回自己的手：“那不一样……”

他说会好好保护她，永远陪伴宠爱，李楚楚当然信。可李轸已经在她生命里扮演了太多的角色。她明知李纤纤不喜欢她，明知张姨娘对她也没多少爱，却还是努力靠近她们，不过是因为孤独怕了，总想在有人气儿的地方待着。

她那样渴望拥有一个和自己血脉相连的亲人，一个从天性里就和她相爱的人。

李轸摸了摸李楚楚的脸，心底一片冰凉，低声劝说：“阿楚，你就当是为了我。”

晚些时候，如月和银环将李楚楚屋里的东西收拾妥当，柱子也将马车赶到附近。李轸抱起李楚楚放进马车，自己也坐进去，随后放下帘子，隔开冰寒的世界。

李楚楚靠在李轸肩上将睡未睡，外头凄厉的喊叫忽然钻进耳里：“……我好歹是你亲娘，你要走，却连面也不跟我见，是何道理？”

李轸半搂着李楚楚，眼神冷了下来。马车外渐渐没了动静，柱子喊了婆子过去，抓着张姨娘堵了嘴，张姨娘见李楚楚不为所动，奋力挣扎开来：“二姑娘有什么气撒我身上也使得，三姑娘是你亲妹妹，姨娘求你救她一救，我只有她了……”

她只有李纤纤，那自己算什么？李楚楚转头埋进李轸怀里，外头张姨娘挣扎呜咽的声音渐渐小下去。车子朝府外驶去，李楚楚安静了一会儿，抬眼看向李轸，抿住唇却不说什么。

李轸安慰道：“宽心，我不会要她的命。”

隆冬天，道路上的雪尚未化开，寒风呼呼地打在车架子上。车厢里放了小火炉，比外头温暖得多，李楚楚还未有在傍晚出行的经历，因此，即使生李轸的气，也藏不住好奇：“咱们往后住哪里？”

“我在城东有一处宅子，你先过去住着，等战事平定，我送你去南方。”

“我去南方做什么？你也跟着我去吗？”

李轸却笑了笑，避重就轻道：“到时候你就知道了。”

等阿楚成了郑家的女儿，他便能光明正大地接她回来，到时他们便是名正言顺的夫妻。他始终坚信，那一天不会远。

住进了新屋子，安置好了李楚楚，李轸唤来王富贵。王富贵抱拳道：“三姑娘还关押着，敢问大爷打算送她去哪里？”

李轸端端正正坐在书桌前，一边翻阅着兵法，一边漫不经心地安排。王富贵听完李轸的吩咐，点点头，稳重地应道：“将军放心。”随后阔步走了出去。

李纤纤已经在李府柴房关了几日，先前是李夫人派人看着她，后来李轸回来换了人，她敏锐地察觉到这件事，要求见李轸，但并未被人理会。

她重新被放出来的这一日恰巧是一个艳阳天，阳光照在她脸上，显得她面容愈发枯槁。带她出来的人她并不认识，直到她乘着马车行到城外，李纤纤终于有了点反应。

“我大哥和二姐呢？”她的声音又干又涩。

易容过的王富贵想了想，顶多再过一个时辰，李纤纤就不会再有机会回来了，那他透露几句也没关系。于是他道：“将军带着二姑娘出去住了。”

李纤纤闻言冷笑：“可真是宝贝。”

王富贵心中不虞，冷声道：“二姑娘好歹是你的亲姐姐，也认真地替你筹谋过。”二姑娘找的那些青年才俊他也有经手，他知道那都是为李纤纤准备的。

“一个被人捧着活在云端，一个苟延残喘，艰难求生，真是好讽刺的亲姐妹。”说李楚楚拿她当妹妹，这是她听过最好笑的话。她喜欢的东西每每被抢，难道这些人都是瞎子吗？

王富贵粗汉子一个，不是很能理解李纤纤的思维，原先对她的一点同情也烟消云散。小将军做事从来讲究干净利落，戚嬷嬷敢怀着侥幸心理背叛，被发现后不但自己命丧黄泉，连一直在军营历练的儿子也没逃过一劫。

无毒不丈夫，见面前这位也不是省油的灯，王富贵闭紧嘴巴，立马赶着马车一路朝着人迹罕至的驿站驶去。

李纤纤瞧着外头不见人烟的道路，自被关以来她一直寄希望于张姨娘能劝得李楚楚饶她一回，可越等越绝望，渐渐变得麻木。但在此刻，她早已经绝望的内心逐渐变得紧张起来："你不是说送我去庄子幽禁反思？这是哪里？你不要骗我，李家没有庄子在这种地方。"

王富贵也不搭腔，只是沉默地驾车，速度越来越快。李纤纤浑身发抖，将自己缩成一团，双眼红得可怕。她猜到李轸这次是铁了心要把她送到别处，永不再见，于是猛地抬起头来，眼中的狠辣一闪而过。

车子剧烈震动，王富贵勒住马头，回头看去，灰尘中一个娇小的人影滚出去老远。他没想到李纤纤还有跳车的勇气，暗自咬牙，随后抽出腰上的佩刀，跳下车追过去。

李纤纤顾不上剧痛的脚踝，凭着一股毅力疯狂地乱跑。王富贵追得紧，很快在一处陡峭的山崖边追上了她。

李纤纤扑通跪在地上，哭着哀求："这位大哥，你放我回去吧，我姨娘手里有钱，要多少我都给你。或者……或者我、我可以伺候你，你放我回去，我绝对不会再出现在二姐面前，你放过我吧。"

王富贵不为所动，慢慢朝李纤纤逼近，李纤纤绝望地意识到眼前的人说什么也不会放她回去，她缓缓站起来，状态疯癫："我不会让你们得逞的，谁都休想就这么赶走我。李轸、李楚楚，我诅咒你们不得好死，我不会放过你们的。"

说完她转身跳下了山崖，王富贵慌忙跑过去，却为时已晚。他朝下看了几眼，见那悬崖深不见底，崖壁又陡，下不去找人，他盘桓许久，只能自己先回去。

听完了汇报，李轸久久没动。王富贵心中忐忑不安，这样一个小任务都没完成，害怕将军怪罪。李轸挥手让他下去，随后照常接见幕僚。

李轸回房间的时候，李楚楚已经快要睡着，李轸轻轻将人从藤椅上抱起，李楚楚醒了，迷蒙地看他一眼，说道："你好晚。"

李轸僵硬了一瞬："王先生和朱先生过来，商量事情有点晚。"

"你近几日每天都晚。"这感觉就像是在躲她。

李轸躲开她清澈的眸子，说道："凉州不大好，幽州守备又来借兵，事情便多了。"

他不敢叫她看出自己的念头，李楚楚很喜欢这个孩子，费尽心思想留下他。知道李轸反对的态度后，她就每天拉着他的手抚在肚子上，要他感受孩子的存在，希望唤起他的怜悯。

那是心爱的阿楚为他怀的孩子，他多想要，可是不行。即使备受煎熬，他也得把她的安全放在第一位。李轸不敢直视李楚楚的双眼，她难得这样快乐，他却不得不亲手毁掉。

"阿楚，如果你喜欢孩子，往后我们可以有很多。我们可以养好多个。"

"可他是我第一个孩子。"她低声哀求，"留下他好不好？就算他生得不好也没关系，我可以自己养，绝对不会让你看见的。"

李轸心口像撕开一样疼，他哄着宠着，告诉她他爱孩子。每日除了公务他便陪着李楚楚，慢慢软化她的态度。他想让李楚楚明白，即使没有孩子存在，她也有一个爱她胜过命的人。

可是李轸越是温柔似水，李楚楚越明白他不过是想让她放弃孩子，也因此态度渐渐冷了下来。她清楚李轸不想要这个孩子，失望至极，双方小心翼翼维持着表面的平静，却也开展着一场无声的拉锯战，终究是谁也不能说服谁。

李轸原本准备好的宅子位于城东深处一条幽静的长巷里，沿街过去的府邸低调庄肃，皆是些富户。李楚楚见自己被李轸安置在这里，也知道如今的形势不容乐观。

李轸与李夫人算是撕破了脸，若她还留在李府，再发生什么事情，他鞭长莫及。他只陪着她在这边住了几日，便被紧急的战况召了出去。

王富贵寻来的时候正是晚上，西北的形势严峻，距离延平不远的沧州忽遭重创。李轸守着延平白马关，观察着四周局势，如今已经不容他置身事外。

分别的那晚，李楚楚坚持从床上爬起来，要送他出门。李轸按住她不让，他握住李楚楚肩头，沉稳地说：“阿楚，我最迟月底回来，你一定好好想想。”

他表现出许久未露的强硬态度，即使到时候她还想留下孩子，李轸也绝对不会允许她犯险。住进这里之后，刘大夫又来过一次，对他明言李楚楚的脉象忽浮忽沉，喜脉有时甚至感觉不到。这怀相之差，说明这个孩子恐怕凶多吉少。

李轸不曾朝李楚楚透露过一句，就让她以为是他不想要孩子吧，或许她的心里会好受些。

李楚楚忽然抱住李轸大哭起来："你为什么逼我？你总是逼我，我就是想要个亲人，爱我的、血浓于水的，这样也不行？"他马上就要出征了，她不敢让他心头记挂着事。她想要孩子，却不能冒着失去李轸的风险，天意无情，她终究不能如愿。

李轸声音艰涩，喉头像被什么堵住了："对不起，对不起！阿楚，我真的该死。"

他明明发过誓要保护她的，却让她中毒，让她受苦。李楚楚哭得眼睛红肿："我只有你了，我只有你了，你要好好的。"

她摸到他身上遍体的伤痕，像下定决心一样，声音空洞而木讷："你不用牵挂我，等你回来，我就好了，我……就没有他了。"

李轸轻轻吻她脸上的泪水，哑声道："我在，我会一直陪着你，等我回来，等我回来陪着你。"

他不敢留她一个人承受失去孩子的滋味，他怕她会心疼到麻木。

李楚楚为李轸披上战袍，而后紧紧裹着披风立在灯火昏昧处，看着他渐渐走远。走到大门的台阶上时，他忽然回头。相隔得很远，李楚楚却似乎感受到了他的视线，感受到了其中的炽热与深情。这一眼看向她，便再也移不走。

"你看着我做什么？去忙你自己的事，我想一个人待会儿。"李楚楚抱紧暖手炉，对着走到哪里都跟着她的如月说。

如月勉强笑了笑，观察着李楚楚的脸色，见其没有生气的模样，就解释说："天冷，地上好些地方结了薄冰，姑娘一个人逛我如何能放心？”

将军走的时候交代过，要她好生看着姑娘，那意思似乎是担心姑娘自己一个人乱跑。如月虽然觉得他是多想，却也不敢掉以轻心。这几日李楚楚想到外面去瞧瞧，总被她以外头动荡不安为由挡了回来。

这院子小巧，很有些南方的韵致，曲廊回环，山石依水。一株蜡梅开在矮墙下，灿烈得仿佛一团火云。李楚楚伸手去摘，如月忙上前一步代劳。

李楚楚知道如月担心什么，笑道：“你未免太瞧得起我，冰天雪地，我又是个破灯笼的身子，世道艰难，我就是跑出去能活吗？”说着她叹了口气，很有些遗憾。

既然决定留在他身边，她怎么会在这样关键的时候给他出难题？她一直清醒理智，从认清自己的心后，便做好了接受任何命运的准备。

就是要走，她也会把选择权交给他，绝不会再打着为他人好的旗帜，做出任何自作多情的事。她在李纤纤身上栽一次跟头，教训是刻骨铭心的。

他要面对世俗，面对宗族，面对或有性命之忧的责问；她要面对自己的内心，面对家人，面对不知情者的恶意。谁也不比谁承受得少，这已经足够艰难了，又何必多添事端？

李楚楚扯了扯嘴角，乖乖喝了如月送上来的药，小腹中的寒意退散了些。如月端了蜜饯给她，李楚楚摇头，推开了。

她轻抚肚子，神色柔和，如月端着碗站了半晌，深吸口气道：“姑娘，您不要怪大爷，刘大夫早说了，孩子……保不住的……”

“我知道。”李楚楚轻轻道。如月闻言，一时怔住。

没人比她更清楚她自己的身子，小腹时不时若有似无地抽痛，底下偶尔溢出的丝丝血迹让她早就明白，这个孩子恐是保不住。

李楚楚闭起眼睛，吁出一口气，她早已认命，不过就是想趁着这些日子多跟他待些时候。

如月依照李楚楚的要求，找了经书来给她抄写，见她每日看书习字，闲了就对着肚子说说话，从未有任何出矩的举动，如月稍稍放心了些。

张姨娘自从李楚楚出来后，来找了好几次，不用想也知道是李夫人故意透露了李楚楚的住处。如月几人并不想李楚楚见到张姨娘，可也不得不把消息报上去。不过，李楚楚倒是一次也没见过。

她如今疏远着张姨娘，佯装成一副撕破脸，老死不相往来的样子，李夫人本着敌人的敌人便是朋友的心理，或许就不会怎么为难张姨娘。既然不能接她出来，李楚楚也只能用这么个迂回的法子确保张姨娘性命无忧，其他再多的她不能也不想帮张姨娘了。

外头的消息一日一变，唯一能确定的是，这次的动乱是“神仙打架，小鬼遭殃”。京都几位皇子争权，正斗得如火如荼。西北形势与别处不同，既不能卷进党派的纷争，又要确保驻地安然无恙，李轸确实分不出精力处理其他事情。

李楚楚再见到他已是半月后，早已过了掌灯的时候，李楚楚写完十遍经书，叫如月好生收起来装在匣子里。

洗漱过后她便上了床，如月灭了桌上的烛火，将炉子里的炭密封起来温着，留下绰灯放在床头，还没走出门，如月就又进来了。

李楚楚坐起来，听如月说大爷回来了。李轸一身风霜，如月和银环忙安排人抬进来热水。等他洗完坐到床边，李楚楚方回过神。

如月将炉子烧起来，送进来吃食摆上桌。李轸眼神热切，头发上湿气萦绕，两个人许久未见，这次见到竟然一时不知该说些什么。

李楚楚穿好衣裳起来陪他吃饭，抱着手炉坐在桌子一旁。李轸如同几日没吃过饭一般，大口大口地吞咽着，吃相一点不斯文，李楚楚看得咽起口水，李轸见状停下筷子，说道："你也吃一点。"

李楚楚拦住他不让喊人："我不饿，你赶紧吃。"

他又吃了一口，看向她的目光沉甸甸的，隐含怜惜："你又瘦了。"

吃完饭，如月将东西收下去，李轸等头发干了后，牵着李楚楚坐进床里。屋里人都懂规矩，早早退了出去，只留下他们两人。

李楚楚扶着李轸的脸，发觉他面部的轮廓越发分明，眉骨如隐藏了锋芒的山峦，眼神深邃，像旋涡一样令人不可直视。

他说她瘦了，却不知他自己才瘦得厉害。两人面对面坐着，仔仔细细地看着对方，李楚楚压低声音问道："这一次回来待多久？"

"明日就走，带兵去阴山关，路过延平，兵马都驻扎在城外。到下月中旬，我能回来几日。"他轻声道。

李楚楚沉默了一会儿，说："今日夫人来过了，下月十三李湉湉出嫁，你回来送吗？"

李轸没说话，李楚楚柔柔地靠在他的胸口，嘴角勾着，眼底却没有笑意："我想下月十五……送他走，那一日你回来好不好？"

李湉湉十三出嫁，李楚楚要他十五再回来，一来一去送嫁便不能了。李湉湉是李夫人的心肝肉，嫁的姜家也是鼎鼎有名的世家，家族里人丁兴旺。李湉湉没有哥哥撑腰送嫁，过去后的日子不会好过。

李轸收紧手臂，将李楚楚整个圈在怀里，想说些什么，但一切想法终究只化成一声“好”。李楚楚枕着李轸的手臂，孤衾冷被因为他的存在温暖起来，熟悉的暖香熏得人昏昏欲睡。

她小声跟他说着话，说她在家抄了多少经书，还想去买个无名牌位供着，燃一盏长明灯，李轸都一一应下来。

李楚楚攀着他的肩膀凑上去，四瓣嘴唇相贴，她如柔软的藤蔓缠上李轸。

他早已沦陷，坚定地拥住她。

落了几日的雪，天空终于放了晴，窗外白茫茫一片，映得屋里一室明亮。李楚楚没事跟着如月绣帕子，李夫人派人来找过几回，说有事与李楚楚商量，李楚楚没见。

今儿那边又来了人，如月听完禀报，起身准备出去打发人。李楚楚叫住她，想了半晌交代道：“叫她回去说一声，大爷下月十三回不来，十五才能到家。夫人早些准备好，可别误了大姑娘。”

李楚楚端着汤碗吹了吹，一口气喝了个干净。

独居府中，不知岁月。李湉湉在出嫁前几天找过来，李楚楚拦着如月，唤人将李湉湉请了进来。

李湉湉本就是个娇惯的性子，一听李楚楚拦着大哥不给她送嫁，立时便炸了起来，要来找李楚楚算账。李夫人好说歹说拦住了她，答应她一定会让李轸按时回来，然而派出去了几拨人，始终不见李轸消息。李湉湉等不住了，就瞒着李夫人自己跑了出来。

李楚楚慢条斯理地站起来，微微笑道：“大姐姐怎么过来了？有失远迎。”

李湉湉满眼厌恶：“你好不知廉耻，勾引大哥就算了，如今还敢给我使绊子。就算你缠着大哥又如何，我是他亲妹妹，他迟早向着我。”

李楚楚把玩着腰带上的穗子，身上披着的衣裳微微掀开，肚子就显了出来，她的微笑，在李湉湉瞧来却像是挑衅。

“那可不一定。”

李湉湉目眦欲裂：“你不只要毁了我，你还要毁了大哥，你好歹毒。”

李楚楚冷冷地看向李湉湉，轻描淡写地说：“那你母亲呢？我原本并没有想跟李轸一直纠缠，是她设计我怀孕，叫我陷入两难的境地。她是不是更歹毒？”

“我母亲是为了大哥好，你要是还有点自知之明，就该早点去死，别污了我大哥的英名。”她自知道李轸和李楚楚的事后就有点不能接受，如今见李楚楚竟然怀了大哥的孩子，更觉得世界都崩塌了。

她大哥是世上顶好、顶有本领的人，怎么会跟李楚楚苟且？所以一定是李楚楚不知廉耻，为了荣华富贵报复母亲、勾引大哥。

李楚楚挥退了一直在身边守着的如月等人，走近李湉湉：“既然你大哥对你那么好，你也一定愿意为他牺牲对不对？战事紧张，他分身乏术，不给你送嫁也能理解。”她眼里闪烁着微弱的笑意，饱含着算计的火焰微微发亮。

可惜李湉湉看不出来，她只觉得李楚楚的讥讽令人难以忍受。她双目通红，从小到大还没这样生气过。

“是你不让大哥给我送嫁，你故意想叫我丢脸。”如果大哥不给她送嫁，姜家一定会看不起她的，那么多姑嫂妯娌，她怎么受得了那些异样的眼光，怎么能低人一等？

“我不好过，你也别想好过。”

李湉湉怨毒地看了她一眼，恶向胆边生，一把推向李楚楚。如月等人听到李楚楚的惊叫声后，立马冲进了屋子。

混乱过后，李湉湉脸色大变，忙趁没人注意的时候偷偷溜走。好在大夫来得及时，李楚楚没什么大碍，只是孩子到底没保住。

如月跪在床边，手上端一碗黑乎乎的汤药，忍着泪道：“姑娘，喝一口吧。”

李楚楚脸色苍白，嘴唇上没有半点血色，睁着眼睛倒像失了魂似的。大夫走后，如月和银环帮李楚楚换了衣裳，那被血浸湿的衣裙看得如月心里发凉。姑娘该多疼啊，她分明好喜欢那孩子。

即使早知道保不住，也不该是以这样的方式送他走。李楚楚手心贴着平下去的小腹，抽痛的感觉还很强烈，这是她该受的，她终究拿孩子去谋了前程，她要好好记住这痛，孩子就是这样疼的。

如月以为她失去孩子会心灰意冷，怕她起了轻生的念头，开始日夜不离地守着。李楚楚不喝药，如月就一直温着药，等她想通。

“姑娘，你别这样，大爷知道了也不好受，奴婢叫柱子去传信。”

如月没走两步，被李楚楚拉住了袖子，她转头去看。李楚楚用虚弱却坚定的语气说：“不准去。”

李楚楚不知道如月最后有没有通知李轸，傍晚的时候，李轸已站在了院子里，背影萧条，一身风霜，仿佛浑身的力气都被抽干。

他空洞的眼神望着李楚楚的屋子，却没勇气迈出一步。

如月一看两人都仿佛丢了半条命的模样，险些哭出来，三言两语便和李轸说了李湉湉找过来兴师问罪，发起怒来推了李楚楚的事。

李轸足足在院子里站了半个时辰，一言不发，细细碎碎的雪花铺满他的肩头。如月站了一会儿就冷得受不了，想请李轸进屋，李轸却转身往外走去。

李湉湉跑回家，连忙找了李夫人。得知她竟然推了李楚楚，对方还流产了，李夫人心里便咯噔一下。她恨铁不成钢地瞪了李湉湉一眼：“我怎么就生了你这么个一点算计都没有的蠢货？她那孽种本就保不住，如今却栽赃给你了。”

李湉湉慌张得手都在颤：“那怎么办？是她先算计我的。哥哥会生气的，他一定会生气的。”

李夫人道：“你回你的房间去，横竖再过两日就出门了，瞧在我的面上你哥哥也不能怎么样。”

被李夫人安抚了一通，李湉湉心里好受了些，她待在自己屋子却越想越气，身边的大丫鬟连滚带爬地跑进来，一脸惊恐地说：“姑娘，大爷过来了。”

“哥哥回来了？”李湉湉先是一喜，随即想到自己做的事，“回来就回来了，你慌什么？”

丫鬟欲言又止，没来得及说话，李轸已经一脚踹开门进来了。看清李轸面如罗刹的一张脸，李湉湉立马蔫了，咽着唾沫站起来：“大、大哥。”

“哪只手？”

“什、什么？”

“你哪只手推了她，还是说两只手都推了？”他的眼神比窗外的积雪还冷，似乎要将她生吞活剥了。李湉湉突然就怕了，身子抖起来，眼泪不争气地涌出眼眶，但她还不肯服软：“她活该，谁让她拦着不让你给我送嫁。姜家会笑死我的，到那时我怎么立足？”

李轸扯了扯嘴角，李湉湉被他浑身的寒意一激，拔腿就朝外跑去。跑到院子中间时，她慌不择路，雪泥地一滑，整个人栽进结了薄冰的池塘。冰冷的湖水从四面八方涌过来，将她淹没。她胡乱扑腾着，死亡的恐惧将她团团包围。下人听见动静后，忙从四面八方赶来救人。

李夫人来迟一步，扑到池边，捶胸顿足地吼着，催促下人去救人。天冷池深，等折腾半天将李湉湉救上来时，她已经昏死过去。

李夫人早已没了往日贵妇人的优雅矜贵模样，钗环散乱，号啕大哭：“那是你亲妹妹啊，你这是要为娘的命啊。湉儿知错了，你快去找大夫呀，我再也不干涉你了！为娘求你了还不成？”

李夫人没想到儿子会如此看重李楚楚，早知今日，她绝对不会明着用手段对付李楚楚。

李楚楚蜷缩着，虚虚地捂着肚子，只在没人的时候才敢愧疚地失声痛哭：“对不起，对不起……娘对不起你……下辈子你再来，我一定好好补偿你……”

她把脸埋进湿透的枕头里，哽咽声几不可闻。有人坐在床边，小心翼翼地拥她入怀，坚定厚实的怀抱有熟悉的味道。那人把脸埋进她的颈窝，就这样听着她的哭声，好一会儿才沙哑地开口：“阿楚，你怪我吧，别折磨自己，吃药好吗？”

李楚楚的眼睛红肿得厉害，不大睁得开，连烛光也觉得刺目。恍惚间她突然想笑：“你回来了？”她好像犯错的孩子害怕被责怪一样，“他走了……我还没做好准备，我想好好送他的。至少让他离开我也不是孤魂野鬼，投到好人家去。我没保护好他，他一定怪我了，以前我在梦里梦见过，小小的，软软的，那么乖，如今他不理我了。”

李轸仿佛被人捏住了心脏，痛得弯下腰：“阿楚，求你……别说了……求求你……”

夜深了，月上中天，庭院内明亮静谧，却笼罩在沉痛的气氛中。书房里黑暗空洞，没点火炉子，冷得冰窖一样，桌前的影子端端正正，一动不动枯坐了许久。

王富贵担忧地看了看紧闭的大门，小将军日夜奔袭，已经三日不曾合过眼，今日早晨在跟王、朱两位先生商谈军情时忽觉心头绞痛，脸色煞白。

他什么也没交代，只说了一句家里出事了，便将一切事宜托付于副将，赶回家中。如今他一天一夜滴水未进，就算是铁打的身子也受不住。

王富贵轻轻推开门，擎着烛台走过去：“将军，事已至此，望节哀。小少爷也定不忍心将军和姑娘如此伤怀。”

烛光在夜风中飘忽，忽然照亮桌台上的一块水痕，王富贵一怔，反应过来，一个大男人也不由得热泪盈眶。小将军个性刚强，当初老爷身死，内忧外患中扛起整个家族的重担时，他没哭；最交好的世家不肯拉一把时，他也没红过眼眶；从鬼门关走一趟时，他也不曾掉过一滴泪。这是有多伤心，还不敢在姑娘跟前表露，只得一个人躲起来舔舐伤口。

王富贵喊了一声“将军”，李轸将头往里一偏，嗓子哑得快发不出声:“出去。”

第二日早晨，天才蒙蒙亮，王富贵就找了过来:“如月姑娘，将军在书房里待了一夜，几天几夜没合眼了。今儿晚上他还得赶去军营，您倒是帮我劝劝。”

如月看了一眼李楚楚的屋子，心头酸得很:“这到底是怎么了？”

李楚楚静静地听完如月的话，吩咐她拿衣裳，把自己裹得严严实实，叫人抬着自己到了书房门外。木门“咯吱”一声被打开，温暖的阳光照得满室生辉，李楚楚默默地走到李轸身后。

她望着他消瘦的背影好一会儿，缓慢而坚定地抱住他，声音很轻:“我只有你了。”

李轸缓缓抬起僵硬的手抱住她的腰，脸埋在她的脖子上，良久才开口:“我也只有你了。”

“往后，我们都好好的，好不好？”

“好。”

两个人紧紧地抱住彼此，仿佛对方便是自己的全世界。

这一刻，两个孤独而倔强的灵魂，在无数次撞得满身伤口后，终于勇敢地直视内心，找到那个同样遍体鳞伤却最契合自己的另一半。

时局动荡不安，李轸只能在家歇一日，李楚楚睡了一觉起来，就又到了分别的时候。王富贵早早将马喂好，吃过饭就来等着小将军。

他们好不容易心意相通，还没来得及对彼此说什么话就要分别，但在这样特殊的时候只能放下儿女情长。李轸恋恋不舍地贴着李楚楚的脸，说道："过些时候京都会来延平一拨特使，我尚且不清楚他们的底细，就安排柱子带人保护你。阿楚，等我回来。"

李楚楚也忧心忡忡起来："严重吗？"

近些时候，京都争端越发浮在台面上来，李轸听那边传来的消息，有些不好的预感。几位皇子都想拿下西北的兵权，纵使李家选择置身事外，也难保不受波及。

李楚楚目送李轸在夜色中跨上高头大马的身影，待马蹄声远去，这才回身。

刚刚小产，相当于还在坐月子，她坚持站了一会儿，已经有些受不住。

外头的事情李楚楚叫人留意着，知道这次过来的乃是圣上极宠爱的一个皇子，这个时候到西北，也不知是会帮李轸还是会害他。

那位皇子一过来，便夺了守备府的权柄，之前按兵不动的延平一下被拉入战争中，彻底发挥了交通要道的作用。兵马、辎重运输来来往往，一时城内人心惶惶。

李楚楚听完银环打听来的消息，想了想，还是叫两人收拾好东西，谁知这位皇子什么打算。听如月说，即使这样紧张的时刻，李湉湉还是带着嫁妆被姜家接走了。

过了几天，又传来一个不好的消息，出使凉州抚慰兵马的三皇子竟然意图谋反。李楚楚倏然一惊，当即也顾不得身子抱恙，赶紧叫人准备了车辆。

柱子虽不知姑娘打算干什么，但看她那样严肃焦急，也就不敢怠慢。一辆朴素的马车悄悄停在李府的后巷子，银环四处看了看，压低声音说："姑娘，没人。"

李楚楚轻吁一口气，喊柱子过来："你能联系到将军吗？"

柱子一脸菜色，也想不通怎么回事，回道："不能，近日城内戒严，不准随意走动，我与将军的联系断了。"

李楚楚早料到会这样，招过柱子交代了几句，越听柱子脸色越白："姑娘说的是真的？"

"明摆着的事，你就这样说与夫人，她会听的。"

既然有造反的言论传出来，不论真假，当下各方的焦点便是兵马。整个凉州，唯有李轸重兵在握。

不管是谈判还是威胁，李家都是李轸的软肋。李楚楚不想让李轸为难，也只好摒弃前嫌，冒一回险，通知李夫人。

柱子知此事不可轻视，当即悄无声息潜进了李府，找到李夫人说明原委。李夫人当家太太做了这么多年，不可能一点危机感也没有，立即也察觉了李家的危机。

趁着那边还没有反应过来，李楚楚先搬离了临时住的院子，也没告知李夫人自己的去向。因为暂时出不了城门，她就居住在柱子一个表姑家里，整日深居简出，将养身子。

银环装扮成一般的小贩娘子，在外行走打探。这一日带回来个不好的消息，李府果然叫人秘密包围了。李夫人踪迹不明，很快就有人查到李楚楚的院子，好在人去楼空，并没有叫他们找到什么。

“好在姑娘聪慧，早早察觉躲了出来。若叫人拿去威胁大爷，小的、小的万死难辞其咎。”

柱子急得团团转，好在大爷给他留了人，护着姑娘躲起来不成问题。就怕那边铁了心拉拢李轸，一定要找出姑娘和李夫人。

他们这一群大男人留在这里也很扎眼，被人发现是迟早的事。他越想越觉得留在城里不安全，说道：“还是小的送姑娘出去吧，小的表姑这里也不是什么隐秘的地方，顺藤摸瓜迟早能找过来。不如趁着手里还有几个人尽快出城，我们就是拼死也不能叫姑娘落在那些人手里。

“小的已经查过，西城门的把守最为单薄，且离守备府最远，出了事也不一定能及时调兵。小的带人假装抬轿子出城，银环姐姐趁乱掩护姑娘离开。”

“还缺个人呢，奴婢可以扮成姑娘坐在轿子里，有人来查也能抵挡一二。”如月自告奋勇，要为送姑娘出城的任务出一份力。

李楚楚却摇头：“不行，我若叫人抓住，凭着身份好歹能保性命无忧。你们若被抓去恐怕会凶多吉少。”

外面的情况已经刻不容缓，搜查的官兵正挨家挨户地找着几人，暴露只在旦夕之间。几人都劝李楚楚早日离开。

“哪个缺了良心的，把姑娘的画像卖给那些人？走动一步都难。”如月愤愤道，她甚至怀疑是李夫人为了转移视线使的手段。

柱子头一次不再嬉皮笑脸的，勤恳地劝说：“姑娘不必担心小的们，我们有拳脚功夫在身，逃脱也是很容易的事。”

李楚楚沉吟片刻，仔细与几人商讨好了细节，最后道：“如月跟我一起，她什么都不会，我不放心。银环，辛苦你一趟。”

如月眼眶热热的，看了李楚楚一眼，想说什么，却没有说出口。

银环说道："我倒是没什么，只是姑娘身边没人保护，恐怕不妥。"但在李楚楚坚持下，她最终妥协了。

等到了一个雪雨停了的好日子，李楚楚换上一身褐色粗布衣裳，脸也裹在头巾里遮得严严实实。如月同她一样的打扮，两人先到了城门附近躲着。

天气肃寒，城门口来往的巡逻护卫不少，远远走来一支队伍，护卫将翠青绸车围得滴水不漏。城门守卫头子迎上去，要求查看，双方争执起来，守门的士兵也赶了过去。

李楚楚和如月瞅准时机，径直向城门走去，却见笔直的大道拐角处行过来一队人马。打头的青年戎装加身，高冠束发，神情凛然。

李楚楚看了一眼，连忙低下头，拉下巾帕掩住半张脸。如月也是一惊："怎么会是他？"李楚楚马上拉住如月快速朝城门口移动。

林安生看了一眼纠缠在一起的官民，驱马朝前，突然一抹熟悉的影子一闪而过。再回头，面前的两拨人已经纠缠在一起，险些打起来。

李楚楚和如月混在队伍里，离城门越来越近，她抽空瞟了一眼贴在一边的画像，与她本人有五分相像。她深吸一口气，手上抓紧了包裹，两个官兵对比着画像看了又看。

虽然如月在她脸上做了修饰，与原本的模样相去甚远，李楚楚还是捏着一把汗。如月摸出几两银子，往检查人手里一塞，赔笑道："官爷见谅，我这妹妹自小烧坏了喉咙，不会说话，又怕生，家里老人家撑不住了，我们赶着回去见最后一面，求您通融。"

在对方不耐烦的目光下，两人离城门越来越近，眼见离逃出生天只有一步之遥，后面忽然传来一声怒喝："站住。"

李楚楚一惊，只当没听见，继续往前走。林安生驱马挡住道路，李楚楚抬头看向林安生熟悉的眼神，心里一叹。

林安生将李楚楚带回了他在延平的临时住处，见李楚楚面色苍白，人也虚弱得很，就请了大夫来。他听闻李楚楚不久前小产，不由得微微愣住。

丫鬟婆子将屋里收拾得很是舒适，还准备了热水给她沐浴。李楚楚坐在梳妆镜前，任由婆子给她擦头发。

她向婆子打探："林将军送我过来，打扰嬷嬷了。"

婆子道："不打扰，这府邸本就是分给林守备暂居的。"

"守备？"

婆子斟酌片刻，觉得既然是府里人都知道的事情，没什么不能说的："林守备原是陇西太守府的东床快婿，这次随军前来协助使臣办事。这些个大事我一个内宅妇道人家也不清楚，只听说金城守备带人跑了，是以林将军暂代此位，多的就不清楚了。"

李楚楚微微一笑道："多谢嬷嬷，嬷嬷家主人是谁家？我在此叨扰，还未拜见，实在失礼。"

"我家主人姓冯，林守备夫人的二祖家便是我家本家。"

这位冯嬷嬷也不知是没被人交代过还是实在坦荡，竟然对李楚楚知无不言，李楚楚也便知道了自己的处境。稍稍一推敲，她便明白了，林安生岳父投靠了三皇子，连带着林安生也为三皇子做事。

如今他暂居的地方乃是冯家府邸，冯家主人早先便举家迁去了陇西，只留下粗仆守家。能准备得这样充足，想必三皇子的谋划他们一早就知道。

李楚楚叹了口气，只觉得事到如今，多想无益。吃过饭，林安生过来了。李楚楚喝完药，静静地坐着也不说话。林安生自己撩袍子坐下，李楚楚起身去奉茶，冯嬷嬷连忙接过去，人也去了外间。

“你打算将我如何？”李楚楚开门见山地问。

林安生哑然苦笑：“不过一年多没见，就这样生分了吗？”

“还没恭喜你，既得良缘，又居高位。”

林安生默然片刻，他想解释这一切都是因为母亲苦苦相逼，为讨她老人家欢心，他也拒绝不了。他当时分明打算求她等他的，但发觉了她与小将军的事，就明白自己已经没有希望，还不如随波逐流将就着。

虽觉难以启齿，林安生还是关心地问：“是小将军的孩子？”

李楚楚不语，林安生觉得分外不舒坦：“我分明记得你当时不愿意，甚至频频示好于我。”

“我确实不乐意，若是乐意，这孩子也不会半路夭折。”李楚楚故意将话说得含糊，引导林安生以为她与李轸还是针锋相对的状态，这样他或许就不会拿她去威胁李轸。

李楚楚轻轻抿住唇，柔弱的气质尽显：“我本来想趁乱出城，找个谁也不认识我的地方好生过日子，如今……也罢了。事已至此，看在相识一场的分上，我不愿再见李轸，林将军可愿意帮我这个忙？”

林安生却狐疑得很——李楚楚既然与李轸剑拔弩张，今日他带她回来的时候，那些护卫为何发疯似的要将她抢回去？那些护卫个个都是一身功夫的好手，比起三皇子身边的护卫也差不了多少，瞧得出来，她被人护得死死的。

李楚楚似乎看出来他的怀疑，捏住帕子，眼眶通红地说：“他自然不肯放我走，还派了许多人监视。”

林安生终究还是被她的温柔骗过，不愿引她伤怀：“你好好在这里住着，不到万不得已……你自然不会见到他。”

李楚楚心里一沉，柔柔弱弱道：“多谢，只是还有一事劳烦林将军。如月乃是我贴身丫鬟，在我身边好几年，将军可否让她过来？我如今这个样子，也走不到哪里去。”李楚楚掩嘴轻咳，几日奔波，身体确有些受不住。

她倚在门前，看着林安生远去，一副欲言又止又恋恋不舍的模样。冯嬷嬷看在眼里，只当李楚楚是林安生放在这里的外室，态度便有些轻慢了起来。

冯嬷嬷这态度正合李楚楚的意，想来是为避着节外生枝，林安生并没有向其他人解释她是什么人。冯嬷嬷等人只知道她于林安生而言较为重要，李楚楚便引冯嬷嬷往歪了想，看管一个外室总比看管俘虏松些。

晚些时候如月过来了，李楚楚安抚住她，主仆俩也只能相依为命了。林安生很忙，一日只能过来一回，坐上两刻钟便走。她至今没见到什么大人物，唯一的解释便是他们还没联系上李轸。

她希望林安生永远别联系上李轸，若她真成了他左右为难的筹码……

殊不知，李轸从柱子等人处得知她被林安生抓住的消息后，就快马加鞭赶过来了。延平已是三皇子等人的囊中之物，驻扎着大量叛军，李轸是朝廷军队中的主要将领，三皇子料定他绝不敢单枪匹马前来，谁知他却早已潜伏进了城。

柱子接下李轸的马鞭，跪地谢罪。李轸没工夫计较，忙问道："他们把姑娘关在哪里了？"

"冯知州那座空府邸，重兵把守。"柱子低头羞惭地回答。

"和里面人联系上了吗？"

"前两日我们的人扮作送菜的，接触到如月，说是姑娘不大好。林安生每一日都去瞧姑娘，留的时间越来越长……"柱子顶着巨大的压力说完。

李轸面色狠戾，只恨不能立刻飞奔过去将阿楚夺回来。他的阿楚，林安生他怎么敢？

冯府内，已经到了掌灯的时候。林安生今日坐的时间特别长，闲话聊完就是沉默地坐着。他轻轻叹口气，面容温和起来，近日来的疏离感全然消散，仿佛又变回了一年前那个害羞内敛的林副将。

"楚妹。"

这个称呼一出，李楚楚便攥紧了帕子，故作温柔地看着他，仿佛两人是无话不谈的至交好友。林安生忽然又陷入了沉默，良久他笑了一声，目光灼灼："以前我命不如人，喜欢的从来不敢争取，失去了很多东西。如今我跟着三皇子，只等他荣登大宝，我便可青云直上。"他比较过，三个皇子之中，只有三皇子文韬武略，身怀雄霸天下的气魄，偏偏他身份太低，不占嫡不占长，与他何其相似。

“恭喜。”李楚楚道，“届时，林伯母和冯家都会为你高兴。”她暗暗提醒他是有家室的人。

林安生却面色一沉，轻笑了一声：“我不喜欢冯七娘，我给了她身份，给了她满府独此一人的地位，可我却没办法爱她。”

当初冯七娘先喜欢上了他，要死要活非君不嫁。

成亲时，对方知书达理，面容娇媚，身份上也是他高攀，他想过好好跟她过。适应了一年，夫妻间相敬如宾，从没红过脸，可他总觉得少了些什么，但也还能忍受。只是再次见到李楚楚那一刻，他心里有什么东西坍塌了，内心的不甘如同一只无形的大手攥住了他的心脏。

凭什么他要委曲求全？他如今有身份有地位，辛苦了这么多年，不就为了欲望和自由吗？他明白他还喜欢李楚楚，还想要她。林安生眼神赤裸裸的，叫人招架不住：“楚妹，如今你自由了，一年前我们相谈甚欢，我可以感觉到你也对我有意。我、我想……”

李楚楚浑身一寒：“当初我对你并没有非分之想，惹你遐思，实非我愿。”

林安生却并不在意她撇清关系，毕竟她情愿与否于他问题都不大：“等联系上小将军，若他愿投靠三皇子，你便可回到他身边；若他不愿，于你绝对不是一件好事，到时候只有我能保你。楚妹，你要想清楚。我明日再来。”

第九章

改天换地

楚楚眼睛一下子就模糊了，她又急又气，恨不得立时冲到李轸面前打他一顿，他怎么敢？行军打仗，刀剑无眼，他怎么就敢轻轻松松发那样的毒誓？

“姑娘，怎么办？”如月听李楚楚讲完经过，惊恐地问。她万万没想到，再次见到林安生，对方竟然变成这副模样。

李楚楚摇摇头：“前几日柱子派人进来，商量得怎么样？”林安生虽将她囚禁，却并不担心她能凭一己之力逃跑。平常府里就几个婆子丫鬟，巡逻的护卫松散，但据柱子观察，府外安插了好些人手。

“里头的事情柱子都知道，如今只怕大爷也来了，肯定会想办法救姑娘出去。”

李楚楚有些担心，这些日子过去半点风声也不曾听闻，十有八九三皇子拉拢李轸一事已经失败。那么她就是他们手里唯一的筹码，李轸若真来救，只怕凶多吉少。

李楚楚将如月招过来，仔细交代了几句。晚些时候，是惯常为府里送补给的时刻，李楚楚找借口留下冯嬷嬷等人，吩咐如月去厨房做些麻花饼。

冯嬷嬷搓搓手道：“我们在这里歇着，倒叫如月姑娘忙去，守备大人知晓了可不好交代。”

李楚楚帕子掩唇笑道：“嬷嬷一日工夫不得闲，这会儿只管受用，林守备来了有我呢，我是个嘴刁的，那馋虫只有如月的手艺才降得住，说来也不干你们的事。”

冯嬷嬷便退下，自去了。李楚楚便在这里等着如月回来，可左等右等仍不见人，多半个时辰过去，好不容易把如月等回来了。李楚楚忙把人拉进屋里，小声道："见到了？说什么？"

如月学着她的模样压低声音："大爷昨儿偷偷潜进城来了，已经在外头放了消息，说是他在金城公干呢，晚些时候三皇子带了大量驻兵赶过去，延平只剩了林安生。"如月凑近李楚楚耳边接着说，"晚上子时，大爷便过来接姑娘出去。"如月深深看了李楚楚一眼，李楚楚正恍惚着，并未察觉出其中深意。

"姑娘，你跟大爷走到现在不容易，往后要面对的还很多，两人可千万要一条心。"

冯嬷嬷将她看得很严，想必林安生嘱咐过，就连她睡觉的时候都守在附近，想走得神不知鬼不觉，还有些难度。想到这里，李楚楚道："你这丫头，这时候与我说这些做什么？大爷既然要过来，外头那些人咱们怎么打发呢？"

如月眼泪像滚珠儿似的止不住："这些日子过得忙忙乱乱的，一直没机会和姑娘好好说说话。我就是想你两人这样不容易，往后能一直在一处就好了。"

李楚楚帮如月擦干了眼泪，如月却仿佛许多话再不说就来不及似的："姑娘你是个嘴硬心软的，往往说错话伤了大爷，自己又后悔。人的心禁不起伤害，大爷对你是舍不得，你也得为着他想，说句大不敬的话，我冷眼瞧着，大爷比姨娘和三姑娘不知好多少。"

李楚楚抿唇道："我知道，我如今也明白的，你放心吧，我再也不跟他闹脾气。"经历这么多事情，她又不是真傻，谁真的待她好，闭着眼睛也感受得到。

如月又哭又笑："这样就好，就好。"

“哭什么？咱们马上就能出去了。”李楚楚心头沉甸甸的，总觉得如月今日不同以往。

如月又道：“想我小时候遇到那样的灾荒，险些死在人肉锅里，天大的造化遇上大爷，捡回这条命。蜜罐似的日子过了这些年，也足够了。”

“高兴傻了？咱们在一处，总不会叫你吃糠咽菜。”李楚楚安慰道。

“我知道，姑娘是我的贵人。等出去后，我还要跟着你一辈子。”

李楚楚盯着如月好一会儿，见她心态是真的放松，也不像有什么瞒着的样子，只能先搁下。主仆俩心惊胆战地等着，掌灯之后，便如往常一般躺下。

谁知冯嬷嬷却突然进来通禀，说林守备请姑娘去前头一趟。如月立马看向李楚楚，神色充满担忧。李楚楚握住她的手，安抚地捏了捏，道：“这会儿晚了，有什么事明日再说也不迟，烦嬷嬷再跑一趟。”她猜想，林安生怕是耐心告罄了。

经过这些日子的相处，林安生对李楚楚的态度中暧昧里带些尊敬，冯嬷嬷便想李楚楚恐怕有什么要不得的身份，不单单是林守备外室那般简单，自然不敢怠慢。

只是这会儿林守备要见李楚楚，她也不敢传话去拒绝，觉得有什么事还是叫主子家自己解决为好。冯嬷嬷催促再三，李楚楚想，这一趟怕是非去不可了。

如月隐晦地拽着李楚楚的袖子，轻微摇摇头，李楚楚脱开她的手，小声道：“你在这里等着，我马上就回来。”

她若是不过去，反而会将林安生引过来，万一撞上李轸，只怕会功亏一篑。如月眼见李楚楚被冯嬷嬷引去前头，心急如焚。

她早就打算好，晚上睡觉之前，她与姑娘换个位置。到时候冯嬷嬷守着的是她，大爷带人进来接姑娘出去，一切风险最小。偏生出这样一个变故，若是姑娘回来晚了或者林安生强行将人扣下，可如何是好？

李楚楚却不似如月那般着急，她跟着冯嬷嬷走过熟悉的小院，到了林安生暂时落脚的院子。冯嬷嬷亲自将李楚楚领到门前，做了个请的动作。

李楚楚深吸一口气，抬步进去，林安生正在屋里，厅屋中间摆着梨花八仙方桌，上好的酒菜铺满桌面。

见她来了，林安生微微一笑，亲自请李楚楚落座。他倒满两杯热腾腾的黄酒，自己先喝了一杯，道："我以为你今晚不会来。"

李楚楚不想惹怒他，只想全身而退，淡然笑道："林守备盛情相邀，我怎么有不来的道理？"

"你一定要跟我这样生分，连叫一声名字也不肯？"

李楚楚拢袖而坐，一言不发。林安生也不在意她说不说话，自言自语起来："你还记得第一次见我的时候吗？肯定不记得了，我少年时一直跟在小将军身边，有他那样惊才绝艳的存在，谁还会注意我？你小时候不爱说话，大姑娘强势，三姑娘怯弱，你夹在中间每每哄得两头都开心，我在你身上总能看见自己的影子。见你又温柔又可亲，我就渐渐将你放在心里。我总在想，你一定是老天见我可怜送来陪我的，所以我刻苦上进，以期光耀门楣，有朝一日能得到你，不承想……"

他忽地嗤笑一声，几杯酒下肚，面色泛红，眼睛却愈发明亮："小将军啊，他什么都得到了，为什么连你也要跟我抢？我当时被他打倒在雨里，躺在地上我就在想，我不甘心，我要向上爬，至少要比他官高一级。”

李楚楚沉默不下去了，盯着虚空，语气认真地说：“你误会了，没有他，我也不会跟你有什么牵扯。我当时接近你便是为了摆脱他，后来我不忍心拖你一个无辜之人下水，是以你走了，我反而松了口气。”

她不知道李轸找过林安生打架，也就无从劝解。林安生眼含讥笑，端着酒杯轻晃：“今日我找到一个李家旧仆，名叫秋月，楚妹，你猜她与我说了什么？”

秋月是李纤纤的贴身大丫鬟，李楚楚心上一紧。林安生猛地砸掉手上的杯子，碎片溅飞，李楚楚感觉脸上一疼。她还没来得及摸一下，林安生就一步跨过来，掐得她胳膊生疼，满眼戾气：“你说自己没接受小将军，可他为你顶着李夫人的压力不娶亲，为你跪祠堂，发毒誓，说非你不娶，拦着你不让嫁人，你还怀他的孩子。你说这是为什么？”

李楚楚迷茫片刻，越发困惑：“什么发毒誓？”

林安生轻笑一声：“小将军果然用情至深，祖宗都敢违逆，报应全揽在自己身上，唯恐你被迁怒。知道他说什么吗？他说是他一直强迫你，有什么报应冲着他去，就是战死沙场、死无全尸、葬身鹫腹，也无怨无悔。”

李楚楚的眼睛一下子就模糊了，她又急又气，恨不能立时冲到李轸面前打他一顿。他怎么敢？行军打仗，刀剑无眼，他怎么就敢轻轻松松发那样的毒誓？

林安生看李楚楚心疼到无以复加的样子，戾气一起，将她推到榻上，气道：“我也喜欢你啊，从小就喜欢的，你怎样才肯看我一眼？”

李楚楚只当他胡言乱语，直到林安生开始剥她的衣裳，她终于忍不了了：“我真的没有喜欢他，孩子也不是我自愿怀的。既然你找到了秋月，就该知道是李纤纤设计我怀了孩子。我不想要，所以即使他生气，我也……也偷偷弄掉了孩子。”到了这个时候，若要两全，只能先稳住林安生。她在心底对李轸说了声抱歉。

“你别这样，我相信你的感情，我就是被强迫怕了，所以一时接受不了。给我点时间，适应之后，你这样好，我会爱上你的。”她紧紧揪着衣裳，恳切地看他，那模样确实怕极了。

林安生抬起头，清醒了一点。他是真心喜欢她，并不想逼着她接受：“真的？楚妹，你不会骗我？”

李楚楚闭着眼睛摇头，趁机道：“你明知道我一直被他强迫，现在你也要用这种方式得到我吗？你真的爱我吗？”

林安生慌了，连忙爬起来：“对不起，我以为你在骗我……”

李楚楚摇头，低声道：“你送我回去吧，我有点累。”

好不容易让她软了态度，林安生也不想将事情搞砸，答应了送她回去。两人一前一后走到李楚楚的院子门口，她准备进屋时，林安生忽然道：“楚妹，你想清楚了？”

李楚楚不解，迎着月光看向他，她只觉得林安生的脸色此刻诡谲难辨，仿佛刚才与她致歉的不是一个人。

虽然不明白他想表达什么，可若此刻接受，今晚势必会发生什么。李楚楚只好故作为难地说道：“你让我好好想想可以吗？”

见到李楚楚进门，如月喜极而泣，连忙将人接进屋里。

“你真的和他们商量好了吗？三皇子真的带了大量兵马走了？”李楚楚回到屋内，心头的不安愈发沉重。

她越想越觉得，林安生方才待她的态度不像胁迫，更像在逼她选择。

如月虽不知李楚楚为何心生怀疑，却知道大爷今晚一定会来，为了避免节外生枝，便道：“不会错，大爷亲自交代柱子传了消息，姑娘安生等着就是了。委屈姑娘，晚上奴婢睡你那儿看着冯嬷嬷，您睡外头，大爷来了径直就带你走。”

李楚楚心头一跳，更加不安了：“不行，我走了，你怎么办？”

“姑娘莫急，到时候你一走，谁还顾得上我？事后柱子会带人进来接我，我们都说好了。”

李楚楚再三确认，也就接受了如月的建议。时辰一到，李楚楚便先上了床，冯嬷嬷早先吃了些酒，已经是醉醺醺的，见李楚楚睡了，也就进了隔壁歇下。

过了一会儿，听隔壁传出轻微的鼾声，如月悄悄走进来帮李楚楚穿好衣裳，自己躺到了榻上。她拉住李楚楚，说了一声“保重”。

李楚楚在如月屋里等着，如坐针毡，四周鸦默雀静。她瞪大眼睛盯着窗户，忽然听到小声的异动，李楚楚立马拔下头上的簪子紧紧握着。

见到熟悉的黑影摸进来，李楚楚激动得想哭，李轸在黑暗中如同猎豹一般敏捷，娇小馨香的身子撞进怀里，他本能地一把抱住。

“阿楚，我来了。”他紧紧搂着怀里人，一遍又一遍亲吻她的头发。

“你终于来了。”李楚楚眼眶滚烫，他不在的时候，她要费尽心机才能保全自己。此刻她才发觉，在他身边，她什么都不用怕。

二人没工夫缠绵，李轸改抱为牵，将李楚楚护在身后。出了房门，外头接应的几个人个个神色严肃，紧盯着四周。见柱子在最前头，李楚楚正要问什么，忽见院子外头火光冲天。

院子大门被人一脚踹开，林安生带人冲了进来，整个小院被围得水泄不通。林安生盯着两人紧紧牵在一起的手，冷笑一声："将军好胆魄，明知殿下布下天罗地网等着你，也敢来。"

李轸不屑搭话，冷冷地看了林安生一眼。他本来传了消息出去引开三皇子，谁知傍晚时分，城内忽然多出来一支上千人的兵马。

即使明白林安生恐怕已经从某处得知他的踪迹，但这一趟他也非走不可。林安生转向李楚楚道："楚妹，我给过你机会的，事实证明，你让我失望了。不过，美人总有特殊待遇。"他朝李楚楚伸出手，"过来，即使小将军不投靠三皇子，我也可保你性命无忧。"

院子墙外围满了弓箭手，林安生身边的长枪士兵严阵以待，一眼望过去有上千人。李楚楚往李轸身后躲了一下，李轸不屑地笑道："阿楚是我的，就是死也只会和我一起。"

林安生深吸一口气，他配合李轸将三皇子诓去金城，为的就是亲手将他诛杀。

"只要小将军愿意将楚妹留下，三皇子前我一定美言，良禽择木而栖，贤臣择主而事，若三皇子君临天下，你我封王拜相指日可待。"

李轸扬起下巴，寒光森然的眼睛如一把出鞘的宝剑："虚伪，有我在，你还想封王拜相？"

林安生额角青筋直跳，他深深地看了李楚楚一眼，见她被李轸侧身挡住，沉声道：“放箭。”

柱子等人护着李轸和李楚楚退回房里，外头箭如雨下，射破窗户、房门，飞进屋里。李轸手下的人反复向正门冲杀，仍是寡不敌众。

李楚楚藏在李轸怀里，尽量不添乱。李轸轻轻在她耳边问：“怕不怕？”

她抬起头，露出一个从未有过的好看笑容，回道：“不怕。生同衾，死同椁，我们说好的。”

李轸狠狠亲了她一口：“好阿楚，我舍不得你死。”好不容易得到她的心，还没让她过好日子，就这样死了，他真舍不得。

李轸深深看了李楚楚一眼，仿佛要将她永远刻在心里，随后将人交给王富贵，嘱咐道：“护好姑娘，出去后按照定好的路线去武都。”

她知道他要离开她了，于是死死攥住他的手，哽咽着摇头：“你别丢下我……”

他却表现得极自信：“乖乖的，出去等我。”

“你真的会来吗？”

“会。”他的语调沉稳而坚定。

李轸长剑一挽，一脚踹开大门，速度极快地朝林安生冲去。林安生早等着他，提剑向前，二人长剑相接。王富贵半分也不敢耽搁，朝李轸出去的方向磕了一个头后，带人护着李楚楚从侧门冲了出去。

两日后，李楚楚在武都一座隐蔽的小院子里醒来。她猛地坐起来，平复许久，才逐渐从噩梦中清醒。她掀开被子，趿拉着鞋走到窗边，河边的杨柳轻摆腰肢，春风融融。

她怔怔地盯着看了许久，半晌后有所察觉，她转过身，青色的身影站在不远处。她捂住嘴，不敢眨眼睛，怕他就像梦里一样，她一动他就不见了。

李轸微笑着张开手臂，李楚楚猛地一头扎进去："你终于回来了。"

"我答应你的。"

李楚楚却仍觉得自己在做梦，毕竟自己这两天已经做过好多遍他突然回来的梦。直至吃过饭，见他还好端端地坐着，她才敢确信李轸是真的回来了。

她紧紧牵着他的手，看了又看，等到一颗心平复下来，有心力谈其他事了，才问："如月呢？"

那天他们躲进屋子时就不见如月，李楚楚希望她先走了，见李轸沉默，她摇晃他的手，问道："如月呢？她小时候吃了太多苦，我答应她让她永远跟着我的。"

李轸避开李楚楚焦灼的目光，坚定地将人拥进怀里，沉声道："如月是个好丫头，你待她好，她知道。我……将她带回来了。"

"那我去看看她。"李楚楚想从李轸怀抱里出来，李轸却将她拥得更紧，"阿楚，如月没了……"

如月聪慧，那一日见到柱子就仔细问了一遍，知道林安生调来大量兵马对付小将军，他们几乎不可能全身而退。因此如月一进屋躲了起来，她就利用府里前一日运进来的菜油、干柴放了一大把火，扰乱了一部分兵马，李轸也得力于此，才能全身而退。只是如月最终没能趁乱出来。

李楚楚求李轸带自己去看看如月。瘦小的人躺在木板上，面目已被大火毁得看不清原来的模样，衣裳上浓重的血迹凝成了深紫。

如月没了，李楚楚心如刀割，她靠在李轸怀里眼睛哭得红肿，语无伦次地说："我答应她的，我明明已经答应她了。她那么好，都怪我，我都发现她不对劲了，劝了我那么多话……"

李轸准备将如月厚葬，可惜如月连个亲人都没有。于是李楚楚认如月为姐姐，亲自写了墓志铭，她也因此消沉了好些时候。

三皇子利用恶劣手段逼迫朝廷重臣归顺的消息传得尽人皆知。凉州都护府守将李轸因庶妹死于三皇子之手，愤而举兵讨伐的消息如飞鸟一般传进京都。

世人嗟叹三皇子残暴狠戾，不堪为君，群起响应平叛。三皇子没想到自己不但没有争取到李轸，反而引火烧身，污了自己名声，气得险些砍了林安生。

早已逃遁出来的李夫人听到消息后欢喜得直念佛。李楚楚已死，她只觉得贱人自有天收，高高兴兴地给李老爷烧了好几炷香，感谢他在天有灵收了李楚楚。

如今正值仲春时节，早晚寒凉，屋里烧了火炉子。武都地势偏南，路菜堪称一绝，李轸住在这里从来不避人，守备府尽心巴结，这一日送了一桌上好的路菜。李楚楚挑了几样李轸爱吃的，其他的叫送去前头，犒劳李家幕府诸人。

两人围坐在一张小桌上，安静地吃完了一顿饭。李轸放下筷子，转头对李楚楚道："我去前头交代些事情，回来晚了你就先睡，不必等我。”

“要耽搁多久？我叫人备些消夜送过去，也免了你忙起来不分晨昏。”

李轸眼里笑意盎然，回首撑住她的后脑，大拇指抚摸着她耳下细嫩的肌肤：“阿楚这么快变成贤内助，甚好，甚好。”语气中的揶揄十分明显。

李楚楚脸上一烫，甩起袖子抽在他手臂上：“我有事情问你，早些回来。”

如月不在了，这地方又实在陌生，李轸一走，李楚楚便闲下来，坐在凳子上发愣。此处的达官显贵虽有递帖子进来，但李轸一个没收，她自然不用出去走动。毕竟不是太平时候，她没必要白惹祸端。

院子里掌了灯，廊下的红灯笼照得院子里一片薄红。李楚楚洗漱过后就遣退了丫鬟，坐在床头看书。也不知过了多久，在她迷迷瞪瞪之际，屋里暗了下去，随后一个高大的人影欺身上来，将她扑倒在床榻之上。李楚楚嘤咛一声，清醒了三分。

床前的纱幔垂落得悄无声息，隔绝一室旖旎。李楚楚往李轸怀里蜷缩，他侧身将她整个人箍进怀里，低哑的嗓音挠在她的心上：“阿楚，我好想你……”

两人都无比满足地拥着彼此，只觉得这辈子最好的时光也不过如此了。

李轸将下巴抵在李楚楚的头顶上轻轻蹭着，呼出的气息带笑，低声道：“阿楚，刚才说的话，再说一遍。”

李楚楚脑子迷糊，问道：“说什么？”

“要不要我帮你回忆回忆？”

见他语含警告，李楚楚捉住他在自己身上不安分的手：“我说，我说。”

她缓了缓气息，认真道：“我爱你，很爱。阿楚最爱李轸，此生只爱你一人，有违此誓，不得祖宗庇护，死无葬身之地。”她在他耳边呵气如兰，轻轻道出缠绵入骨的情话。

李轸心中动容，紧紧拥住她，有些哽咽：“胡说什么？这个誓言不算。”

李楚楚转过头，鼻尖对着他鼻尖：“你在祠堂说什么？你的算数，我的就算数。”

他可以毫不在意地拿自己作赌，却唯恐她的誓言成真。李轸想开口说话，却被李楚楚按住嘴唇：“你为什么散布消息说我被三皇子害了？那我以后怎么在你身边出现，难不成你想将我养在外面？”

李楚楚既然决定跟他在一起，往后的事情她便认真想过。他们已然沦落至此，她相信李轸不会负她。即使远远地住在外面，相见不易，相守艰难，只要他永远爱她，她也可以忍受。

李轸抚平李楚楚的眉头，知道她担忧前路渺茫：“傻阿楚，我所做的一切就只是为了光明正大地站在你身边，告诉所有人，我才是你的夫婿。”

他怎么舍得将她扔在外面吃苦？他什么都不在乎，只要这一世与阿楚长长久久地厮守。

“凉州马上要乱了，我明日送你南下。下一次见面，你就是我未过门的夫人。往后世上再没有李楚楚这个人，阿楚，你记住了，你以后叫郑楚玉。父亲郑文德乃是渝州嘉兴有名的富户，乐善好施，常年行商在外，你是他大女儿，自小因为身子娇弱养在外头。”他说着，饶有兴致地笑起来，“我有一次带兵路过嘉兴，对你一见钟情，非卿不可，费心求娶，郑老爷只得将你许配给我。”

李楚楚也笑了：“你倒是编起话本来了。”

李轸幽幽叹道：“我费尽心机只想与你长相厮守，咱们这样的身份，记下来不就是话本吗？已经如此辛苦，上苍但凡有点仁心，就舍不得拆散你我。哪个笔者敢叫我心愿落空，我就敢砍了哪个。”

李楚楚笑完，心里有点涩涩的：“你什么时候找的这个郑家？万一我一直不接受你呢？”她知道，击溃人的往往不是竹篮打水一场空，而是自始至终只是一场自欺欺人的空欢喜。

“两年前就开始找了。我也不知道，我想和你在一起，但也不确定你一直不答应会怎样，我没想过……大概，会放过你吧。若你最后真的不能接受我，那远远看着你过得好，我也知足了。”他声音闷闷的，仿佛在设想那样的场景。

他那落寞求而不得的语气感染了李楚楚，她心里庆幸，还好她看清了他的爱。她把脸埋在他胸前，深深吸了口气。李轸感受到她的心疼和依赖，眼里的笑意一闪而过。

他说谎了，他才不可能放她走，此刻抱在怀里的是他的命，没了她，他没办法想象自己该怎么活。

凉州局势已经严峻到刻不容缓，表层的平静下是百姓难以察觉的诡谲风云。三皇子已经劝服镇守河东与安定的守将，并且和外敌商议求援，只要他拿下皇位便将凉州拱手相送。

消息传至京城，朝堂震怒。皇帝没有想到他的幺儿为了皇位如此不择手段，气得吐血，一病不起。

最为焦急的是在西北牵制叛军孤立无援的李轸，李楚楚过来这几日，每每只有到晚上才能看见他。到了约定好的日子，李轸将她送上马车，目送柱子和银环带着李楚楚南下。

隔着一方小小的车窗，李楚楚看见李轸坐在棕青色的高头大马上，深情地看着她。她还记得他紧紧抱着她时在她耳边的叹息，他恨不能跟着她一起走。

可是他们彼此都清楚明白，他有自己的责任和义务。他答应她会保护好延平，守好从小长大的家，然后接她回来。

不见了李轸的身影，李楚楚终于能静下心来想想往后的打算。根据李轸交代的，他为她寻的那户“新家”，人口简单。郑老爷常年走商在外，家里有一位夫人、两个女儿和一个儿子。与人都好相处，她不过就是在他家里借住一段时日，不必费心去接洽。

虽听他这样说，但她是怀着秘密而去，又借了人家的便宜，自然不敢怠慢。在将要融入新家的忐忑中过了几日，这一日傍晚，一行人终于到了渝州嘉兴。

郑家早已接触过李轸，前来接李楚楚的是郑家的心腹仆从，李楚楚当天晚上便在郑家的庄头歇下。

郑夫人安排来的郑嬷嬷初见李楚楚的时候便愣在原地，银环觉得不妥，上前挡了一步才叫她回神。郑嬷嬷激动得很，满面笑容，一面连声道着失礼，一面将李楚楚迎接进去。

进了临时收拾好的院子，郑嬷嬷打开房门，矮身道：“今儿委屈姑娘先住这里，明儿便能回家了。”

听她说“回家”，李楚楚心里倒有些触动。她一直以来视李轸、张姨娘和李纤纤为家人，却到现在没个真正的家。不想远在千里之外，她还能“回家”。

“劳烦嬷嬷。”

“姑娘言重了，都是分内事。”

郑嬷嬷唤来家里的婆子丫鬟，当着李楚楚的面吩咐：“大姑娘身子弱，如今总算归家，都认真伺候着，若有怠慢，小心你们的皮。”

对上李楚楚疑惑的眼神，郑嬷嬷微微一笑，挥退了下头人，这才跟她解释。原来郑家本有个姑娘，名唤郑青青，只是娘胎里带来了积水症，头大如斗，长到十几岁也只有垂髫小儿的智力，大夫断言说她活不过二十。郑家夫妇从未放弃过治疗她，有时听说什么地方有名医，郑老爷还特意带她去瞧病。

因为是个痴傻的性子，这姑娘就一直被养在庄子上，不曾见过多少人。这一年郑青青已然十八，终究没什么神迹发生，去岁仲春就去世了。郑家没有大肆操办丧事，除开一些亲近之家，还没多少人知道郑家大姑娘已经没了。

李楚楚听郑嬷嬷说完，倒是有些惋惜那位郑姑娘。郑嬷嬷用帕子按住眼角，仔仔细细看了李楚楚好一会儿，请她稍等，随后转去屋里取了一幅画出来。

李楚楚展开一看，自己都吓了一跳，若不是她从没有过这样的装扮，险些以为画上的人就是自己。她和郑青青简直有七分相像。

郑嬷嬷说："这还是大姑娘十三岁的时候画的，方才我一见姑娘，只当大姑娘回来了。"不过两人终究不一样。郑嬷嬷又道："姑娘别介意，我只是想我们大姑娘了，唉。"

"不碍事。"李楚楚笑了笑，"多巧的缘分，我都不曾想到世上有人与我这样相像，既长我几岁，我唤一声姐姐也是应该的。"

"姑娘这样好的人品言谈，去了家里，老爷夫人没有不喜欢的。"郑嬷嬷本来是先替郑夫人来掌掌眼，如今很满意。

第二日，郑府便派人过来，接了李楚楚进府。郑家人口果然简单，大姑娘没了，二姑娘还没出阁，只是听说已经定了人家。郑家少爷早成了亲，正跟在郑老爷身边学习经商。李楚楚一个照面便将家里几个主人家记熟了。

郑夫人见她第一面也是一副不敢置信的模样，还是郑嬷嬷悄悄提醒，郑夫人方回神牵着李楚楚的手回了正院。

住了几日下来，李楚楚发现郑家人果真如李轸说的那般好相处，尤其是家里的二姑娘郑明佩，她长得也与李楚楚有五分相似，叫起姐姐来非常自然。

李楚楚在这个活泼又爽朗的妹妹身上体会到一点当姐姐的乐趣，郑明佩最喜欢窝在李楚楚这里谈天说地，李楚楚也乐得和郑明佩好好相处。不出意外的话，她这辈子就是郑家的姑娘，出嫁了郑家也是娘家，她与他们的关系是不会再改变的。

"赶明儿舅舅和姨妈家还要来人，姐姐你见见就是了，他们知道我那个姐姐的事，问起你来了，也不必着急。我爹爹娘亲早想好了说辞，你直说就是了。”

大夫虽然断言郑青青活不过二十岁，好在曾有个得道高人也看过郑青青的病。那人说的治病法子惊世骇俗，既要开颅又要假死。郑家人当时不曾信过，如今倒成了一套绝佳的说辞。李楚楚的事情，自然知道的人越少越好，瞒着他们也无可厚非了。

李楚楚点头应下，就是觉得对不住郑青青，这位真正的大姑娘活着的时候不能像个正常人，死后，身份还被占用了。

郑明佩看出她的歉意，神色也黯然了不少：“你不用觉得愧疚，我姐姐虽然不同于常人，但是我爹娘可疼爱她，日子是极开心的。实在不行，咱们偷偷论一下，我管你叫姐姐，咱们都叫她大姐，这样也没占了她的位置。”先不论李楚楚怎么想，郑明佩却很满意自己灵光一闪的提议。李楚楚想了想，觉得没什么不妥。便应下了。

李楚楚到了郑家，得光明正大公开她的身份，郑夫人便先将她介绍给自己娘家。

郑家亲眷这边隐隐听闻过郑青青去世一事，如今见这个“郑青青”不仅没死，还治愈了多年的顽疾，新鲜了几日，众人把这件事当一桩奇谈看待，倒也没人怀疑。

郑夫人这一日准备去庙里打醮，喊了李楚楚和郑明佩一同前去。郑夫人是为她死去的女儿积德，李楚楚刚跟着诵了几篇经文，就被郑明佩拉着跑出去玩了。

两个人站在一棵海棠树下点评了一番，郑明佩拉着李楚楚的手说：“我只见过粉色海棠，听闻凉州那边有白色的，长得也是这个样子的？”

“比这个开得艳，碗大的一朵，像堆积的云一样，有机会带你过去瞧瞧。”

郑明佩揶揄地朝她眨眨眼睛：“那位等着娶你的大将军是不是就在那边？他一定很喜欢你。”她不大明白李楚楚的事情怎么样，只从母亲零碎的话中猜了个大概，她以为李楚楚单纯是因为身份低微，与将军不般配，才会到郑家求个名分。

“表妹，你怎么在这里？”两人正说着话，身后传来一道温润的声音。

郑明佩回头的同时惊喜道：“表哥！”

朱允深礼貌地朝李楚楚点头致意，李楚楚蹲身回礼。

“过来多久了？姨母在里面吗？”

郑明佩立马跟朱允深攀谈起来，两人是姨表亲戚，李楚楚也见过朱允深两回，这还是第一次在外头这么亲近地说话。

朱允深性子沉稳，人也温和，与郑明佩交谈甚欢时，也不忘了照顾李楚楚。她走在他们俩后面，下台阶的时候，自己没注意，差点一脚踩滑，朱允深比她反应快，一把将她扶住。

李楚楚窘迫地道了谢，两人因为这一番变故变得亲近起来。郑夫人做了法事后又要诵经听法会，李楚楚便和郑明佩一起继续闲逛，朱允深不知为何从遇到她们就一直没离开过。

李楚楚本着言多必失的心态不怎么说话，对方却也温柔仔细，遇到她不想说的话，就很自觉且巧妙地转了话题。朱允深送她们回到郑夫人身边，郑夫人留侄儿吃饭，朱允深隐晦地看了一眼李楚楚，点头留下了。

与此同时的西北，在四方聚兵凉州后，面对注定的败局，三皇子不得已退出延平朝西北躲去。李轸收回了凉州大半的管理权，李夫人听闻消息，收拾收拾回了家。

听闻李轸准备大肆操办李楚楚的丧礼，李夫人气得不行，可想了想一个死人她也没必要计较什么，就忍气吞声答应了。

午睡起来，正午的阳光明晃晃地晒着院子里的香樟树，猫儿狗儿在廊下嬉闹，婆子靠在廊柱上打瞌睡。李楚楚将李轸的来信看了一遍又一遍，脸上翻腾起红晕。信中李轸说想她，李楚楚恨不能他立时便能接她回家，心里有些怅然。

以前刚跟他在一起的时候，她想的从来都是如何逃离。何曾想过有朝一日，自己还能怀着忐忑羞涩的心情，等着他八抬大轿来接，简直做梦一样。

银环送过来绿豆汤，李楚楚喝了一小碗。郑明佩跑进来寻她，李楚楚叫人去将镇在井里的甜瓜捞起来切给二姑娘吃，又将帕子递给她："这大热的天儿，跑得满头大汗的，小心闪了汗。"

"我从小身子就好，跟着父亲走南闯北，我娘从来不操心我。"郑明佩得意得很，李楚楚也跟着笑。郑嬷嬷从门外进来，笑道："姑娘们好，外头送进来两筐上好蜜桃，夫人吩咐送些来，虽不是什么难得的好东西，可也就近些时日有。"

她招手唤了丫鬟，送进来的篮子里果然盛了些拳头大的红通通的桃子，接着又送来一盘切好的，李楚楚拣了一块，递给郑明佩。她招呼郑嬷嬷也用，郑嬷嬷笑道：“前头客人还没走呢，人家大老远过来，没见到正主，我倒不好先吃上。”

李楚楚听她话里有话，看向郑明佩，却见郑明佩难得脸上红红的，扭着身子不吭声儿。

李楚楚明了，问：“来的是周家那位？”

“是周家大公子，这会儿在前头老爷书房里。夫人留了吃饭，他又说快要下场，要回去温书。”

周家那位大公子名礼，今年十五，便是与郑明佩说亲的那位。他小小年纪已有秀才的功名在身，且与郑家交往深厚。郑明佩与周礼青梅竹马，她性子跳脱爱捉弄人，先前跟人家称兄道弟，如今定了亲，反而别扭起来，轻易不与他见面。

李楚楚笑了一声：“难为人家又要读书，又要想着我家二姑娘吃的玩的，果真有心了。”

郑明佩越发羞涩：“谁叫他来的？我才不稀罕呢。”

“越说越糊涂了，人家辛苦跑一趟，就是去道声谢也是应该的。你不去，我可去了，今儿还没去母亲跟前点卯。”李楚楚拉起郑明佩，半推半就的，姐妹俩一道走了。

刚出院子，两人迎面便遇到朱允深，他领着个半大的少年走了过来。那少年又高又瘦，面容清秀。两人皆是温和的气质，但朱允深的温和总是带着点疏离，而那少年就令人感到亲近。

那少年看见郑明佩后，一双眼睛就容不下旁人，明朗的笑容很有感染力。郑明佩却着恼得很：“傻笑什么？姐姐在这里呢。”

周礼一见李楚楚面含笑容地看着他俩，脸色突然涨红，随后一揖到底。看他恳求般看着郑明佩，明显想跟她单独说说话，李楚楚便随朱允深走在前头。

她偶尔回头看去，见郑明佩闹别扭不理他，周礼急得团团转，不由得笑了起来。

“明佩从小闯了祸谁也不敢告诉，都是周礼替她背锅。”朱允深声音轻轻地说道。

“那可是难得，青梅竹马，两小无猜，双方怕是早就融入生命，剥离不开了。”李楚楚感叹，就想起她和李轸，两人相依为命久了，也再难分离。

她其实一早便明白，自己这一辈子终归是摆脱不了他的。他们都将彼此看得极重，若自己真的使他在世间无法立足，她不能原谅自己，更舍不得留他一个人承受孤寂。

李轸不是个爱诉苦的人，可是李楚楚总忍不住将他置于弱小的位置，他也表现得离不得她。两个人之间，一个人软了，另一个人势必就强势起来。他很享受被她哄着宠着的感觉，却不知这样误打误撞将她套得更牢。她现在大概能理解那句“一日不见，如隔三秋”到底是怎样的煎熬了。

朱允深微微笑道：“不知你还记不记得，你小时候也极喜欢缠着我的，走哪儿都要跟着，后来……”后来她越来越不同于常人，姨母和姨父不叫人轻易见她，“小尾巴”就这样掉了。

朱允深惋惜的表情太明显，可李楚楚毕竟不是郑青青，她没办法代替郑青青安慰朱允深，那是跟她无关的日子。

“即使不能做到小时候亲近，总还是表兄妹吧，我总感觉你变了。”

“长大了，自然有些变化。”李楚楚心头一跳，还好已经到了郑夫人的院子，便断了话题。

朱允深这些时日来郑府比较频繁，李楚楚怕他发现什么，他来的时候李楚楚便不怎么出门。他大概也知道李楚楚不如幼时与他亲近，也如她的意远离她。

银环掀开帘子，李楚楚下车之前又见朱允深站在庄子门口，就拉住郑明佩小声道：“表哥不忙吗？没跟着父亲一道出门？”

郑明佩兴致正高，笑道：“庄子上佃户该收租了，又有庄稼的抽成清点，表哥大概是替哥哥来的。”

李楚楚道：“早倒不知道表哥在这里。”

“他在这里你就不来了？姐姐你怎么这么不待见表哥？他得罪你了？”郑明佩看出来李楚楚在躲着朱允深，只觉得有些诧异，却不知什么时候起，两人变得这么不对付。

第十章

嫁入李府

楚楚扭开脸，她就没见哪对新婚夫妻成亲前急着见面的。最重要的是，不知怎么，一想到要嫁给李轸，成为他名正言顺的妻子，她心中就有一种不真实的羞涩。

近几日，一件喜事被传得沸沸扬扬，本只是富甲之家的郑家与凉州都护府结亲了，往来的生意伙伴和亲近的家族一时间都到府上来祝贺。

李家的聘礼像流水似的抬进郑家，更有延平有名的官媒陪同，郑家好不体面风光，外人都说李家极重视这门亲事。

李夫人本想随着聘礼过来一趟，瞧瞧郑家这位姑娘怎么样。好不容易收拾了李楚楚，儿子如今又跟她亲近了一些，挑个合心意听话的儿媳妇也无可厚非。可惜李轸不让她去，定的日子又急，府里许多事周转不过来，离不得人，只得作罢。

家里家外要靠她将这门亲事办得体面，她却连儿媳妇的面也见不着，李夫人对此颇有微词。听说那郑楚玉只是个商贾之女，她越发不喜，平嬷嬷劝她："儿媳妇身份低，好管教，若真迎个贵女进门，反过来倒吃住婆婆。"

李夫人咽下不平之气，安安心心将婚事置办妥当。李轸拎了两只活蹦乱跳的大雁，骑着高头大马亲自送去郑家，郑家老爷等在门前，恭敬地亲迎未来女婿进门。

郑明佩比李楚楚还要欢喜，拉她去看大雁，兴奋地说："这雁生得膘肥体壮，还没受伤，也不知小将军怎么逮住的。姐姐你如今可好了，小将军真正英气神武，好看得紧。"

郑明佩又凑到李楚楚耳边，嘻嘻地说着悄悄话，李楚楚脸上一红，假装去逗大雁。郑明佩不依不饶，挠痒痒的同时追着调侃，李楚楚笑得险些岔气儿：“没脸没皮，大姑娘家的，谁跟你说的？我告诉母亲叫他吃板子。”

“你告诉母亲也没用，我刚可瞧见了，你到底去不去见人家啊？”郑明佩扬扬得意。

李楚楚扭开脸，说道：“不合适。”

她就没见哪对新婚夫妻成亲前急着见面的，最重要的是，不知怎么，一想到要嫁给李轸，成为他名正言顺的妻子，她心中就有一种不真实的羞涩。

“你要想见，我去帮你带人过来，保管不叫人知道。”

李楚楚正要拒绝，郑明佩早摆出一副看穿她的模样，自己提着裙子堵人去了。李楚楚来不及追上去，急得跺脚。朱允深一进院子，便见李楚楚脸颊嫣红立在那里懊恼。他心头微动，走上前来询问情况。

面对朱允深的询问，李楚楚怎么好意思讲？只说郑明佩跟她闹着玩，希望能把朱允深赶紧打发走。朱允深似乎对郑青青有一种莫名的情愫，她如今顶着郑青青的身份，自然有一点心虚。

朱允深只当听不懂她关怀他功课后的逐客令，笑眯眯地跟着她喂大雁，两人并排站在一起，虽中间还隔了一人的距离，但从侧面瞧来，像是在非常和睦地交头接耳。

郑明佩以李楚楚为借口将李轸诓来后堂，他便看见这一幕。她倒没什么旁的心思，欢喜地跑到两人中间，挤眉弄眼暗示李楚楚朝那边看。

李轸和朱允深一眼瞧见对方，分明毫无交集的两人，视线中却藏了一股针锋相对的暗流。李轸抱拳，朱允深温润地笑答："久仰小将军大名，今日一见，果然名不虚传。"

李轸在外人面前一向寡言少语，常年征战沙场更是练就了一身肃冷的气质，他淡声道："过奖。"

两人一个文人一个武将，也没什么共同话题寒暄，就这么干巴巴说了几句。郑明佩捂嘴偷笑，拉住李楚楚的袖子将她朝李轸跟前一推。李楚楚猝不及防，没站稳，李轸一把扶住她的腰，贴得紧紧的，李楚楚的脸当即就红了。

李轸转头朝郑明佩道："我与你姐姐说几句话，你要的红棕马赶明儿给你送过来。"

"好的姐夫，尽管去，不用担心。"郑明佩道。

李轸便牵着李楚楚走开了，朱允深望着两人的背影直到消失。

李轸自握住李楚楚的手起便再没放开，他走在李楚楚身侧也小心翼翼的，防止李楚楚不小心跌倒了。他一点也没有掩藏对她呵护的心思。

"他们真好啊。"郑明佩捧着脸，笑得一脸陶醉。

"是很好，即便冒天下之大不韪也要在一起。"朱允深笑得意味不明。

郑明佩一头雾水："表哥你什么意思？"

"我只是听说了一件有趣的事。李将军有个庶妹，常年不在人前露面。前些时候凉州兵荒马乱，传言李将军的那位庶妹死在了三皇子手下，那姑娘名唤李楚楚，与你姐姐长得一模一样。"

虽也有传闻，二姑娘并非李老爷亲生，但这消息也不知是真是假。

郑明佩先是迷茫，然后震惊："他、他们……"她捂住嘴，有点不能消化朱允深的意思，随即便是深深的戒备，活像一只护主的小猫，"表哥，我家里可有许多姐姐的画像，就是长大了变了几分，也看得出来还是她本人。给她治病的老神仙也确有其人，有迹可循，姐姐一直在外头养病，伺候的丫鬟婆子皆系家生子，没有什么是问不出来的。"

郑明佩一直知道李楚楚的身份不简单，却没想到她与未来姐夫是这样的关系。可是她相信这个待她温柔的姐姐，这一次，她想站在李楚楚这边。更何况，这件事一旦被揭发出来，他们家也不会好过。

朱允深对郑明佩的神色饶有兴致："你当我会干什么？我只是有点好奇罢了。"

他其实说不清自己到底想干什么，唯一能确定的，大概是希望这个代替表妹的姑娘能过得好吧。

"那表哥你会帮忙吧？姐姐嫁过去肯定会面对婆婆，万一刁难她怎么办？你跟大哥一起送嫁，咱们家男丁多，自然能撑腰。"

朱允深"唰"的一下展开扇子，点了点郑明佩："要你瞎操心，我一个白身，再来多少个能抵过小将军？"想起那个坚毅冷酷，只对心上人温柔关怀的青年，朱允深想，就是他想插手，也没他的戏份。

李轸带李楚楚光明正大地走进她的院子，一进门便迫不及待将人拥进怀里，不高兴地控诉道："不老实……"

李楚楚疼得"嘶"了一声，将人往外推，不料他纹丝不动，她抱怨道："好痛，做什么咬我？"她按住肩膀揉了揉，蓄了泪的眼睛黑白分明，柔弱的样子无端藏着一丝柔媚。

李楚楚身上的香气一点一点荡过来，勾得李轸不只鼻尖痒，心尖也痒得不行。分明是一副纯如水、清如月，干净到剔透的长相，唇却生得粉嫩又挺翘，妩媚的眼波散发着一股诱人之色，活似一颗水灵灵又甜蜜蜜的桃子，芳香诱人。他被蛊惑了，低头衔住殷红的唇珠。

李楚楚呼吸不过来，求饶似的低声哼哼，李轸放过她，将头埋在她脖子里，问道："刚才那人是谁？"为了转移心思，他决定兴师问罪。

李楚楚迷糊着，靠在他身上有些软，不明白他问的是谁。

李轸又重复了一次，李楚楚便解释了两句，说是郑青青的故交，两人之前的感情似乎不错，她只能稳着。李轸却觉得出现在李楚楚身边的男人都危险，他只想将她困在身边永远不离开，一想到旁的男人趁他不在的时候吸引了她的注意力，他便忍不了。

"你离他远点。"

他好想要她的思想里只有他一个人。

李轸捧起她的脸，眸子里的温柔快化成水："过几天我就来接你，陪嫁的人虽打着郑家的旗号，其实都是我安排的人手，你尽管放心信任。嫁妆我也准备好了，郑家那份只是明面上的，我看郑家人都不错，你跟他们好好相处，以后就当这里是你娘家。"

李楚楚将李轸的交代一一记在心里，两人脸贴着脸说话，李楚楚迷茫道："我要做什么？"她总感觉这段感情她什么都没付出，似乎不公平。

李轸轻笑，他笑的时候很好看，如月亮一般清辉满面："你什么都不用做，你只要站在那里，就是我的希望。你只管等着我跑到你跟前，把手交给我。"

一直以来就是这样的，从一开始，便是他在追他在赶，他在强迫他在祈求。他的阿楚终于有回应，这便是上天对他最大的怜悯，他要的不多，这样就很好了。

五月二十三是个黄道吉日，宜嫁娶、乔迁、远足，郑家便选在这一日嫁女。天还蒙蒙亮，府里人声鼎沸，下人个个喜气洋洋，主人家早早交代，办好了今日这一桩喜事，每人可领双份的月钱。

郑家门前车水马龙，来来往往的马车、客人川流不息，走了一拨又来一拨，郑老爷带儿子等在门前，寒暄过后便把客人请进府里，脸上的喜气溢于言表。

郑夫人头一天晚上便紧张起来，睡了个囫囵觉，早早起身开始忙活。府里最不忙的当数李楚楚，郑明佩恐她害怕，请了几位表姐妹过来相陪，几人欢声笑语，热闹得很，喜娘来了，她们倒成了累赘。

因是远嫁，新娘子拜别了父母后还要走几日，时间便有些紧迫。郑明佩刚开始笑得还蛮开心的，等到李楚楚装扮完了，大哥来接李楚楚出门时，她一时又伤心起来，跟在后头哭得老大声。

李楚楚本能够强忍着，被郑明佩带着一时也伤心起来，她虽在郑家住的时间不长，日子却着实富足平和，半点钩心斗角也没有。郑夫人慈祥关爱，郑明佩机灵可爱，郑老爷与郑大爷不常见到，但每每在一桌吃饭时也表现得极为可亲。

在宾客围观中，李楚楚朝上座的郑老爷和郑夫人磕了头，郑家大爷背着妹妹进了花轿。郑家老爷夫人送到大门外，回头去招待客人，郑明佩也叫周礼领了回去。

朱允深骑上马随郑家大爷一道送嫁，李轸看见后也没说什么。

一行人风尘仆仆地赶到延平，住进早安排好的客栈。第二日李楚楚又起来折腾了一回，花轿方进了李家大门。红盖头蒙着脸，李楚楚听到李府人熟悉的声音，恍如隔世。

李轸一手握着喜绸，一手牵住她的手，轻轻握了握。李楚楚恍惚过后叫人扶着给上首的李夫人行过礼，接着便被送进喜房。李家三个姑娘两死一远嫁，没有姑嫂陪同，是以便由同族的堂亲填了空。

李轸拿过喜秤杆，轻轻挑开李楚楚的盖头，李楚楚娇花般的脸庞便露了出来。人群静了静，不过片刻便沸腾起来。

“哎哟，新娘子生得真好看，好标致的姑娘。”

“嫂嫂还叫姑娘，七叔叔该不乐意了。”

“他七叔好福气，这样神仙的品貌，叫人眼热。”

…………

众人你一言我一语，李楚楚紧张地握住手，唯恐被人认出来。李轸笑意盛满眼睛，轻轻在她耳边说：“这是五嫂，你不曾见过，这是十三婶，这次特意过来观礼……”

李轸将几个起哄的人介绍了一遍，既然在新房里如此大方，便是亲近的人家，不知他从哪里找来这些远房亲戚。李楚楚感动李轸体贴，微微抬头看向几位嫂子婶子。

喜婆催着二人喝合卺酒，李楚楚挽着李轸胳膊，尝了一口，不知是什么烈酒，辣得她一时说不出话，脸也憋红了。有人笑着催促：“七叔快快出去敬酒，都等着呢，新娘子等你晚上回来好好看。”

“若在这里绊住了脚，小心出去罚你吃酒。”

李轸望了一眼李楚楚，朝女眷们致意："楚玉就拜托各位婶婶嫂嫂，我先去了。"又惹来满堂哄笑，李楚楚脸红地揪床上的帐子掩饰。

李轸走后，有人牵起她的手仔细打量，问了问家里的情况。李楚楚一一答了，之后又喊银环找出来一幅画，对着这些嫂嫂婶婶说："离家太远，恐回去不方便，父亲便叫人画了全家图，也是个念想。"

众人纷纷围上去看，一个嫂子便说："瞧这两个小姑娘，一个模子刻出来的，倒生得像你们父亲。"

李楚楚腼腆道："都说我们姐妹像父亲。"

众人陪在这里说了半晌话后纷纷散去，银环拿了食盒放在桌上，说是李轸拿来叫她先吃点。李楚楚确实累了，路上马不停蹄走了几日，头上的凤冠又重，压得脖子酸痛。

银环帮李楚楚将钗环卸掉，李楚楚吃了八分饱，洗漱好就去睡了。也不知过了多久，蒙蒙眬眬瞧见外头烛灯灭了几盏，里间水声淅沥，她一下清醒过来。

入目是大红的软帐，她才想起来自己与李轸成亲了。李轸洗漱完出来，瞧见李楚楚半张脸埋在褥子里，睁大眼睛瞅着他。他脚尖一转走过去，坐在榻沿上问："吃饱了吗？"

闻到他身上夹裹着淡淡酒香的沐浴香气，李楚楚将红扑扑的脸埋得更深，点点头，问道："她们呢？"

李轸眉梢微挑，笑道："咱们洞房花烛，识趣的自然早走了。"他眉目平和，是不常见的欢喜模样，李楚楚的心口微震。她从没如此清醒地认识到，她爱他，希望他平安喜乐。

她摸索上前，轻轻圈住他厚实的肩，小声道："你开心吗？"

李轸用力地回抱，声音沙哑："开心。"

他终于将阿楚娶回家，他们可以名正言顺地同床共枕，谁也不能再抢走她，夙愿得偿，怎么不开心啊？

"好像做梦。"她低声呢喃，不敢想有朝一日能成为他的妻子。

两人深深凝望彼此，眸子里除了对方再也装不下任何人。他们生来便是属于彼此的，遭遇坎坷，也终于得偿所愿。

李轸将就着轻纱外的绰灯，用视线描摹着她的眉眼。李楚楚比从前成熟了些，皮肤如剥了壳的荔枝，馨香白嫩，黛眉黑眼搭配着嘴唇殷红，在昏昧的光线里如同摄魂的女妖。

被他纠缠厮磨几年，李楚楚渐渐识得其中销魂蚀骨的滋味，不再排斥云雨诸事。

"李、李轸……"

他伏在耳边，不满地说："阿楚，你喊我什么？"李楚楚又喊了一声他的名字，他突然顺势低下身子，声音沙哑，"不对，再叫。"

"李……夫……夫君……"

听见李楚楚喊"夫君"，李轸浑身兴奋得发颤，满足感充满胸膛，他低声道："我是你夫君……阿楚，好阿楚，再叫叫我。"

"夫君……夫君……夫君……"

早上李轸较李楚楚先醒，看了一眼帐子外，凤烛已经熄灭，龙烛还燃着。

李轸面不改色，指风一弹，龙烛也灭了。他心里忍不住想，阿楚若死去，他凭什么还活着？她去哪里都得带着他。转头一看怀里的人还睡得安稳，他轻轻在她头上蹭了蹭，又睡了过去。

李夫人头遭见儿媳，比平时早了一刻钟起身。李家如今人口简单，李湉湉赶不回来，张姨娘没资格出席，只能由她带着新媳妇去祖宅那边认亲。

平嬷嬷送上汤碗，李夫人发了一会儿怔，问道："大爷可起身了？"

"老远的地方去接人，昨儿又忙了一日，这会儿恐还没起呢。倒是新娘子那头的两位哥哥，说是前来拜见夫人。"平嬷嬷禀报道。

李夫人一想到那个郑楚玉出身商户，就满肚子不满。平嬷嬷观察她面色劝道："夫人又糊涂了不是？大爷好容易娶亲，先前那些事情就不该再提，好生修复关系才是。您不知道，昨儿大爷出去敬酒，还吩咐人不能饿着新媳妇，可见极重视。"

李夫人顿时不悦："我还要讨好个新媳妇不成？哪里的道理？"

"夫人想岔了，您是婆婆，自然是她来讨好您。不过为了大爷，您也得表现得喜爱她才是。"

李夫人头疼得很，虽说老天遂愿，收了那勾搭儿子的小贱人，但她与儿子的关系虽说稍有缓和，可也大不如前，新媳妇说不定是个突破口。平嬷嬷出门请了郑家两位少爷进门，李夫人瞧了一眼，细细打量下来，收了那点轻视之心。

虽说商户一般养不出什么人中龙凤，但郑家这两个青年瞧着倒聪敏文雅，端方有礼。有这样的兄长，儿媳妇想必差不到哪里去。李夫人多看了两眼郑家大公子，只觉得有几分面熟。

朱允深两人并没有其他意思，他们不过是代替郑家二老给李楚楚撑腰来的，奉上带给李夫人的礼，又说了几句后便离开了。李夫人哼笑一声：“罢了，商贾就商贾吧，至少拿捏得住轻重，我再好好教导就是了。”

转头见平嬷嬷一脸沉思，李夫人道：“你这老货，方才不是还劝我，如今又愁什么？”

“不瞒夫人，刚仔细瞧过那位郑家公子，竟是有几分面熟。”平嬷嬷想起一个人。

李夫人仔细回忆，猛地抓住扶手：“那个贱人！”

平嬷嬷道：“夫人也觉得郑公子像张姨娘？说不定咱们那位新娘子更像……那位。”她伸出两根指头比画，示意二姑娘。

李夫人在地上踱来踱去，右手握拳一下一下砸在左手心，咬牙道：“我只当人死了他就安分了，愿意成亲也就不干涉，竟是找了个替身回来。他简直着了那小狐狸精的道！拦着我不让去瞧，竟是在这里等着呢。”

李夫人捂着心口，只觉得一阵一阵疼，一想到好不容易收拾了李楚楚，如今又出现一个长得相似的替身，她气得没办法呼吸。平嬷嬷连忙劝解，两人低声耳语半晌。

李楚楚来的时候，已经做好了李夫人发飙的准备，李夫人只是盯着她死死看了一会儿，随即嘴角诡异地抽了抽，便不再理她。李楚楚尚不知道，她离开李府几月，在郑家养得极好，气色好上不止一星半点，身子也不似原来单薄。十五六岁正是女子盛季，又被李轸捧在手心里疼宠，如今的她倒比原先的自己还美上几分，娇上几分，李夫人一时没认出来。

李楚楚看向李轸，李轸冷淡地坐在一边，似乎对她求助的眼神视而不见。李夫人将两人的互动看在眼里，心里冷笑。一个赝品，能指望他对你多好？

平平静静吃完一顿饭，李夫人带李楚楚去祖宅那边认亲，同时还要将她记上族谱，这也是朱允深兄弟见过李夫人后暗示过的。平嬷嬷坐在李夫人身边跟李楚楚搭话，问了些家长里短的事情，随即将话题转到李轸身上。

李楚楚用帕子掩唇，羞涩道："几月前，我从庄头回城，小将军恰巧到那边公干遇上我，就朝家里提了亲。"

主仆俩对视一眼，果不其然，李轸就是看她和李楚楚长得一模一样，这才起的心思。李夫人气得不想说话，听凭平嬷嬷打探，李楚楚按照李轸的交代，回答得滴水不漏。

见过老族长后，李楚楚在那边女眷的招待下吃过饭。虽也有人诧异这位夫人和那府二姑娘生得一个模子，但见李夫人都不曾说什么，也就自然不好问。

李楚楚上了李家族谱，朱允深兄弟俩将在意的事情解决，就准备回去了。李楚楚依依不舍，置了宴席招待，第二日送他们出门。郑家大爷交代了妹妹一番，朱允深留在最后，沉默了一会儿，随后说："其实我早知道你不是她。"

李楚楚也不知怎么安慰他，朱允深并不需要她表态，自顾自地说："既然郑家认了你，那你便是我表妹，若是他们待你不好，"他扫了一眼立在一边的平嬷嬷，"只管来信，我来接你回去。"

话说得隐晦，李楚楚却明白其中的意思。他是怕李夫人刁难她，若真在李家过不下去，凭她现在的身份也没什么可顾忌的，郑家永远都是她的家。郑家大公子也点点头，抛开李铃予他家的好处，李楚楚确实得全家喜爱。

郑家人走了，李楚楚回身，想起了如月，打算挑个时候去祭拜她。进门时，银环说张姨娘求见，李楚楚不大想见，张姨娘却不顾下人的阻拦，扑到李楚楚脚下。

银环将人都逐下去，自己守在门边，张姨娘紧紧抓住李楚楚的裙子，说道："我知道，我知道你是楚楚，我自己的女儿我哪里认不出来？"张姨娘虽语无伦次，却有理有据，李楚楚默不作声。

"我好歹是你亲娘，纤儿也没了，我只剩你一个，你忍心看我孤苦伶仃连个说话的人也没有吗？姨娘知错了，往前是我不对，你就原谅我这一回。我什么都没了，你再不认我，我只能去死。"

她是真的知错了，没了李楚楚，大爷的人根本不理会她。先前李夫人准备逃跑，都没有打算知会她。若不是她机灵，散了钱财藏在下人车里，或许已经死在叛军手里。

没人护着，李夫人想怎么折磨她就怎么折磨，这几月她被平嬷嬷撵去住马厩，每日里是干不完的活计。张姨娘这才想起二女儿的好处，如今她只想好好巴着李楚楚，安安稳稳度过余生，旁的再也不想了。

而李楚楚终究是个心软的。

见满桌子的好吃食，李楚楚一筷子没动，张姨娘狼吞虎咽地吃起来，她已经许久没吃过一顿好饭，一面吃一面念叨："乖女儿，你吃啊，怎么不吃？那郑家到底是怎么回事？你怎么成了他家的闺女？可不能叫他们拿住把柄威胁你。"

此时的张姨娘是真心为李楚楚着想，毕竟如今她能靠的只有李楚楚。先前她被李夫人折腾，她偷摸递信给娘家，消息却是石沉大海。想来为了不得罪李夫人导致日子难过，张家算是放弃她了。

李楚楚不想解释那些事，一来知道的人多了没好处，二来她也不信张姨娘，担心她知道了不安分。被李楚楚三言两语敷衍，张姨娘也好脾气，吃完饭就眼巴巴地瞅她。

李楚楚揉揉额头，说：“你先搬回你原来的院子，伺候的人我再找。”张姨娘连连摆手，“不必特意找人伺候我，马厩那边有个刘婶子，为人不错，调过来跟我结个伴就是了。”

对上李楚楚怀疑的眼神，张姨娘难得讪讪地说：“夫人还没认出你，恐怕迟早知道，我也帮不上忙，如今有我一口饭吃就知足了。”她顿了顿又道，“我是真心悔过，千好万好都没有自己女儿贴心，我如今也想明白了，我自己能照顾好自己，不用管我。”

晚上李轸回来，李楚楚提了一嘴张姨娘的事，李轸除了李楚楚的事情，其他人毫不放在心上：“你自己拿主意。今日在家还好吗？”

李楚楚已经上了族谱，李轸的心便彻底安稳下来了，他从后头抱住她，从没觉得日子如此充实平顺。李楚楚看完账本，说：“成嬷嬷果真是个有本事的，今儿她教我理账，我才知道一大家子人的中馈里还有这么多弯弯绕绕。”

李轸将下巴搁在她肩头，闭着眼睛点头，说：“你好好学，往后府里的事情都指望你了。”

“你从哪里找来的成嬷嬷？那一身气度不像寻常人家养出来的。”她问过了，成嬷嬷上无老下无小，孑然一人，若自己真能从成嬷嬷那里学得一身本事，就是李家给她养老也是应该的。

李轸睁开眼睛，在她脖子里又吸了一口气：“先前受三皇子牵连的贵戚豪族不少，京都大清洗，那些人家的奴仆自然比外头的好。我不过随手拣了一个，你将就用，我再给你找更好的。”

李楚楚瞋他一眼：“这样的嬷嬷比之宫里的也不差，我有缘得一个，该好好供奉，给她养老才是。”李轸便笑起来，他对成嬷嬷不冷不热，可有可无，便会叫她患得患失，阿楚却供养她如亲娘。有点脑子的自然会感激阿楚，掏心掏肺地回报，如此，他的目的也就达到了。

李夫人先前以为郑楚玉是李楚楚的替身，便没放在心上，这几日渐渐品出了不对。李轸唤她阿楚，张姨娘也跟她亲近起来，府里的奴仆她也个个识得。最重要的是，郑楚玉不经意给她的感觉，完全就是李楚楚本人。

李夫人按住额头，心里想，不会的不会的，那李楚楚的丧礼办得阔绰，半个延平都知道，她怎么可能没死？可是她确实没见过李楚楚的尸首，万一呢？

与其在这里惊疑不定，不如去查查。李夫人唤来平嬷嬷，平嬷嬷的脸色也不大好，在李夫人耳边说了两句话。

李夫人瞪大眼睛道：“她果真这样说？”

“千真万确，也就是说，之前那场丧礼其实是如月的，我亲眼看见她去祭拜时喊的如月。”平嬷嬷心情复杂，原来二姑娘根本没死。

李夫人一惊一怒，勉强平复下来，不愿意相信自己的儿媳竟是那李楚楚：“不对，那郑家凭什么收她当女儿？得罪我可得不偿失。”

虽不忍心打破夫人的幻想，平嬷嬷还是道：“我听郑家那些下人说，咱们大爷承诺了郑家凉州往渝州路上的路引，有大爷在，多少好处没有？”

李夫人气得一个倒仰：“他对他舅舅家都没这么上心，竟是便宜外人了。”李夫人脸色僵直，“可确定郑楚玉就是那李楚楚了？”就算已成定局，李夫人却还含着一丝侥幸。

平嬷嬷又细细摆出几处证据，毫无疑问，郑楚玉确实是李楚楚。

李夫人哀号一声，扑在榻上，哭得气怒交加。她费了多大心力，本以为李楚楚死了，日子终于安生了，却不想人家再次回来成了名正言顺的将军夫人。

她一口气噎在胸腔，竟气急攻心，“哇”的一声呕出一大口血来。见李夫人面无人色，平嬷嬷唬得忙去请大夫。

李夫人气得生出一场大病，要叫李楚楚过去侍疾。李轸为李楚楚找来的成嬷嬷却是个有手段的，凡李楚楚在李夫人床前的时候，李夫人吃的用的从不叫李楚楚沾手，成嬷嬷带下人便布置得妥妥当当。李夫人有心寻些嫌隙指派李楚楚的不是，成嬷嬷一一挡了下来。

如今李轸也向着李楚楚，李夫人连个告状的人也没有。卧床半月，她每日招李楚楚过去伺候。即使李楚楚被护得滴水不漏，每见一回就要气一回，她仍然乐此不疲。

李楚楚放下账本摇摇头，成嬷嬷奉上一盏茶，说道：“今儿刘大夫过来，老奴仔细问过了，夫人的病虽险，但将养了这些日子也该好了。”

“她要身体不适，多歇些时候也不碍事。”李楚楚拿起一本书，悠闲地翻看。

成嬷嬷双手拢在袖子里，就着明亮的灯光看着李楚楚。老天厚爱，李楚楚的长相果真是天上有地上无，多一分嫌浓，少一分过淡，不知老天费多少心力雕刻这么一个玉人儿。不怪大爷捧着含着，不肯叫外人多看一眼。

这夫妇俩有多恩爱，她瞧在眼里。情义难得，自然该好好守着。

“按理说老奴不该多嘴，只是奶奶待我用心，但凡是个有血气儿的，也要为您着想。夫人再如何刁难，奶奶不但在大爷面前要示弱，就是外人瞧来，处于下风对您也只有好处。”

李楚楚放下书轻轻叹了一口气，成嬷嬷这是在教她内宅的手段，她不愿学，却也不好拂嬷嬷的一番好心，笑道：“能处到一起便是缘分，有什么好不好的？嬷嬷过誉了。”

成嬷嬷也不将那些恩惠拿在明面上来说，横竖心里记着就是：“夫人久病不愈，奶奶刚进门，外头那些人不知怎么编派呢，于大爷的孝道也有妨碍。”

李楚楚一般不怎么关注外头的事情，自是不知府里这就有流言了，她才进门多久？

成嬷嬷宽慰道：“就是因着大爷娶了您，咱们家就算开枝散叶了。大爷身份贵重，多少人瞅着。这一进门就落个‘气病婆婆’的罪名，一时半会儿于夫妻情分倒是无碍，时间久了难免生嫌隙，多少爱侣毁在鸡毛蒜皮的小事上，奶奶不可轻视。”

成嬷嬷是真心为她着想，李楚楚刚开始不明李轸情深，越瞧得多越恐慌，生怕承受不起。李轸却耐心，真心实意地尊重爱宠，给她名分、疼爱，从来不说露骨的情话，而是用行动证明她值得最好的一切，就连将军夫人的尊位也双手奉上。

不说他俩之间的牵绊，就是成嬷嬷等人瞧来，小将军也是世间难求的良人。李楚楚也想打理好后宅的事情，让他安安心心地忙外头，她想了想，笑道："若要让夫人好起来，这也好办。"

成嬷嬷凑近李楚楚，听她耳语一番，随即舒心地笑了。第二日平嬷嬷便听见传言，慌里慌张地赶来禀报李夫人，李夫人一听也顾不得生病，不过两日身子便好了起来。

成嬷嬷正在李楚楚跟前伺候，听完小丫鬟百瑞的话，笑着朝李楚楚道："奶奶果真聪慧，如今夫人大好了，外头的传言也就烟消云散了。不过奶奶如何得知放出那些话，夫人就好了？"

李楚楚也不好告诉成嬷嬷她从小就知道李夫人是个爱权势胜过亲生儿子的，府中的中馈大权是李夫人眼中头等大事。她微笑道："大爷明显向着我，我若说想掌管中馈，他未必不答应。到时候，儿子和权势一个都不在手里，夫人会受不了的。"

所以李楚楚就放出风声，再经由平嬷嬷的嘴传进李夫人耳里。看李夫人到底是继续病着为难她，还是赶紧好起来以免大权旁落。很明显，李夫人舍不得权势。

这晚李轸回来，听说李夫人病好了，晚些时候开始看账本料理家事，他松了一口气，抱住李楚楚感叹："她不闹了就好。"

李楚楚窝在他怀里，脸在他下巴处蹭了蹭，李轸继续道："没事多跟东府那边的嫂嫂婶子们来往，有她们支持，时日久了，母亲不待见你也没办法。"

到时候，外头有宗亲妯娌，里面有他，李夫人一旦被架空，也就翻不起什么风浪了。李楚楚把玩李轸的耳垂，在他嘴边亲了一口，说道:“知道了。”

李轸看着她粉色明艳诱人的唇，微咽唾沫，一把将李楚楚圈进怀里。

第十一章

相濡以沫

他本不该快乐，因为靠近温暖，竟也学会发光，暖到于他而言每一个重要的人。

因为有成嬷嬷在身边看着，即便李夫人找各种不是，李楚楚也没怎么吃过亏。日子长了，李楚楚熟悉了族里的女眷，越发不怵李夫人。李夫人也不关心旁的事，一味刁难李楚楚，却总占不到便宜。

一日早上李楚楚请安时，成嬷嬷进来说是东府那边的十三爷过来寻大爷，叫李楚楚过去。李楚楚起身出去，李夫人气得手颤，指着李楚楚出去的身影，说道："你可瞧瞧，这还把我放在眼里没有？叫她做个什么推三阻四，活似我要吃人，为不相干的人倒跑得勤快。"

平嬷嬷送上一盏茶，帮着李夫人顺气，眼珠一转，笑道："夫人也是聪明一世糊涂一时，您想想先前太夫人在的时候，是怎么不动声色将自己择出来，又硌硬二夫人的。

"您啊，就是将大爷看得太紧，您越盯着那位，大爷越护得紧，不是生生将两人凑做一对？"平嬷嬷循循善诱，一字一句掰开讲，"何不想个法子，从内里击破，由着他们院子自己闹去。您撒开手不再管，或许更有意想不到的效果。"

李夫人沉吟片刻，道："如今这府里就这几个人，我上哪里去找帮手？难不成将湉丫头接回来？"

平嬷嬷"嗐"了一声："要不说智者千虑必有一失呢，哪个男人身边没个通房侍妾的？东府十三奶奶多霸道的人，十三爷房里倒干净了，在外头谁管得了？"

…………

李楚楚也不想面对李夫人，成嬷嬷寻她出来正合心意。本以为是成嬷嬷随意说的一个借口，原来真是东府那头的十三爷找人来了。李轸不在家，李楚楚叫人去回了话，十三爷却说想见她。

成嬷嬷将人带到会客的流泉别墅，十三爷李羡乃是李轸族弟，生就一副文雅书生的模样，见到李楚楚后，他双手拢袖一揖到底，唤了一声“七嫂”，李楚楚请他坐下用茶。

“今儿怎么有空过来了？芸香可好？听闻她遇喜，我还不曾过去瞧她。”先前她成亲，十三奶奶便来新房陪过她。

李羡答道：“多谢七嫂挂怀，劳慰七嫂送过去许多药材，芸香用了说是极好，说是还要过来看看七嫂。”

“不碍事，她身子要紧，头三月马虎不得，你好好看顾着才是。”

李羡答了几声是，望望李楚楚欲言又止。李楚楚想了想，十三爷前来，应该是关乎东府那边传过来的那些闲话，事关李羡，想必他此刻的神色与之也有干系。李楚楚放下茶盏，说道：“有什么要我帮忙的你直说就是，自家不比别处。”

李羡满脸惭愧，粉白的面皮涨得通红，拱手道：“七嫂想必也听了外头的风言风语，芸香怀孕还跟我闹，我也恐她伤了自己的身子，万望七嫂替我劝她一劝。”

除了李轸，族里少爷身边或多或少都有些红袖添香的知己，谁身边多了只猫儿很快便传得尽人皆知。

十三爷被十三奶奶拘得紧，先前一直相安无事，自从十三奶奶传出有了两个月的身子，没多久就有人说十三爷在外头养了外室。这一来却是捅了马蜂窝，十三奶奶成日缠着李羡闹，李羡百口莫辩。

他自己又要顾念学业，里头外头一脑袋包，只能请与十三奶奶相好的妯娌从中劝和。李轸年纪轻轻，手握重权，在族里说话的分量不比族长轻，李楚楚自然也受众人恭敬。

李楚楚微微笑道："不打紧，自然是孩子要紧，我们劝着她也是应当的。倒是你有什么打算，也趁早和她说清楚。"

等李羡走了，成嬷嬷陪李楚楚回屋，道："眼瞧着奶奶们都有了身子，十三爷先前还不待见十三奶奶，干什么都拧着来，十三奶奶怀了孩子照样得哄得她高兴。奶奶进门快半年，也是时候打算了，早点要孩子，于各方面都稳妥些。"

李楚楚摸摸自己的肚子，也不由得将成嬷嬷的话放在心上。晚上的时候，李楚楚抱着李轸的肩，微闭眼睛小声道："我们要个孩子吧。"

李轸本来正满足她这样眷恋他，听完她的话，他问："怎么突然想着要孩子？"他想应该是母亲又刁难阿楚了，"母亲的话你不必理会，往后有我。"

"不是，你看连芸香都有了，你这样的身份，迟早得要孩子，况且……"她凑近他耳边，轻轻柔柔道，"我想要个和你血脉相连的孩子，这一次我一定好好保护他，尽为人母的责任。"

李轸轻笑，含住她的耳垂调笑道："想要孩子，就你如今这样娇娇俏俏的身子可不行。"

她恼怒地捶了他几下，他温柔地将她的头发挽到耳后，把人往怀里揉了揉，轻声道："阿楚，没有孩子也没关系，我只要你。"

从打算娶她那一刻，他就做好了没有孩子的准备。李楚楚之前意外怀孕又掉了孩子，于他也是最隐蔽的伤痛。险些失去她的经历，一次就够了。

第二日起身，李楚楚蹙起眉心看向成嬷嬷，成嬷嬷将药碗递给李楚楚道：“大爷吩咐了，这药奶奶一顿也不能少。”

他是不想要孩子吗？李楚楚压下心头的焦虑。

李楚楚今儿去东府走了一趟，芸香的肚子越发大了，她看了一回，回来便闷闷的。

吃过饭，料理了一会儿院子里的事宜，成嬷嬷进来说是李夫人指派了几个丫鬟过来，平嬷嬷走到李楚楚跟前，笑道：“先前大爷成亲的时候院里就没添人，夫人唯恐奶奶缺了人使唤，这不今儿想起，便派了几个丫鬟过来。”

李楚楚波澜不惊，面上没什么表情，平嬷嬷又道：“奶奶若是不收下，便是怪夫人了。”

四个丫鬟站成一排，环肥燕瘦，或妖娆或脱俗，瞧得出来挑选她们着实费了一番心思。李楚楚要说不收，平嬷嬷已经拿话堵了她，成嬷嬷只得上前一步代替李楚楚道：“这样，还得等大爷回来问过才是。”

平嬷嬷完成了任务，趾高气扬地走了，李楚楚扫了一眼四个眼神灵活的丫鬟，转身进了屋子。过了一会儿，外头传来说话声，原是李轸从书房回来了，新来的丫鬟乖觉得很，立马上前去伺候。

李楚楚仔细听着，拦住成嬷嬷没让她出去，外头说完话，李轸的影子便出现在门帘后头，成嬷嬷这才出去，李楚楚复拿起看了一半的书，接着往下读。

李轸坐在她对面，将书本从她手里抽走，问道：“看什么这样专心？”

李楚楚转开脸，不理睬他，李轸挪去她身边，捏她鼻尖：“就跟我耍小性子。今儿去东府了？十三弟是不是找你帮忙了？”

“我能帮什么忙？十三弟妹如今是没工夫，等她抽出精力，迟早要闹。”她把头靠在他肩上，“十三弟是不是真在外头养人了？芸香问我了，我只说不知道。”

也不知道什么时候起的风气，南边秦淮河边的丽姬突然便在北边兴盛起来，达官显贵不少人花大把银子只为求个扬州瘦马。本来豢养外室这件事不怎么摆在明面上，如今也明目张胆起来，甚至成了男人间的一项攀比。

李楚楚鼻尖动了动，闻到一点点脂粉味，嫌弃地推开李轸：“你是不是也渴慕个红袖添香的知己，也想带进家来？”

被她拎起袖子扔开，李轸又搂了上去：“守你一个就要我半条命，哪还有心思沾染旁人？”

李楚楚却道：“你若是有了旁人，我就不跟你好了，即使一辈子困在这里，给你的我也会全收回来。”

李轸顿时不高兴，将李楚楚扶正坐好，语气低下来：“阿楚，胆子大了，什么话都敢说了。”

李楚楚却格外认真，李夫人不会轻易放过她，只有千日做贼的，没有千日防贼的，今儿只是送来四个丫头，往后呢？这样的事情不会少。

她只要一想到李轸怀里有别人，心头就又酸又痛，眼眶也憋不住红了：“我说真的，若有朝一日你不爱我，于我便是穷途末路。你如果不爱我了，不要骗我，好好告诉我，即使艰难，我也一定会放手。”

她那么委屈，仿佛已经预见他们分道扬镳的那一日，他比她还要难受，心被人揪得紧紧的。李轸发誓道：“阿楚，你是我求来的，我费尽千辛万苦，才有资格站在你身边，你怎么会怀疑我不爱你？一直以来，都是我在惴惴不安，怕你丢下我。”

他想不到比生命还要重要的阿楚，自己要如何才会放开她的手。

他从来知道一个人的感情不会完完全全地传到另一个人处，很多话他都说不出来，只能用行动给她安全感，却没想到阿楚还这样惶恐不安。

两个人互相依偎着说话，门口帘子发出响声。李轸回头去看，是方才在门口拦住他的人，他这会儿才看清对方的长相。

“大爷，奴婢是夫人安排过来服侍大爷的。”

李轸满心厌恶，冷声道：“夫人叫你们如何服侍我？”

那丫鬟眼波微荡，媚眼如丝，含羞带怯：“自然大爷要如何服侍，奴婢就如何服侍，横竖奴婢已经进了府，就是大爷和奶奶的人。”

那丫鬟见李楚楚靠着李轸坐着，还没有把话说得很露骨，李轸却突然发起脾气，仿佛她是什么恶心人的东西。

“既然你自称是我的人，想必很愿意为我效劳，正好我手底下不少单身汉子，正需要你。”

他的冷酷从来不在家里显现，这些人就当他不存在了？成嬷嬷悄无声息地出现，捂着那丫鬟的嘴，在她满眼惊惧下将人带走。

李楚楚走到他身边，牵住李轸一根小手指，说道：“你生气了？”

李轸忍着扭头安慰她的冲动，决心要给她个教训，又舍不得把话说太重，心里斟酌了又斟酌：“阿楚，你好好想想，我待你如何？一有事，你就说绝情的话……”那些事也值得她拿来与他置气？她就不能像他一样时时刻刻只将她放在第一位那样最看重他吗？

李轸留下李楚楚一人走了，说是还有事没办完，到书房去了。成嬷嬷吓了一跳，大爷方才分明只是气恼那丫鬟心怀鬼胎，怎么又不理奶奶了？听完李楚楚的话，成嬷嬷也叹气。

“奶奶怎么那样说话？叫大爷多伤心啊，夫人离间你俩，您正该跟大爷一条心才是。”

李楚楚也想叹气，她不是故意的。

李轸走到院子门口，回头看了一眼，阿楚没追上来，他的脸色一下子黑了。他闷闷地回了书房坐了会儿，找来王富贵，叫他出去打听一处宅子。

柱子进来传了个话后就出去了，李轸看了一会儿邸报，将册子一丢，洗漱完上了床。自从成亲以来，他便没一个人睡过，如今孤衾独枕，越发后悔与李楚楚置气，闹到最后竟是苦了自己。

房间里只剩下一盏烛灯闪耀，李楚楚凭借一时冲动走到书房外，在成嬷嬷鼓励的眼神下准备敲门。手刚抬起又收了回去，她着实有些难为情：“想必他已经睡了，这时候扰人清梦不好，还是明日再来打扰。”

分明方才在屋里担忧大爷气伤自个儿，踱来踱去不得安静，一时到了门前又露怯。成嬷嬷感念两个小主子互相将对方放在心上，劝和道：“多少隔阂就是没有及时解释才会越来越深的，奶奶既然来了，屋里又亮着灯，指不定大爷还没睡，还在为方才的事情挂心。”

乌压压的天幕静悄悄的，突然从远处传来一声夜莺的啼叫，整个院落空荡荡的。李楚楚想了片刻，小声吩咐道：“那嬷嬷下去歇着吧，今儿我就在这边了。”

成嬷嬷倒是没有什么异色，想到接下来要做的事，李楚楚自己先红了脸，小心翼翼地将书房门推开。

床前的帐子散落，榻上一道身影侧卧，面朝里面，似乎睡着了。李楚楚小心翼翼褪了斗篷，悄悄掀起被角躺进去，轻轻揽住李轸的腰，在他耳边说：“你睡了吗？夫君，我错了。”

其实开门的声音传来，李轸便醒了，察觉到李楚楚上了床，他便闭上眼睛等着她动作。李楚楚在耳边絮絮叨叨许久，听她告白，他心里极受用，但不急着理会。

李楚楚叹了口气，语气很是失落，泪珠落在李轸的脸颊，李轸忍不住了，转身将人拥进怀里安抚。

他低头，看着怀里的阿楚水蒙蒙的眼睛，有些心疼，嗓音低下来：“阿楚，你不用这样……”他并没有真的生气，却不想阿楚这样没有安全感。

李楚楚听见李轸近乎宠哄的语气，抬眼看着他的眼睛，说道：“一直是你为我付出，我也想为你做点什么，可我只会惹你生气……”

李轸此刻恨不得将李楚楚揉进身体里，他满腔柔情，眼神温柔似水地看着她，道：“我不需要你做什么，你只要好好留在我身边陪我就好了。”

“以往总是你来爱我，”李楚楚小声在他耳边，语气缠绵，“我也想疼你一回。”

李轸心头一热，胸腔里全是满足，他看着李楚楚的眼睛，低头吻了上去。

…………

尽管王富贵一再小心，但在外头打听房子不是小事，要走府里的人脉人情，李夫人手下的人不少，很快便听说了。

李夫人愤恨道：“要做什么？唯恐我会吃了那人不成？着急忙慌地就要带她搬出去。这是我自己生的儿子？我看是给张姨娘那贱人生的。”

平嬷嬷也一筹莫展，本以为大爷再爱护二姑娘，送过去那么些美人，时间长了难免偷腥，原来人家打算使出这么个釜底抽薪的法子。

“夫人这话差了，就是因为还维护您，所以将大奶奶移出去呢。总好过那边恃宠生娇，与您闹别扭不是？”

李夫人听着这话也不过觉得讽刺，瞧瞧人家府里，哪一家夫人像她这样憋屈？儿媳妇半点管不住，儿子还跟自己离心离德。李夫人气得心肝疼，拿着帕子悄悄抹泪。

平嬷嬷与李夫人从小一起长大，陪嫁到李家，与李夫人一同上斗公婆，下斗妯娌，便是李老爷也时常会与夫人耍心眼儿。她与其他陪嫁的丫鬟早劝过夫人，说那些都是虚的，将来要靠的、能靠的唯有儿孙。夫人却从来不听劝，大爷从小到大待这位母亲如同陌生人，夫人也浑不在意，这才给了二姑娘亲近大爷的机会。后来她倒是醒悟了，老爷死了，能依仗的只有儿子了，可惜大爷早慧，那个时候再如何讨好也不中用了。

虽说都是自己作出来的，李夫人黯然垂泪的模样，平嬷嬷瞧着也不好受，只好再给李夫人出主意。李夫人是当局者迷，一心想把二姑娘拉下来，殊不知上了族谱的奶奶，是不容易休的，何况大爷还对那头关爱有加。

李夫人听完平嬷嬷的话，自己想了想，说道："只是这样还不够，有这么个人在，总是一根刺。我绝不会叫那人讨得了好，你去把金钏儿叫来。"

那金钏儿便是先前送进李楚楚院子里四个丫鬟之一，虽不是四个人里最美的，却是个最会来事的。那个犯错被李轸弄出去的丫鬟便是她撺掇着去试探李轸态度的，她见大爷如此雷厉风行，不留情面，顿时安分下来，不再作妖。

即使其他两个丫头跃跃欲试，总觉得自己特殊，一定能引大爷留恋，她也暗中劝着。大爷丰神俊朗，年纪轻轻手握重权，对他有心思的人不在少数。她命不好，出身低贱，却自诩聪慧美貌，从来不肯屈就莽夫，只有成为大爷的人，才不枉这世上走一遭。

虽然夫人之后没怎么联系她们，金钏儿也不着急，她知道，只有耐心才能得到自己想要的。偏偏这个时候得知大爷将要带着奶奶出去住，金钏儿再稳重也不由有些着急，大爷一定不会带她。就在她准备去寻夫人时，平嬷嬷便找过来，正中她下怀。

李楚楚不怎么关注底下的丫鬟，自然不知道李夫人将金钏儿叫过去说话了，她忙着完成李夫人交代的任务。

过两日李轸的亲表弟娶亲，李家与那头关系近，早早邀请了李夫人婆媳。李夫人借口身上不舒坦，动弹不得，叫李楚楚过去住几天，在俗事上搭把手。

李楚楚接触李轸辈的夫人奶奶圈子不久，因为身份高，地位重，众人不曾为难过她。即便如此，她也得拿出本事来叫人敬服，何况往后这样的事情不算少。

李轸倒是听说她要离家几日，颇有些舍不得，李楚楚觉得李轸在她面前越来越小孩子气："我离开几日也好，你正好在家里想想，我嫁进来快一年，也该有动静了。"她在说孩子的事。

李轸搂着李楚楚的纤腰，颇为不满："有我一个缠着你还不够？才一年，何必着急？"他就是不想要孩子，一来不肯拿李楚楚犯险，她要康康泰泰陪他到老，甚至比他先走，免受失去他的痛苦。二来有了孩子，李楚楚的心神难免分出去，那是他绝对不能忍受的，他要一个人长长久久地霸占她。她的注意力、她的眼睛……她的一切都只能围着他转，这是他很早以前就得的心病。

李楚楚笑了一会儿，又叹口气："你就是跟我横罢了，偌大一个李家，外面那么多双眼睛，躲得了一时，躲得了一世？不要孩子，你倒是说说可能吗？"

李楚楚在他身边待得越久，看得越多，越明白李氏一族都靠着他，越明白身处俗世，他们不可能真活得如同神仙眷侣一般，万事随心。

活在这样的氛围里，李轸为了她瞒天过海、偷天换日，她只想让他活得舒服，至少别因为她没有孩子又和所有人对抗，这事无解，她如果不要孩子，李夫人就永远不会放过她。

他们都将对方看得比自己重要，总是谁也不能说服谁。

李轸感叹："你想着我就是了，思虑那些做什么？你只管记住，不论发生何事，我都不会放开你且会永远站在你面前就是了。"

李轸出门办公，李楚楚也上了舅舅家专门来接她的马车。一连两日，李轸回来，屋子里没有李楚楚的身影，只得闷闷地一个人上床睡觉，只想飞过去将她掳回来。

今儿外头事儿办得快，李轸不想回屋，阿楚也不在，冷清清的没意思。他便在书房消磨时光，看了一会儿兵书，抬头见窗外暮色浓浓，问道："什么时辰了？"

柱子挑亮烛火，答道："戌时正，夫人传话，叫大爷过去吃饭，平嬷嬷过来请了几趟了。"

李轸捞起衣架上的袍子，又问道："奶奶什么时候回来？"

"奶奶过去了五日，今儿正是娶亲的日子，明日也就该回来了。"柱子半点不敢含糊地回答道，毕竟这个问题大爷一日要问好几遍，他都记得滚瓜烂熟了。

李轸眉头压下来，双手负在身后，踱着步子朝李夫人院子走去。李夫人似乎没想到儿子会来，惊喜万分，忙叫人将撤下去的饭菜都送上来。

平嬷嬷道："大爷尝尝这个，您最爱吃的，夫人今儿亲自下厨做给您的，本想着您若不来，奴婢就给您送过去。"

李轸顿了顿，自己夹了一筷子，李夫人只看着他吃，示意平嬷嬷斟酒，叹道："上回你陪我吃饭还是你妹妹在家的时候，一晃过去许久。我命不好，就只得了你们兄妹，湉丫头远嫁也不回来瞧瞧我，你也跟我疏远……"

说着李夫人就要落泪，她性子强势，今儿算是第一回在李轸面前服软，竟然有几分凄苦的意味。李轸将杯中酒饮尽，道：“母亲永远是李家尊贵的夫人，只要母亲不再任意妄为，儿子自然不会亏待你。”

“就是我不能与那小……你那大奶奶作对是吧？”看李轸的眼神变得凌厉，李夫人气焰稍退，随即气苦道，“可是大爷，你扪心自问，我什么时候有意与她为难？她原来那样的身份，你俩的事传出去，李家还有立足之地？你父亲将这个家交到我手里，若是垮了，我有何颜面去见列祖列宗？就是现在，我也不过给你送几个玩意儿，为的还不是李家血脉？你比你父亲出息，挣得家大业大，若连个继承人也没有，往后要当个馁鬼？李家断不能到我这里没了香火。我还能活多久？半截身子入了土，旁的我都不计较，只是你必须有个孩子，母亲就求你这一件事……”

李夫人言辞恳切，声泪俱下，直叫李轸保证李家不会断了香火，这才由平嬷嬷扶去后头。平嬷嬷将李夫人放在床上，小声道：“夫人放心，大爷喝了不少，金钏儿也不是个笨的，今晚一定能成事。”

李夫人叹口气，就着平嬷嬷的手喝了水：“那就好，机会我已经给了，能不能抓住就看她的造化了。”

“上天也会眷顾夫人。”

酒似乎喝得有点多，李轸在院子里站了一会儿，仍觉得身上发热，挥退了跟着的柱子，自己朝李楚楚院子走去。他越走越发觉酒劲儿上来了，身体里的热浪一阵一阵地直冲下腹。

李轸蹙了蹙浓眉，抬眼看见院子里主屋亮着，他脸上一喜。莫非是阿楚回来了？李轸两步奔进屋，果然看见阿楚坐在梳妆镜前拢发，朝他低眉浅笑。

李轸不由轻轻地将李楚楚拥进怀里，低低的喃语里满是思念："阿楚，我好想你。"

金钏儿望着李轸俊美的容颜如痴如醉，这样温柔缱绻的大爷她何曾见过？他所有的爱慕都给了大奶奶，叫人又恨又嫉。如今这一切是她的了，金钏儿痴迷地捧着李轸的脸，想到夫人的话——只要她今晚能成功上了大爷的床，明日便给她名正言顺的侍妾名分，她就可以永远陪在他身边。

她当时怀着忐忑欢喜的心情走出来，便是现在还有感觉，想起来便热泪盈眶。她们三人早在大奶奶出门前一日便被赶出院子，今儿她也想办法施了好处与守门的婆子，说进来拿东西，然后换上大奶奶常穿的衣裳，坐在那里等着。

万幸终究还是叫她等到了，金钏儿忍不住凑上去想吻李轸，倾吐自己的爱慕："大爷，我也好想你……"

李轸却突然惊醒过来，在她的嘴挨上去的前一刻将人推开，金钏儿因为重心不稳摔到桌子一旁。

"你不是，你不是阿楚……你是谁？"

阿楚从不会喊他大爷。李轸努力想看清眼前的女子到底是谁，可是现如今眼袋昏沉，连带着视线也变得模糊。李轸这会儿也回过味了——刚才在母亲那里喝的酒有问题。

金钏儿见李轸面色通红，眼神迷离，咬咬牙扑上去："大爷，奴婢喜欢你，第一眼看见就喜欢。我只想待在你身边，陪你一辈子。"

李轸浑身狠狠一哆嗦，不同于阿楚的味道扑过来，他只想吐。想通了什么后，李轸抓住头发，眼睛红如厉鬼，声音阴冷，咬牙切齿：“母亲，我的好母亲，你就是这样爱你儿子的，你真是好，好得很……”

安顿好新娘子，直到新郎官回了新房，宾客都散了，李楚楚才得以喘息。此刻，她端着茶发怔，成嬷嬷收拾着屋子，笑道：“奶奶累了几日，剩下的事也就好办了，今儿早些歇息，明儿便回了，大爷遣人来了几回了。”

李楚楚没应声，成嬷嬷看她脸色有些疲倦，关切道：“果真累了？老奴将床铺好，奶奶就睡吧。”

李楚楚摇头，捂住有些闷疼的心口，道：“心神不宁的，总感觉慌得很，好像有什么不好的事情发生了。”

成嬷嬷问她缘由，李楚楚也说不上来，单是很难受，浑身不得劲儿。成嬷嬷便没再问，将被子铺好，服侍李楚楚睡了。

李楚楚刚准备睡下，却又猛地坐起来，脸色更白了，吓得成嬷嬷忙上来扶。

李楚楚颤声道：“回府，回府……我不舒服。”

成嬷嬷不敢怠慢，忙叫人出去备车，这动静也惊动了舅舅家。府里夫人赶过来请李楚楚明儿再走。李楚楚说什么也不听，一定要回去，没了法子，只能安排人护送，放她离开。

李府都已经歇下了，大门叫人拍得震天响，门童赶紧起来，嘟嘟囔囔地抱怨。跟着李楚楚的管事一巴掌拍过去，将人打得脑袋一偏：“瞎了你的眼，大奶奶回府，还扰了你的觉？”

门童一惊："怎么这时候回来了？要报给上院不？"

"天晚了，扰了夫人歇息，明儿再说。"

李楚楚一路跑着回了院子，见主屋灯亮着，微微松一口气，进了门来一口气却吊起来。只见一个穿着她衣裳的丫鬟满头鲜血，昏死在门栏上，屋里一片狼藉。

听到浴房里似乎有动静，她喊着李轸走了过去。李轸整个人埋在水里，手臂上一条长长的伤口触目惊心，染得浴桶通红。李楚楚心疼得眼睛都红了，扶住他滚烫的脸，问道："你怎么了？"

李轸嗅到熟悉的气息，朝李楚楚身上倒去，急切疯狂的吻铺天盖地而来："阿楚，阿楚……"

李轸仿佛疯了一样不管不顾，成嬷嬷与李楚楚一道进门，一看这光景还有什么不明白的？忙让人拖着金钏儿下去，挥退了所有人远离前院，又叫人去准备伤药和热水，自己守在不远不近的地方听候差遣。

李楚楚感觉自己睡了许久，醒来的时候已经是下午，橙黄的光晕透过窗户打进来，满世界静谧无声。见屋里的摆设陌生，她突然很恐慌。

成嬷嬷听到动静进屋，笑道："奶奶醒了。"

李楚楚恍惚了一瞬间，终于想起来先前发生的事情，她扫了一眼屋子，问道："这是哪里？"

"枣巷，咱们搬出来了。"

李楚楚这才知道，她足足昏睡了三日，那晚之后她便昏迷发烧。李轸直接将她带出来住进新房子，至于罪魁祸首金钏儿，被罚了五十板子，人没死，两条腿却废了。

金钏儿的惨叫李府上上下下都听见了，李夫人紧紧关着门，一眼没出来看。李轸搬出来那日，听说李夫人病得起不来身，平嬷嬷过来苦苦哀求李轸去瞧一眼，李轸转身就走了。

李楚楚盯着床上的穗子发愣，成嬷嬷道："奶奶就好生养着，府里的事情碍不着咱们什么。"

李楚楚正要问李轸去了哪里，成嬷嬷便退了出去。随即李轸走了进来，那晚的记忆不免又涌上来，李楚楚拉起被子遮住脸，李轸往床沿上一坐，问道："怎么了？"

"没……"

李轸眼见李楚楚在他靠过去的时候缩了一下，心里有些受伤，硬将人按在怀里，低声道："那晚我以为我要死了，感觉血管都要爆开一样疼，又有人打扮成你的样子，还好我清醒了一点神志，险些对不起你。我答应你的，只跟你在一起，若是别人……"

若是他真的负了阿楚，他绝对不会原谅自己，恐怕会气到发疯。李楚楚摸到他手臂上的异样，想起那一日见到他时他手臂上的伤口，忙问："你胳膊上的伤怎么样了？"

对上阿楚关切着急的目光，李轸有一种如释重负的感觉，他道："就手臂上有一条小伤口，不碍事。"他温柔地贴上她的脸，"还好阿楚回来得及时，总是你在救我。"

他的目光复杂，饱含爱恋和庆幸，她拉起他的胳膊拆开绷带，见到分明三四寸长的伤口，缝合得像蜈蚣一样丑陋，顿时就心疼得不行。

她眼泪汪汪地说："这么长，一定好疼的。"

李轸满不在乎地说："不疼，我觉得伤得很值。"

这一条伤口换来的清醒让他没有犯错，甚好。

李楚楚不知该说什么，哽咽了好一会儿才道："没关系的，那样的情况下，就是……就是怎样了，我……"她话还没说完，就见李轸沉默而且脸色阴沉沉的，就知道自己惹他不高兴了。

"我也不想你跟旁人有关系，一想到有人和你跟我一样亲密，我就受不了。"想一想那个场景，她就觉得会窒息，"可是比起你受伤害，这些便都可以忽略了，我舍不得你疼，你明白吗？"

李轸觉得有必要跟李楚楚讲清楚，他扶着李楚楚肩膀，认真道："阿楚，如果有一天迫不得已，你遇上跟我一样的情况，你会愿意吗？"

李楚楚设想了一下，便浑身起鸡皮疙瘩。李轸柔声道："一定受不了吧？我也一样。我们俩生来就只能是彼此的，身与心都只能交给对方。不过阿楚，对我来说，你这个人最重要。你要答应我，在任何情况下，不管遭遇什么，你得先保全自己的生命，我不要你为了虚无缥缈的东西丢下我一个。"

那一次李楚楚被林安生抓去时他就想过，只要她能平平安安地回到他身边，他什么都不介意。于他来说，怎样的李楚楚都是他最重要的宝贝，她只要一直在，就好。

外头有李轸，里头有成嬷嬷，即使李府一直派人来请大爷回去，消息也一点没传到李楚楚耳朵里。近来，李楚楚与东府那边族里妯娌走得更近。

这一日她去瞧芸香，芸香的肚子越发大了，李楚楚看着羡慕得很。芸香便安慰她说，该来的总会来，她与七叔才成婚，孩子总会有的。

李楚楚不想在孩子的话题上纠缠，芸香便说起先前她怀疑李羡在外头有人的事，她好不容易找到点线索，等她摸过去发现又不是那么回事。李楚楚劝她放宽心，说十三爷不会在这样关键的时候乱来的，再者人人都瞧得出来，李羡确实看重芸香。

晚上回来的时候，李楚楚在二门前远远看见一个人走过来，她细瞧那打扮，来人似乎是李羡。李楚楚做好了打招呼的准备，但那人一见是她，转身朝里去了。

李楚楚一头雾水，成嬷嬷道："兴许是本来就要去里头，没瞧见咱们呢。"

过了几日，李楚楚又来看芸香，听闻她身子有些不好，见不得客，李楚楚站了一会儿就回去了。芸香听完小丫鬟的回禀，知道李楚楚回去了，微微松一口气，随即蹙眉道："我看着七叔本本分分一个人，怎么也爱在外头玩起那套时兴的把戏来了？七嫂哪里不好？还是他费尽心力求来的，这才多久？男人的心变得果真是快，可怜我知道了还要帮他遮掩，连七嫂的面也见不得。就是这样，纸包不住火，迟早要知道。别看七嫂温温柔柔的性子，知道了这事，不定多伤心，唉，难为她一心为着七叔。"

芸香轻抚肚子，李羡脸色僵着听她说完，连忙岔开话题："不过就是个玩意儿，不值得你们放在心上，七哥还是很看重七嫂的，哪用你操心？如今要紧的是你这肚子，别再乱跑，小心我儿子。"

芸香"哼"了一声，不理会他，继续说道："那扬州瘦马就那样好？你没见那许多人养瘦马弄得倾家荡产。七叔正派，不会去那些不干净的地儿，那他这个是从哪里来的？"

被芸香用怀疑的目光一看，李羡头皮一紧，随即不满道：“你看我做什么？七哥那个身份，多少人巴结都来不及，听说就是求他办事的一个刺史送的，别赖我。”

“瞧给你紧张的，我说什么了？”

“你少胡思乱想，累着我儿子。”

“你就知道是儿子……”

自搬进枣巷，李楚楚还没仔细看过住所，这一日趁着日头好，便带着成嬷嬷逛起院子。虽说不如李府宏伟，小小的庭院倒是亭台楼阁样样俱全，院子里青葱花树，绿意盎然。

西北角上有一处小院子，李楚楚前些时候便见婆子提着食盒过来，今儿一见却是上着锁。门前两个婆子闲着说：

“咱们大爷也真是，金屋藏娇，还是个怀了的，叫奶奶知道，咱们也没好日子过。”

“听说咱们奶奶不能生，这不是明摆着？这位可金贵，就是奶奶发现了，又能怎么样？指不定这位更得大爷的心。”

“我看不见得，住进来这许久，大爷一次也没来过，日日就在奶奶房里，她算个什么？”

“人虽没来，这大好的东西一日一日送进来，可见极上心的……”

成嬷嬷脸色苦得很，就等着李楚楚发作，或者冲进去将里头的人揪出来。她迅速想好了对策，却见李楚楚只是听完两位婆子的话，一言不发，转身回去了。

成嬷嬷这几日可谓生活在水深火热之中，一直提心吊胆。她是个聪明人，能在深宅大院里活得平平稳稳，即便后来一家旧主获罪，她也能逃脱火坑，免了晚年的漂泊之苦。

伺候了这些日子，李轸和李楚楚之间什么情况她看得一清二楚，两人的关系她也猜得八九不离十。她见过不少，大户人家的奶奶，刚开始仗着夫君的宠爱，还能过清静日子，时间长了，那股热乎劲儿一过，就该受苦了。

可她家这男主子并非薄情寡义之人，对奶奶言听计从，两人之间，他倒是付出且患得患失的那一方。这样恩爱的主人家，于她也就意味着太平日子。

倒是那突然冒出来的后院孕妇，叫她有些乱了阵脚。她瞧着大爷不是很想要孩子，原来不是不想要孩子，是不想跟奶奶要孩子。

奶奶那一日回去，在大爷面前并未表现出半点异样，她就怕往后真闹起来，不好收场。李楚楚没事人一样，该串门还是串门，往十三奶奶屋里走动得很是勤快。

十三奶奶肚子大了，并不是每回都出来见客，李楚楚去了几次也就不去了。面对成嬷嬷打探消息一样的劝慰，李楚楚跟没听懂似的。她自然不会跟李轸闹，怎么回事儿，他得自己个儿交代清楚呢。

李楚楚歪在贵妃榻上，细读府里这一日的开支账本，成嬷嬷沏了茶上来，李楚楚尝了一口，道："这些小事嬷嬷何必亲自动手，交给下头的小丫鬟，你自去歇着。"

成嬷嬷双手拢在袖子里，微微笑道："大爷厚德，我有幸在奶奶身边伺候，心里是极感激的，趁还能动，多为奶奶做些事，我心里也舒坦。"

李楚楚笑了笑，摇摇头，由她去。成嬷嬷道："说句大话，奶奶在我这里，与老奴亲生闺女无异。有些时候，有些话还是要说。"

又来了，李楚楚只觉得好笑："嬷嬷为我着想，我心里自然感激。嬷嬷放心，我明白呢，不会胡乱闹的。"

她与李轸之间早已开诚布公，心意相通，他养个孕妇做什么她有何不明白？她并不是怀疑他在外面有人了，不过就是有一种被他瞒着的小娇情。他为他们的未来付出颇多，她感动还来不及，怎么会胡乱怪他呢？

外头有人进来，说是郑同知家里来人给奶奶请安，李楚楚为了让成嬷嬷宽心，忙吩咐："快去请人进来。过两日我就跟大爷说清楚。"

这前来的郑同知乃是郑家的远房亲戚，听说族亲的女儿嫁进了西北都护府这样的大户人家，辗转求见到李楚楚跟前。李楚楚见他家光明磊落，人也是极好相处的，便渐渐走动起来。

明日便是郑家老夫人八十岁的寿宴，他提前一天请李楚楚过去赴宴。

李轸早得了消息，知道李楚楚今日申时离了家，只是往日早回家已经成了习惯，处理好公务，他慢慢踱步子进后院，自己躺去李楚楚常睡的贵妃榻上看书。

李轸上一次对待金钏儿的狠辣手段传得两府皆知，吓破了丫鬟们的胆子，丫鬟们轻易不敢在他面前露脸。她们时常在李楚楚跟前说说笑笑，见到李轸却是有多远躲多远。

两个大丫鬟跟着李楚楚出门了，屋里还有两个二等丫鬟看家。李轸回来了，怎么着也不能晾着，一个丫鬟只好硬着头皮上去倒茶。李轸环顾一眼空荡荡的屋子，觉得没趣儿极了。

“这几日奶奶在家心情怎么样？”他随口问了一句。

小丫鬟一顿，斟酌道：“挺好的，昨儿还跟我们打叶子牌来着，奶奶大方，我们输了钱就叫我们剥核桃给她吃，奶奶赢了钱却请咱们吃宝肴阁的点心。后来又跟我们说无事别围着她转，去学学针线，做做菜，谁学会了算谁的。琼玉姐姐想学算账，奶奶就指着成嬷嬷说‘这是个难得的师傅’，小丫鬟们都喜欢奶奶。”

李轸嘴角扬起笑，轻哼出来的气音都带着与有荣焉的轻快。他的阿楚世界无敌第一好，谁能不喜欢她呢？他每次回来屋里都热热闹闹、欢声笑语的，叫人放松。

小丫鬟悄悄抬头看了一眼，见李轸面色柔和，心里松一口气，她家大爷喜欢听人说奶奶好话，已经是府里下人心照不宣的事。有时候犯个无伤大雅的小错，搬出奶奶来，大爷绝不会生气。

李轸有一句没一句地问着，听到小丫鬟说李楚楚前几日常去十三弟妹那里走动，无端拢了拢眉心。小丫鬟道：“杜嬷嬷跟冯嬷嬷会说话，前些时候奶奶叫人过来，聊得开心，赏了一大笔钱呢。”

“你说什么？”

见李轸突然就凶神恶煞起来，小丫鬟吓了一跳，来不及回味自己哪里说错了话：“就、就是杜嬷嬷和冯嬷嬷……”

那两个婆子是他派去看着阮香莲的，这就代表着，她知道了。李轸浑身一寒，半晌说不出话来，小丫鬟觑了一眼，便见大爷险些捏碎了手里的杯子。

因为李楚楚来了，屋里太太奶奶们齐聚一堂，聊得热火朝天。李楚楚刚陪老寿星吃完寿面，成嬷嬷轻声在她耳边说了一句话，李楚楚挑眉问道："做什么？这边还没完呢……"

郑家老太太打断她说："了不得，小将军亲自来接还了得？小丫头快些回去，我这老婆子这次就不留你了。"

李轸托人上来问安，又给老太太封了一份礼，这样的殊荣看重，老太太笑得眼睛眯成一条缝，赶着李楚楚出去，郑家太太也忙道："近几日忙忙乱乱的，得空了再请奶奶过来，到时可不兴推辞。"

李楚楚这才带着成嬷嬷和两个丫鬟迤迤然出来，问道："大爷在哪里呢？"

"郑老爷请大爷进屋入席，大爷推了，就在门前等着呢。"

李楚楚"哦"了一声，成嬷嬷怕她真跟大爷别扭，扯了一把她的袖子。李楚楚立在台阶上，等李轸和郑老爷说完话，看他眼睛不住往这边看，还一本正经闲聊，就忍着好笑。

郑小公子扫了李轸一眼，再看看他爹，不由扶额，在心里道：老爹，你再说下去，小将军脸就要黑了。于是他上前打断话头。

马车赶到台阶下，李轸朝李楚楚伸出手，嘴角抿着没看她。可半晌手上还空空的，他的眼睑不由轻颤了两下，漆黑的瞳孔朝她看过去。众人见小将军黑脸，面面相觑，噤若寒蝉。

李楚楚扫过他眼底那一瞬间无措的委屈，将手放上去，李轸立马握住，牵着人上了马车。成嬷嬷带人上了后面的车子。

一路上李楚楚半句话也没说，一进门就吩咐准备水要沐浴。李轸站在榻前，左看看右看看，终于受够了无视。琼玉一见大爷撩起帘子进来了，就悄悄放下毛巾出去。

李楚楚正等着人给她擦背，喊了一声琼玉后，一条温热的帕子落在背上，抚过肌肤的手有些粗粝。她睁开眼睛，眼里含笑："你来干什么？"

"想你了。"

李楚楚瞪他一眼，哼着扭开身子。她被李轸从后面环抱住，李楚楚脸上一红："出去，丫鬟们会笑我的。"

"她们不敢。"

她们确实不敢，可她会不好意思。李轸下巴搁在李楚楚肩上，温声问道："你知道了？"

"我不知道，我该知道什么？"被不轻不重地捏了一下，她一缩。

"我们马上就有孩子了。"

李楚楚"哼"了一声，眼睛变得雾蒙蒙的："就知道你打的什么主意，十三夫妻俩是不是都知道？"

"十三媳妇不知道，十三叫瞒着。"他亲了一下李楚楚的脖子，他只想快点跳过瞒着她导致她生气这一环节。

李楚楚被他搅乱了思绪，像猫一样哼道："别动，我还没问完。"她定了定神，"那个人是谁？"

都这样累了，还记挂着那事，看来不告诉她是不成的，李轸抚着李楚楚的头发说："从扬州来的，十三弟看上就养在外面。本来只是当个玩物，却是个有心机的。"

"你怎么想到把她弄过来的？"李楚楚的手捏着他的耳垂，玩得很开心。

李羡让外室怀了孕，家里那位又是个母老虎，他吓得魂飞魄散。他从小就知道有麻烦找七哥，这次也不例外。恰好李轸需要个孩子，得来全不费功夫，他就装模作样教训了李羡一顿，帮忙收拾烂摊子。

李羡自己也不好意思极了，意识到这次是真给七哥添了大麻烦。他只觉得七哥太好了，明明愁眉不展，还不肯李家的子孙流落在外，竟然想到帮他背锅养孩子，他以后一定对七哥言听计从。

李羡不知道李轸怎么对李楚楚说的，反正他心惊肉跳了一阵子。阮香莲乖乖进了李轸府里，半点风声没传出来。他一边放心，一边觉得愧对七嫂。

李楚楚知道李轸有多坏，从来称了意，得了好处，还叫旁人感恩戴德，也就理解了李羡愧疚不敢见她的狼狈。她也算明白了，李轸不会让她冒险生孩子。她想要孩子，十个八个他都能弄来，何苦折腾？

在芸香传出生下一对龙凤胎之后，李府里也传出好消息，阮香莲生下一个六斤重的胖儿子。李楚楚高兴坏了，李轸看她那样高兴，走到一边唤去接生婆，面无表情地吩咐了一句话。

接生婆点点头准备，虽然觉得产妇有些可怜，但也得罪不起将军府。刚准备动手，就被看完孩子的李楚楚拦住。

李楚楚找到李轸，不满地问他：“你要做什么？”

李轸温柔地抚摸她的头发，说道：“孩子的母亲只能是你，没人会跟你抢，他长大也只能记住你的恩情。”

李楚楚能理解李轸的想法，却不赞同他的做法：“我想养的是一个活生生的人，不是一个用来取乐、寄托感情的工具。我想好好养他，等他长大了教给他为人处世的道理，能引导他走正道，他自然会感激我。但他虽将我当成他的母亲，我也不可能取代亲生母亲在他心里的地位。有朝一日，他知道为了得到他，我们杀了他的母亲，那时他要如何自处？要怎么面对我们？”

李轸蹙眉：“那就别让他知道。”

“世上没有不透风的墙。”李楚楚无奈。

“她教不出来好人，留着她对你不好。”万一辛苦养的孩子受了蛊惑，阿楚会伤心的，这是他不允许的。

“那你把他们送走吧，我现在也不是很想要孩子。你是我最重要的人，那孩子有他亲生母亲在，才能跟咱们坦坦荡荡地相处，我也就不用费尽心思笼络他，才能更好地照顾你。”她笑眯眯地说。

有那么个人全身心地依赖阿楚，他自然不会舒服，李轸希望李楚楚时时刻刻最看重他，但嘴上还要别扭一下：“既然你这样想，以后不要后悔，那……那就依你。”

李沐自懂事起就知道自己有两位母亲，一位是高高在上的将军夫人，一位是独自一人住在府外的阮夫人。他不明白为什么别人都只有一个母亲，他却有两个，奶娘告诫他不能问，还总是提醒他说，只有将军夫人才是他母亲，外头的那个不是。

这个问题困惑了他许久，有一天他终于忍不住问出来，却从两个娘那里得到不一样的答案。阮夫人歇斯底里，骂他薄情寡义的父亲，骂他攀高枝嫌弃亲生母亲，用她的话说，李家没一个好人。

李沐难受极了，哭着跑到李娘亲跟前，李娘亲却温柔地告诉他，阮夫人是他的亲生母亲，她只是太喜欢他，而他们又很有缘，所以她也想成为他母亲。

她不会逼他喊娘，却总是把他抱在膝头，教他读书认字，找特别有文采的大儒为他启蒙。

李沐成长中有一段时间很迷茫，他真的很崇拜也很喜欢他的将军爹爹，他从小便是听着关于爹爹的赞颂长大的。可有时候他也很怕他，讨厌他，他不明白爹爹为什么抛弃他亲娘，害他被嘲笑，在两个府里奔波长大。

他的爹爹似乎很深情，只要在家就黏着李娘亲，两人一起下厨，一起修剪院子里的花草。他有一次甚至看到爹爹搂着李娘亲的腰撒娇，让她哄一哄他，他分明都留胡子了，还叫李娘亲哄。

不过有段时间，他讨厌爹爹的深情，因为他对李娘亲越深情，越显得对阮夫人太残忍，对他也很残忍。直到有一次他意外得知，原来他的亲爹另有其人，他还偷偷跑去看他的亲爹，觉得亲爹府上的哥哥和姐姐，也没哪里更好，那他爹怎么就不要他呢？

李沐真的伤心了，因为被抛弃，因为恨错了人，那次他生了一场大病。李娘亲日夜不离地陪他，他轻轻握住她的手，在她温柔的声音里沉沉睡去。李沐不知道的是，在他睡着后，他的李娘亲就把将军爹爹教训了一顿，原因是真相透露得太早，害他生病。

他的将军爹爹振振有词，说小兔崽子从小看他眼神就不对，当他不知道为什么？身世这个东西，早知道了早超生，他凭什么在儿子眼里当大恶人？谁造的孽谁还去。

当然最重要的他没说，阮香莲敢误导李沐认错爹，说不准什么时候就生出更不要命的心思，他得把萌芽趁早扼杀。

李沐经过那一病，更加亲近李楚楚，对李轸也是向往崇拜大过惧怕。都收养他了，还能对他厌恶不成？他也大胆要求跟着爹爹学武，李轸打量了他一眼，“哼”了一声，第二天就给他扔进训练场，开始没日没夜地锤打了。

李沐跟李轸越久，越受李轸的影响，李楚楚经常抱怨他们父子的性子一样难琢磨。她一边给李沐擦汗，一边埋怨李轸把儿子当狼崽子养，小小年纪就要去军营吃苦。

李沐从小就喜欢待在李楚楚身边，他特别喜欢一家三口在一起时其乐融融的气氛。他也深受父母的影响，在目睹了十三一家鸡飞狗跳的日常后，渴望能找一个与自己一生一世的姑娘。

祖母一直以为他是父亲的亲生儿子，父亲不在的时候总想为难母亲，他就暗暗护着母亲，不叫她见母亲的面。祖母总是挑拨他和母亲的关系，她甚至常劝他去看阮夫人，说她也可怜，字里行间都在表达李娘亲霸道，独占着父亲不放。

但他知道，父亲和生母半点关系都没有，父亲也并没有被李娘亲霸占着，阮夫人也一点都不可怜，因为他的存在，父亲和李娘亲对她亲善得很，甚至为她准备了嫁妆。只要她乐意，她可以过上寻常人一样安稳的日子，可是她不，她就是喜欢纠缠过去，甚至生了别样的心思。

他十二岁那一年，阮夫人告诉他，她应该和他还有将军爹爹生活在一起，她应该进府。李沐只觉得这个女人陌生，身体里流淌的相同的血液也逐渐变得冷却。他表面上答应得爽快，却亲自将一处外地的房契交给阮夫人。他很冷静，将军爹爹和李娘亲，不应被这样一个女人缠上，他来之不易的温暖家庭不能因为她毁掉。

他越长大就越清楚，能拥有那样温柔的母亲和轩昂的父亲，上天有多厚爱他。他从他们身上学到的东西让他受益终身，李家对他的栽培付出，他永远都还不了。

母亲总是觉得他不快乐，想尽办法让他敞开心扉，李沐却明白，他就是这样子了。对外他学会了父亲的深沉狠辣，但心机永远不会用在家人身上。

直到郑家姨妈带着女儿来看望母亲，他和表妹见到彼此的第一面，就对对方产生了浓烈的好奇。他终于有了点十几岁少年的毛头小子样，竟然会脸红，母亲为了逗他，再三确认他对人家的感情，李沐恼了，媳妇也就到手了。

他看着父母十年如一日地相亲相爱，两个人互把对方当小孩子宠着哄着，身世的阴霾终于从心头移开。他本不该快乐，因为靠近温暖，也终于会发光，暖到他每一个重要的人。

（正文完）

番外

朝思暮想

这辈子，他们只能彼此相依为命，谁也不能将他们分开，哪怕那个人是她也不行。

一大早起来，气氛就不对，吃过早饭，果不其然张姨娘就来了，见李楚楚素净家常的打扮，不由急道："怎么脸都没抹？赶紧收拾起来，你爹回来了，又是十五请安的大日子，咱们要是迟了，夫人又有话说了。"

"前面在闹什么？刚起床就叽叽喳喳的。"

李楚楚正在纳鞋垫子，纳的是非常不好收拾的千层底，是给大哥做的。大哥今年个子猛蹿了一截，又整日在外面忙碌，买来的那些鞋子穿不惯还费。李楚楚跟二门上吴大娘学了做鞋，千层底的鞋底结实软和，穿久了也不容易硌脚，大哥去军营之前她答应好了做给他，还有几天人就回来了，她忙着做最后的修饰。

张姨娘来了，她头也没抬，连水都忘了叫如月上，张姨娘自己叫了茶，不满道："有这工夫，还不如给你爹做些衣裳。他看你乖巧，哪怕你不是他生的，往后也得照看你。光去讨好那些正室肚子里出来的有什么用？你看人家理咱们吗？夫人还不是照样折腾，那天叫你熬夜抄写的经书，现在还搁在案头落灰呢。"

"又说这些做什么？"姨娘怎么不明白？就是因为她不是李老爷亲生的，才该少去人家面前晃悠，省得惹人心烦。

见李楚楚露出不耐烦的神色，张姨娘也就不说了。在她看来，李楚楚确实对大少爷太好，比亲妹妹还好，她都没有给妹妹做件衣裳，她们院子好容易来点好料子，又全还回去了。

“赶紧收拾了，跟我去正院。你道前头在闹什么呢，将军带回来两个姑娘，叫夫人准备席面要纳妾！咱们家多少年没进新人了，一来就是两个，夫人欢欢喜喜等着将军回家，结果等来这么大个惊喜，这一大早上院门都没开，听说气得差点晕了。哼，她也有这个时候，咱们赶紧过去看。”

李楚楚下榻刚换上丫鬟捧来的新衣，一听这话，又要换成旧衣裳。张姨娘不解，拉住她问道：“你这是干什么？一季就两件衣裳，再舍不得穿，天气热了就穿不得了。”

“夫人在生气，咱们打扮得花枝招展过去，不是刺眼吗？何必自找麻烦。”李楚楚对待夫人是很小心的，逆来顺受，尽量不惹她生气。

不过就算李夫人有时候磋磨她，还有个人总是暗暗护着她，之前的经书，李夫人叫三天抄写一百份，其实李楚楚一个字也没写，有人帮忙。

“你也太小心了，今天她哪有工夫跟咱们生气？”

李夫人确实没有工夫跟家里的姨娘庶女生气，她现在有更大的麻烦等着解决——将军一回来，就将两个如花似玉的姑娘交到她手里，又叫打扫住处，又叫裁衣裳、买首饰，一句也没问家里这些天怎么样、儿女如何。

她想敷衍着安排，偏生两个新姨娘不是吃素的，本就是同僚送的，又认了军中什么校尉做了干亲，摆明一副不好惹的样子，一点亏不吃。李夫人忙着跟新人斗法，原本的眼中钉自然就被冷落了下来。

那两位新姨娘生得秀美灵巧，李楚楚每次去李夫人院子都能看到她们在立规矩。李夫人折腾人从不在明面上，总有些冠冕堂皇的理由，说出去谁也挑不出她的错，李楚楚对此深有体会。上房跟侧厢斗法，母女三人得了段轻松日子，直到这一日听说大少爷回来了，李楚楚才在上房多留了些时候。

李轸被李将军带去军营，这已经是第二个年头，平常跟着军队四处历练屯田，守卫边防，每次回来李楚楚都感觉他更黑更高，也更结实了。他一双眼睛炯炯有神，身材修长，肩背挺直，大跨步走进屋里，在屋里巡睃了一圈，最后跟楚楚的眼神对上了，眉眼稍弯，这才走到李夫人跟前请安。

原本正对两个小妾怒目而视的夫人瞬间眉开眼笑，挥挥手把人都赶下去，这才跟儿子说话，询问的内容无非是他在军营有没有听将军的话，上阵杀敌勇不勇猛，之后又将丈夫抱怨了一通，嘱咐儿子一定要给她争气。

李轸目不斜视，一本正经回完母亲的话，趁着大家都不注意，瞄了李楚楚好几眼，热切的视线简直快要化为实质，搞得李楚楚紧张极了，直到李湉湉屋里来人，说姑娘病了，又发烧又呕吐，起不来身。李夫人骂下人不上心，这一大早上了才来报，急匆匆带人去看女儿。

风风火火一队人消失在门外，李轸立即起身走到李楚楚跟前，拉起她的手，说道："走吧，我送你回去。"

少年的手温暖有力，握着她的手存在感极强，李楚楚朝周围看了几眼，不自在地挣了挣。其实他们小一点的时候就很亲近了，好几次李楚楚病了，李轸担心她身边的丫鬟照顾不周到，等半夜人都睡下了，便翻墙进她屋里，亲自给李楚楚擦汗倒水。

但兄妹大了，该避讳的还是要注意，尤其李楚楚是个敏感的性子，有时候李轸看她的眼神太过幽深，里面蕴藏的东西叫人不敢直视，只觉得危险想逃。

“咱们都好几个月没见了，拉一下也不行吗？”他高高的个子为了迁就妹妹，不得不低下头，跟哄孩子似的。

李楚楚摇了摇头，还是把手抽了出来。李轸温和的面容冷凝了一瞬，随即恢复如初，像是压抑着某种东西似的轻吸了口气。

“又瘦了。”虽然竭力保持距离，可李楚楚还是心疼李轸，望着他的目光，温柔得能滴出水来。她摸了摸他的脸，拉住他的袖子往厨房走，边走边说：“昨天庄子里送过来几只两三年的老母鸡，正好炖成汤，再给你煮一碗鸡丝菌面。”

平常都是请安回去再吃饭，此刻李夫人担心李湉湉，恐怕也想不到李轸还饿着肚子。在外人看来，李夫人似乎不怎么关心这唯一的儿子，其实并非不关心，而是没那么多精力。李轸出生之后，李将军一连抬了好几个妾，李夫人疲于应付，没几年有了李湉湉。李湉湉出生后，李夫人的身子一直不好，稍微疏忽一点，就要生病。那个时候李轸又闹腾，精力总是比别的孩子旺盛，李夫人对待儿子期望高，管教严，导致母子两个不亲近。待李轸大一点懂事之后，对李夫人也只有敬了。

就像李轸出门在外回来，李夫人更关心他有没有给家里惹麻烦，儿子是否冷了热了、饿了累了，还要往后排。好在，李轸缺失的那些贴心的温柔关怀，另一个人有过之而无不及地补偿给了他。其他人的态度无所谓，他只要她的心疼跟关心，只要她眼里心里只他一个，可是，不知为什么，她越来越疏远他了。

想到这里，李轸心头的戾气便控制不住，他连忙低头吃面，掩饰情绪。

大概是真饿了，一大碗面，李轸两三口就吃完了。厨娘看情况，赶紧又煮了一碗，依照二小姐的吩咐，还加进去不少大少爷喜欢的肉。

李楚楚坐在李轸对面，看他抬起袖子看不到里衣，估计是又短了一截，还有身上的那条腰带，边缘都磨破了，看鞋子的破损程度恐怕也再穿不了多久。她算了算自己屋里的布料，应该还算够的，吃完饭回去，李楚楚跟丫鬟便将剩余的布料找出来，画样子，裁衣裳，一直忙到中午吃饭。

吃完饭后，李楚楚想着听闻大姐的身体抱恙，她这个做妹妹的终归要去探望一下的。李湉湉倒不是什么大病，不过昨晚吃油腻了些，从上房回去吹了风，所以腻着了，今天吐过几回，又吃了药，已经好多了。

李楚楚进门时，李湉湉正躺在贵妃榻上，无聊地翻着话本子。姐妹俩说了一会儿话，李楚楚心里惦记着李轸的衣裳，就要告辞回去，前头突然来人，说李将军跟大少爷吵起来了，李将军要动用家法，打大少爷三十军棍。

姐妹俩一听都吓到了，下头人解释道："本来将军将大少爷叫过去，是询问这次剿匪的具体情况的，听外头人说大少爷违抗军令，骂了几句，大少爷也没顶嘴，只是不知怎么就扯到什么马校尉。那个马校尉是咱们马姨娘的干哥哥，大少爷说了句什么小妾太多家宅不宁的话，将军一下子就火了，这会儿都打了十几下了，夫人已经过去了，根本劝不动，两位小姐快去看看吧。"

李湉湉跟母亲同仇敌忾，又最尊崇大哥，当即爬起来道："都是那两个狐媚子、搅家精，她们没来的时候咱们好好的，一来就闹事。大哥说得不对吗？家里这么多姨娘还不够，还弄进来两个跟我差不多大的，天天给娘找事。"

子不言父过，这话就差点名道姓了，下人们谁也不敢吭声。

李轸被按在长凳上，背后一片鲜血淋漓，李夫人都快昏过去了，可惜那些亲兵都是军营里带出来的，没人听她的话。直到姐妹俩呼啦啦带人过来，齐刷刷跪下求情。李湉湉本不打算给父亲好脸色，她受宠，父亲从未对她黑过脸，一看大哥的惨状，她不敢再拿乔，生怕哥哥真被打死，哭道："爹爹，不要打大哥了，打坏了怎么办啊？"

李楚楚不断回头看李轸，心都碎了，也哭道："父亲，求您了，大哥知道错了，不要打了。"

李将军本来只是打算做做样子，警告儿子哪怕他再有本事，当家人的权威也不容置疑，只要他肯低头说一句软话，给彼此个台阶，做父亲的也不想因为家里鸡毛蒜皮的小事跟儿子搞得太生分。

偏生这个可恶的小子一身的硬骨头，愣是咬紧牙关一声不吭，弄得他骑虎难下。

"今日看在你母亲跟两个妹妹的面子上，我不跟你计较，记住，你翅膀再硬，也翻不过天去，我的为人行事还轮不到你指手画脚。将就这个凳子，抬回他屋里去，养伤的时候好好反省。"李将军说完拂袖而去。

李夫人跟李湉湉带着一群人围着李轸转，李楚楚挤不进去，跟在最后面。李轸被送回房间后，下人们赶忙给他换衣服、看伤、上药、熬药，折腾了一个时辰。李湉湉病体难支，被李夫人送回院子休息。

屋里人走得差不多了，李楚楚上前，忍了许久的眼泪一滚就落下来了。李轸故作轻松，将她的手放在脸上，发现没有被拒绝后，脸微微侧了一下，做不经意状在她绵软的掌心蹭了一下，道：“不哭了，我不疼。”

“你不要说话，好好休息吧。”流了那么多血，里衣都汗湿了，怎么可能不疼？

她心疼得不知如何是好，虽然夫人交代看一会儿就赶紧回去，不要打扰大哥休息，可李楚楚就是舍不得走，眼睛一眨不眨地望着他，说道：“你做什么要跟父亲顶嘴，明知会受罚，就不能让一步吗？”

这个场景似曾相识，过去不知多少回，李轸由于各种原因被打被罚后，李楚楚也曾劝过，李轸就是不听，依旧我行我素。依照他的说法，他们只是生养了他，没有资格控制他。一身反骨，李楚楚很担心这样下去，他不知还要做出什么离经叛道的事情来。

“他要找小妾，十个八个我都不管，只是休想我受那些裙带关系的裹挟。”

两个人一时沉默无语，李楚楚叹了口气。李夫人身边的嬷嬷又来了，伺候着李轸喝了药。李楚楚望了一眼对方出去带上的房门，低声道：“痛得受不了你就睡吧，我明日再来看你。”

李轸不作声，趴在枕头上，只是附有薄茧的手牢牢锁住她，显然是不同意她走。他失血过多，嘴唇泛白，伤药有安神的作用，神情也疲倦，是少见的脆弱。想到他外出几个月吃不好睡不好，刚回家就挨一顿打，李楚楚于心不忍，咬牙道：“你睡吧，我先回去知会一声，叫柱子给我留门，等晚上我再来陪你，行吗？”

李轸不情愿地点了点头。

在李楚楚离去之后，床上的伤患保持着原来的姿势，眼神却区别于前一刻的温软，变得凶横霸道，脸上是志在必得的神情。仿佛伪装成小兔子的大灰狼，诱哄另一只小白兔心甘情愿走进为她一人而设的陷阱。

其实这顿打不是非挨不可，其中至少有五分是他故意促成的。没办法，亲近了十年的妹妹，以为他看不出来？突然想远离，那怎么可以？

他早就将她刻在了心上，融入了骨血。这辈子，他们只能彼此相依为命，谁也不能将他们分开，哪怕那个人是她也不行。

（全文完）